D1324274

CE QUE JE PEUX
TE DIRE D'ELLES

Les Lits en diagonale, Robert Laffont (2009); Pocket (2012)

ANNE IÇART

CE QUE JE PEUX TE DIRE D'ELLES

roman

ROBERT LAFFONT

© Éditions Robert Laffont, S.A. Paris, 2013
ISBN 978-2-221-12708-7

À mes fées. Celles du ciel et de la terre...
À Pauline et Blanche.

À sept heures, le téléphone a sonné. Une sonnerie. Puis deux. Ça faisait encore plus de bruit que d'habitude. À combien en était-il quand j'ai enfin ouvert un œil? Je me lève au ralenti, engourdie. Mes chevilles craquent quand je pose les pieds par terre. J'ai mal à la tête. Je vacille. Je déteste les téléphones qui sonnent tôt. J'ai toujours détesté ça. Ils n'annoncent rien de bon, croyez-moi.

Une heure et demie plus tard, je suis prête, douchée, habillée, maquillée, légère comme à vingt ans. Mes chevilles ont retrouvé leur souplesse. Mais j'ai encore mal à la tête.

Hier matin, Violette a accouché.

Je ne savais même pas que ma fille était enceinte... Je ne peux pas dire ce qui a été le plus fort. Ma peine de l'apprendre comme ça ou ma joie d'être grand-mère. Ça donne quoi au juste lorsque les deux se mélangent?

Ma mère aurait dit «une coupe de champagne et deux Carbamazépine avec».

Raphaël m'a parlé longuement, presque à voix basse. Il a dit qu'il serait peut-être temps de tourner la page. Qu'il est sûr que Gabriel nous y aidera. Qu'il n'est pas trop tard pour se parler. Violette ne veut pas. Mais moi?

Ce que je peux te dire d'elles

Je n'ai pas réfléchi. Une fois de plus, j'ai foncé tête baissée. Sans savoir ce qu'il en résulterait. Certains événements ne se reproduisent pas. Les chances qu'ils nous donnent non plus.

À 8 h 10, le lendemain, le TGV quitte la gare de Toulouse-Matabiau. Arrivée prévue à Paris-Montparnasse : 13 h 30.

Malgré mes protestations, Raphaël a promis de venir me chercher. Il se débrouillerait. Trouverait une excuse.

« Une excuse ? Mais pourquoi ?

— ...

— Elle ne sait pas que tu m'as appelée ? Elle ne sait pas que je viens, c'est ça ? »

Alors, je pourrais bien prendre le bus... Pour être seule encore un peu et retarder le moment où j'affronterai le regard de Violette. Violette qui ne veut pas me voir.

Violette qui ne m'a pas appelée.

Violette qui ne m'a rien dit.

Comme moi.

Comme moi... Que puis-je répondre à ça ?

8 h 42. Montauban. Cinq minutes d'arrêt. Je somnole déjà. Gabriel. C'est un joli prénom. Un garçon dans la famille. Le point de rupture.

Maman doit être contente de là où elle est. Elle aimait bien les garçons. Même si on a été heureuses entre nous. Cette armada de femmes. Depuis si longtemps.

J'aimerais qu'elle soit encore là pour voir ça. Justine et Babé aussi auraient bien voulu voir ça et j'ai eu toutes les peines du monde à leur expliquer que je voulais aller seule à Paris.

Ce que je peux te dire d'elles

J'ai promis de les y emmener à leur tour. Mais plus tard. Promis, juré, craché. Elles étaient frustrées et boudeuses. Je les comprends. Un événement pareil! Je me suis serrée contre elles en les quittant. Même quand c'est moi qui pars, j'ai l'impression qu'elles m'abandonnent. C'est idiot. C'est comme ça. Parfois, j'ai de nouveau huit ans. Ou douze. Ou vingt. Ou bien plus que ça. Il y a des sentiments qui ne nous quittent pas, quel que soit l'âge que l'on a. Qui se font même plus intenses quand le temps s'accélère. Pourquoi ai-je mis tant de temps à le comprendre?

Justine et Babé n'ont pas perdu le nord, fidèles à cet optimisme solide qui les caractérise. «Et tu l'embrasseras pour nous ce petit, et tu diras à Violette qu'elle nous manque, et tu lui diras qu'il faut qu'elle vienne bientôt avec Raph et Gabriel, et surtout rapporte-nous des macarons de chez Ladurée, surtout n'oublie pas... Tu auras le temps d'aller au marché Saint-Pierre?»

«Fais la paix avec ta fille, Blanche. Fais la paix avec toi-même», a ajouté Babé, le nez dans mon cou.

Je regarde le paysage défiler. Longtemps. J'aime la campagne toulousaine. Elle est calme. La côte atlantique approche. C'est beau aussi. Aussi sauvage que les Pyrénées. D'une autre manière.

Le train file à toute allure. Comme ma vie.

Gabriel. Un garçon. Un garçon au bout de cette lignée de filles. Une autre histoire. Toute neuve.

Je voudrais avoir réussi ça. Au moins ça.

Il ne tient qu'à moi...

Drôle de famille.

Tatactatoum. Tatactatoum. Tatactatoum.

Maman. Maman. Maman. Mamans.

Il fait une chaleur incroyable. La paume de ma main est moite de sueur. Celle de Maman aussi. Je m'y agrippe pourtant farouchement. Comment peut-il faire aussi beau un jour pareil. Pour moi, l'été, le soleil, la chaleur, ça signifie grandes vacances, vélo, copains, jeux et rires. Insouciance protégée. Pas de devoirs et pas de réveil. Une joyeuse liberté. Surveillée de très loin. Depuis douze ans, en tout cas du plus loin que je me souvienne, c'est comme ça que se passe l'été pour moi. L'été, ce n'est certainement pas une saison pour mourir et pour pleurer. Pour se retrouver coincée entre des tas d'adultes qui reniflent et qui se mouchent. Pourtant, c'est bien le mois de juillet que Papé a choisi pour s'en aller. Et on est bien à Saint-Lizier. Mon Papé Paul qui aimait tant ces ciels clairs et étoilés que l'été aussi peut donner.

Maman me lâche la main pour essuyer la sienne avec son mouchoir, déjà tout trempé. Je lui arrive presque à l'épaule. Il faut dire qu'elle n'est pas bien grande. Et moi en avance pour mon âge. Il paraît que je tiens ça de mon père, la taille. Plus quelques autres choses. Je sens le chagrin de Maman plus que je ne l'entends. Ma mère a toujours pleuré en silence. Elle fait souvent tout en silence. Avec elle, je devine plus que je ne vois. Pourtant, il me semble qu'elle n'a jamais été aussi malheureuse qu'aujourd'hui et son chagrin me fait peur. Moi qui pense encore que ma mère est la plus forte de toutes les femmes. Ce jour-là, dans le petit cimetière de Saint-Lizier où même l'ombre des grands cyprès n'est pas rafraîchissante, je la sens plier. Flancher. Je regarde Justine et ses yeux gonflés de larmes. Elle aussi ? C'est la première fois. Et j'aurais sans doute préféré les larmes de Babé plutôt que ce visage blanc de tristesse. Elles qui, d'ordinaire, savent si bien rire pour tout et n'importe quoi.

Moi aussi j'ai du chagrin, bien sûr. La vie à Toulouse ne va plus être la même. Qui m'emmènera rue Alsace-Lorraine maintenant, visiter la salle des rotatives de *La Dépêche du Midi* ? Me dévoilera les mille et un secrets de la fabrication du journal ? M'expliquera les bruits et les odeurs ? Le long cheminement des lettres, depuis les machines à écrire de la salle de rédaction jusqu'aux rouleaux encreurs. Avec qui vais-je manger d'énormes éclairs au chocolat sur le banc du jardin Goudouli ? Qui me dira le nom des étoiles, des planètes et des constellations ? Jupiter. Vénus. Andromède. Cassiopée. Le Cygne. Celui des fleurs et des plantes... Avec mon grand-père s'envole surtout ma seule image paternelle. Le seul homme qui restait dans cette tribu de femmes, parti à son tour. Douze ans après mon père, que je n'ai pas connu. Mais plus que le cercueil de Papé Paul que je vois se refermer à jamais, plus que les fleurs que je jette dans le trou de sa tombe, c'est le chagrin de Maman, de Justine et de Babé, mes trois mères, mes trois piliers, qui me rend triste. Comme un socle puissant qui s'ébranle soudain. Pas longtemps. Non. Mais suffisamment pour qu'on en perçoive la fragilité.

On rentre à la maison, sur la place de l'Église. Notre maison de famille. Celle dont Justine et Babé ont hérité à la mort de leur père, Barthélemy. C'est la mienne aussi. Je n'ai pas d'autre maison de vacances.

Quelques amis de Papé, un peu vieux, un peu boiteux, ont suivi. Des voisins. Le maire. Le curé. C'est tout petit, Saint-Lizier. Tout le monde se connaît. Avant de partir à la messe d'enterrement, Babé a préparé à manger, un plateau de charcuterie, quelques pâtés, un poulet rôti et un «rose vif», comme elle dit pour parler du rosbif. Des jus de fruits. Du vin. Je suis la seule enfant. Je ne parle pas. J'écoute le brouhaha. Le changement d'atmosphère m'intrigue. Tout à l'heure, au cimetière, elle était pesante. Petit à petit, on range les mouchoirs et les sourires reviennent. On mange. On boit. On discute. À voix basse quand même. Comme pour ne pas en faire trop.

C'est le curé qui parle le plus fort. Je trouve ça curieux. C'est peut-être parce qu'il a une énorme cage thoracique, comme les chanteurs d'opéra. Ou bien parce qu'il boit beaucoup de vin. Comme à la messe. Ou tout simplement par habitude. Pour que tout le monde entende bien ce qu'il dit, surtout les rangs du fond.

«Blanche, ma chérie, tu viens m'aider s'il te plaît?»

Babé me tend un grand plat de chips que je dépose sur la table, au milieu de la salle à manger. Elle sourit en regardant mes bras et mes tatouages Malabar qui tranchent avec ma jolie robe en coton gris. Maman est assise sur le canapé en velours jaune, à côté de Justine. Elles ne parlent pas. Elles se tiennent la main. Justine me sourit. Je vais m'asseoir entre elles.

«Vous êtes très tristes?»

Je suis vraiment inquiète.

Justine m'entoure les épaules de son bras et laisse glisser ses lèvres dans mes cheveux.

«Tu sens la camomille... Ta mère aussi, quand elle était petite, sentait la camomille... Mémé Anna disait que ça mettait encore plus d'or dans ses cheveux. Tu te souviens, Angèle?»

Maman hoche la tête, et une nouvelle larme roule sur sa joue. Babé est venue s'installer dans le fauteuil en face de nous. Son regard se brouille de nouveau. Babé devient toujours un peu absente quand on parle de Mémé de Montesquieu. Toutes les trois elles deviennent un peu absentes quand elles parlent de Mémé Anna.

Ce que je peux te dire d'elles

Je sais que c'est à Montesquieu, pas très loin de Saint-Lizier, qu'elles ont grandi toutes les trois, ensemble, et je sais aussi que c'est Mémé Anna, mon arrière-grand-mère, qui les a élevées. Je les entends parfois en parler chez nous, à Toulouse. Je ne comprends pas pourquoi ça les rend gaies et tristes à la fois. Je n'attrape que des fils de phrases décousues. Mais je les retrouve les yeux dans le vague, invariablement. Silencieuses. Un léger sourire aux lèvres. Un peu comme aujourd'hui. Je cherche une place confortable sur le canapé. Lovée entre Justine et Maman. La tête tournée vers Babé. J'accroche tous mes sens à leurs voix. Aux souvenirs qui remontent. Je suis tranquille mais aux aguets. Comme un chat que l'on croit endormi et dont les oreilles tressaillent au moindre chuchotement.

*

Mémé Anna a beau avoir soixante-cinq ans bien sonnés, elle a encore un sacré coup de pédale. Elle met en moyenne un peu plus d'un quart d'heure pour parcourir en vélo les six kilomètres qui séparent Saint-Lizier de Montesquieu, ce qui est une jolie performance. Parce qu'il y a plus de montées que de descentes. En rentrant ce jour-là, elle a le temps : de se demander si tout est vraiment écrit; de se redire que les voies de Dieu sont impénétrables, mais ça elle le sait et pour rien au monde elle ne remettrait en cause la parole divine; d'en conclure que c'est donc bien son destin que d'élever encore des enfants qui ne sont pas les siens.

Elle, elle en a eu cinq. Un est mort très jeune. On ne s'en étonne presque pas tellement c'est fréquent à l'époque. Peut-être même que la peine passe plus vite. Il faut dire qu'on a autre chose à faire que s'api-toyer sur son sort. Il faut travailler si on veut man-ger. Et travailler, sûr que ça aide à oublier. La rudesse contre la tristesse, le sort des pauvres.

Les deux plus grands, Philippe et Baptiste, sont partis travailler en Amérique. Et ça, Anna en est fière. C'est courageux d'aller si loin. Au-delà de la mer. Anna n'a jamais vu la mer et se dire que l'Atlantique est au moins cent mille fois plus grand que le lac de Bethmale, c'est trop difficile à imagi-ner. Mais ça rend ses fils encore plus courageux. Courageux et un peu amnésiques aussi... Elle n'a plus guère de nouvelles d'eux, quelques lettres de plus en plus espacées, qui disent que tout va bien, qu'il y a plein d'Ariégeois dans les cuisines du Waldorf Astoria et qu'ils ne sont pas dépaysés parce que tout le monde parle occitan. Elle aimerait tant les revoir avant de mourir. Mais ils ne sont pas reve-nus au pays pour la mort de leur père. Alors...

Alors c'est aux deux qui lui restent, Barthélemy et Augustine, qu'elle doit, à soixante-cinq ans, d'élever encore des enfants.

C'est Augustine qui a commencé. Avec Angèle.

Augustine ne voulait pas de fille. Les filles, ce n'est bon à rien, qu'à avoir des soucis. Dès que ça peut, ça se fait engrosser par le premier venu, sans discrétion. Elle sait de quoi elle parle, Augustine, elle que Paul a mise enceinte avant le mariage. Comment s'en est-elle sortie d'ailleurs avec cet «incident de parcours»? Qu'a-t-elle raconté? Il paraît qu'elle a obligé Paul à l'épouser plus rapidement que prévu et que, sans l'incident de parcours, il ne se serait peut-être pas engagé si vite... Et puis, c'était la guerre.

Angèle.

Ma mère.

Parachutée chez Mémé Anna à un an. Dans une minuscule maison de pierre qu'on appelle «la Vigne». Sans doute qu'il a dû y en avoir des vignes autrefois, là. Aussi certainement qu'il y avait de drôles de choses dans le cœur d'Augustine pour abandonner ainsi son enfant. Augustine qui, un beau jour, a décrété vouloir à son tour partir à New York. Augustine qui, pire que ses frères, n'a plus donné signe de vie une fois l'Atlantique franchi.

Mémé Anna n'a pas le choix. Mais Mémé Anna a un cœur gros comme ça. Un don pour la multiplication de l'amour. Une petite-fille à élever. Une mère à remplacer. Elles se sont trouvées. Il n'a plus jamais été question de choix.

Même à la mort de Clémentine, la femme de Barthélemy, veuf inconsolable, incapable désormais de s'occuper de ses deux filles, Justine et Babé.

Mes tantes.

Parachutées à leur tour chez Mémé Anna, l'une à trois ans, l'autre à quelques jours. La Vigne est devenue plus minuscule encore et l'amour encore plus concentré. On ne pouvait pas pousser les murs. Mais ceux du cœur sont élastiques.

Voilà comment Mémé Anna s'est retrouvée la mère, un peu vieillissante, de ses trois petites-filles. C'est elle qui en a fait des sœurs. À force de grandir ensemble, certains traits se mélangent. Des sœurs.

Angèle est blonde. Petite pour son âge, plutôt menue. Pas de candeur dans ses yeux noirs. Une volonté féroce. Dès quatre ans, celle d'être un garçon. Enfin, un garçon manqué. «Manqué», le lot d'Angèle. Angèle pense qu'être un garçon, c'est mieux. Au moins les garçons, on peut être fiers d'eux. Comme Mémé avec Philippe et Baptiste. Ça se débrouille. Ça travaille. Et, entre parenthèses, ça peut semer des enfants sans se faire remarquer. Sans être obligé de les laisser tomber pour partir en Amérique.

Elle se sent bien à Montesquieu, même s'il n'y a que des filles. Mémé, et maintenant Justine et le bébé braillard, Babé. Son père lui manque. Pas tous les jours c'est vrai, mais souvent. Et dans ces moments-là, il lui manque absolument. Mais il n'a pas refusé qu'Augustine la laisse à Mémé. Parce que c'était trop compliqué de la garder seule avec lui à Toulouse. Son travail rue Alsace-Lorraine ne le lui permet pas. Angèle l'aime et lui en veut à parts égales. Pourtant, elle s'acharne à le comprendre.

À trouver de justes raisons à leur séparation. Les raisons qu'elle n'arrive pas à trouver à sa mère. Comme c'est ce qu'elle fait de mieux, Mémé veut lui apprendre à coudre et à broder. Angèle s'y refuse systématiquement. Ce ne sont pas des activités pour elle. Ça fait trop «fille». Ça va bien à Justine et ça ira peut-être aussi à Babé.

Angèle préfère lire. Ses devoirs terminés, elle se plonge dans tous les livres que M. Roquemaurel, l'instituteur, veut bien lui prêter. Une sorte de frénésie qui la ramène vers son père et vers les petites lettres qu'il aligne sur la plaque imprimante, soir après soir, dans cette pièce sombre du sous-sol de *La Dépêche du Midi* où il travaille. Lorsqu'il prend Angèle pour les vacances, ou certains dimanches, il l'emmène avec lui rue Alsace-Lorraine. Elle écoute alors le bruit sourd des rotatives et les invectives des autres typographes, toujours pressés. Elle sent l'odeur de l'encre brune et du tabac mélangés. Elle trottine derrière son père, elle veut l'aider, soulever les grandes plaques métalliques. Mais elles sont bien trop lourdes. Alors elle l'observe, elle le guette. Personne ne fait attention à elle. Elle tend les cigarettes maïs à son père quand il les cherche, elle plie son chiffon quand il est trop imbibé d'encre. Elle lui en donne un propre sans presque qu'il s'en aperçoive. Ça ne la gêne pas. Elle est avec lui. Elle rentre à la maison les doigts et la robe bleus. Et ils rigolent ensemble en pensant que Mémé ne va pas être contente quand on rapportera à Montesquieu une robe irrécupérable.

Angèle croit que c'est grâce à son père si le journal peut sortir tous les matins. Seulement grâce à lui. Pour elle, les mots qu'elle lit dans les vieux livres écornés de M. Roquemaurel ressemblent comme deux gouttes d'encre à ceux que Paul coule dans l'étain et le plomb chaque nuit.

C'est le meilleur moyen qu'elle a trouvé pour être un peu avec lui.

Contrairement à Angèle, Justine passe beaucoup de temps à regarder Mémé coudre et broder, à ranger les fils de couleur dans la grande boîte à couture, à lui tendre les épingles, à aligner soigneusement les aiguilles à tricoter par longueur et par grosseur. Docile et brune Justine, qui se fait continuellement chambrer par Angèle parce qu'elle croit aux fées. Gnagnagnagnagna. Évidemment que Justine croit aux fées, puisque sa mère en est une, c'est Barthélemy qui le lui a dit. Même Mémé ne l'a pas démenti. Mémé qui aurait plutôt évoqué les anges, mais franchement, fées, anges, quelle différence pour une enfant de cet âge.

De toute façon, il faut bien que Justine se raccroche à quelque chose. Au moins à une impression, une confession, une promesse, un rêve vague et fugace, puisqu'elle ne se souvient de presque plus rien de sa mère. Juste du chagrin et des larmes de son père. De ce qu'il a dit à Mémé Anna dans la cuisine de la maison de Saint-Lizier. Qu'il ne pouvait pas s'occuper d'elle et de Babé. Qu'il ne saurait pas. Elle a tout entendu, assise sur la première marche de l'escalier. Malgré la porte fermée. Et quand Mémé est repartie, son père lui a parlé des fées. Des fées qui se substituent aux morts et qui ne nous quittent jamais.

Lorsque Angèle se moque d'elle, Justine est encore plus triste. Elle cherche et cherche au fond de sa mémoire. Ça ne marche pas. Elle a oublié le visage de celle qui l'a pourtant bercée pendant trois ans. Au point de ne plus pouvoir, ni vouloir, en parler. Elle s'en voudra toujours d'avoir tant oublié. Et d'avoir besoin d'une photo pour construire l'image de la fameuse «fée-qui-ressemble-à-Maman-et-qui-ne-me-quittera-jamais». Quand même. Si elle pouvait choisir, elle échangerait bien la fée contre sa mère.

Justine a demandé à Mémé si sa mère cousait bien. Mémé a répondu oui. Il ne lui en a pas fallu plus pour vouloir que Mémé lui apprenne à faire un ourlet, repriser les chaussettes, coudre les boutons... Là-dessus, Angèle n'a aucune autorité sur elle et n'en aura jamais.

Babé regarde Mounicotte. Le temps passe. Elle a cinq ans maintenant, elle ne devrait plus en avoir peur. Loupé. Elle est toujours aussi terrorisée. Elle pourrait bien demander à Mémé de le décrocher mais elle ne veut pas que «les grandes» se moquent d'elle. Elle les entend d'ici : «Mais Babé, ce n'est qu'un masque ! Que veux-tu qu'il te fasse ?»

Tu parles. Un masque inca envoyé d'Amérique par l'oncle Baptiste. Un masque terriblement sombre avec d'affreux sourcils broussailleux au-dessus de deux billes translucides enfoncées dans les orbites, et de longues moustaches brunes. Une bouche immense, ouverte sur une langue rouge et des dents acérées. Le monstre Mounicotte qui hante l'escalier et devant lequel Babé doit obligatoirement passer pour aller se coucher. Son imagination s'emballe. Elle entend derrière elle de petites voix sournoises lui susurrer à l'oreille de prendre garde à Mounicotte, le mangeur d'enfants, l'ogre de l'escalier. Et des ricanements, sinistres.

«Ne descends pas l'escalier Babé... Ne descends pas ou Mounicotte t'attrapera... Et on ne pourra rien faire pour te protéger...»

Alors Babé ferme les yeux quand elle passe devant lui. Elle tient fermement la rampe en chêne pour éviter de tomber, mais elle est si haute cette rampe, et elle lui paraît si longue. Ou bien elle chante à tue-tête pour couvrir les voix et sa peur immense. Pour se donner du courage. Et si Mounicotte ne mangeait pas les enfants qui chantent ?

Mémé sait bien ce qui se passe quand elle entend Babé chanter comme ça. Elle sort de l'unique pièce qui sert aussi de cuisine en s'essuyant les mains sur son tablier et en pestant gentiment contre les grandes. Elle attend Babé, les bras ouverts.

«Viens Babé, je suis là, ne crains rien. On va monter toutes les deux et tu verras qu'il n'y a pas de monstre ici. Je t'assure, tu peux me croire!»

Mémé ne ment jamais. Sa voix est si douce. Et le creux de ses jambes est un féroce rempart contre les démons incas cachés dans les recoins. Bien longtemps Babé gardera ce souvenir, de peur et de sécurité mêlées, le ricanement des petites voix, celui de Mounicotte et l'odeur du tablier de sa grand-mère.

*

Moi, c'est dans les jupes de Babé que je vais me réfugier pour combattre mes peurs.

J'ai fini par m'allonger complètement sur le canapé. Je les écouterais comme ça toute la vie. Les yeux mi-clos. La tête sur les genoux de Justine et les jambes sur celles de Maman. Leurs mains douces posées sur moi. Babé a raccompagné le dernier invité et elle est revenue s'asseoir dans le fauteuil. C'est elle qui parle. Avec Justine. Je voudrais que Maman raconte aussi. Elle ne dit rien. Elle a les yeux fermés. Je ne comprends pas son silence. Ni sa torpeur. Est-ce qu'elle dort? Ce n'est pas grave. Je les ai maintenant toutes les trois pour moi seule. Ce soir, on reste à Saint-Lizier. On rentrera demain à Toulouse.

*

C'est Angèle qui a quitté Montesquieu la première. Elle a obtenu son certificat d'études et elle n'en est pas peu fière. Ce ne sera pas son seul diplôme, ça fait déjà longtemps qu'elle se l'est promis. À peine quelques années sur les bancs inconfortables de la petite école tapie à l'ombre de grands platanes et elle le savait déjà. À quatorze ans, elle rejoint Papé Paul à Toulouse pour faire l'école Pigier, filière secrétariat. Elle est partagée, bien sûr. Quitter Mémé Anna, Justine et Babé, c'est le premier vrai déchirement de sa vie. Le départ de sa mère, elle ne s'en souvient pas. L'absence, Mémé l'a comblée. Justine et Babé aussi. Même si, malgré ce qui les unit, elles n'ont pas réussi à empêcher l'attente. Et l'espoir. De revoir Augustine un jour. De savoir pourquoi elle ne l'a pas emmenée avec elle en Amérique.

Finalement, c'est peut-être plus facile d'avoir une mère à pleurer qu'une mère à attendre.

Justine et Babé sont tristes aussi. Davantage que Maman. Elles n'ont pas encore l'âge de comprendre à quel point s'émanciper peut procurer du bonheur. Elles ne savent pas ce que ça veut dire. Ça viendra. Aujourd'hui, pour elles, c'est juste un départ de plus. Une absence de plus. Après Clémentine. Après Barthélemy, qu'elles ne voient que le jeudi et le dimanche, Barthélemy qui préfère la solitude de Saint-Lizier, ses souvenirs et ses photos jaunies.

Angèle manque à Mémé. Depuis son départ de Montesquieu, cinq ans auparavant, il y a tant de choses en moins. Que ses retours pour les vacances ne comblent pas. Les éclats d'Angèle, de rire ou de colère, aussi bruyants et incontrôlables les uns que les autres, leur complicité tenace, malgré certains sujets tabous. Mémé, si paisible et si fataliste, n'a pas forcément compris l'impatience d'Angèle, même si elle pouvait en deviner les raisons. Une impatience grandissante au fil des jours. Un besoin de courir qu'elle ne pouvait contenir. Comme lorsqu'elle était enfant et qu'elle disait à Mémé qui venait la border : «J'ai tellement hâte d'être à demain, si tu savais...» Mémé a toujours su qu'Angèle partirait. Pas parce qu'elle est l'aînée de ses trois petites et que c'est dans l'ordre des choses. À part garder les chèvres, il n'y a rien à faire à Montesquieu. Mais parce qu'il lui semblait qu'Angèle aurait à peine assez d'une vie pour rattraper ce après quoi elle galopait. Et qu'il fallait qu'elle commence le plus vite possible.

Puis il lui reste Justine et Babé. Même si Mémé se doute que, là encore, il n'y en a plus pour très longtemps. Elles grandissent si vite. Bien trop vite. Babé, malgré ses quatorze ans, a encore peur de Mounicotte, mais pour combien de temps? Entraînée par ses aînées, elle aussi commence à s'impatienter. Justine a presque dix-sept ans. Elle a eu son CAP de couture et parle déjà de rejoindre Angèle à Toulouse après l'été. L'école normale d'apprentissage, Justine en rêve, Mémé le sait, elle trouve ça normal, elle en est fière. La question n'est pas là. Elle n'a rien demandé à cette vie, elle s'en est accommodée. Mais elle a profondément aimé chaque jour qu'elle a eu avec elles trois. Et même si elle sait plus que quiconque l'inutilité de lutter contre ce qui est écrit, la nostalgie la saisit de plus en plus souvent. Plus elle voit le jour éclairer la vie de ses filles et le soir tomber sur la sienne. Elle n'est presque pas étonnée quand elle ressent une pointe aiguë juste sous son sein. Un curieux mélange de peur et de sérénité l'envahit. Une torpeur, douce et rassurante. Elle pose la main sur son cœur comme pour apaiser la douleur de plus en plus persistante. Elle faisait ça aux petites pour soigner le moindre de leur bobo. Poser sa main pour absorber la souffrance. Sa poitrine lui fait de plus en plus mal. Il faut qu'elle s'allonge. Par terre, peu importe. Qu'elle respire. Lentement. Régulièrement. Justine et Babé sont allées chercher du lait à la ferme, elles vont bientôt rentrer. Babé lui dira qu'elle s'est encore fait mordre les mollets par les oies. Elle sera furieuse parce que Justine se sera moquée d'elle. Mémé doit être rétablie quand elles arriveront. Il faudra faire bouillir le lait. Au moins deux fois. Et consoler Babé. Elle sourit. Elle revoit toutes ces années paisibles et tendres passées à s'entourer, à s'enrouler les unes aux autres. À faire front contre tout. À veiller plus qu'à surveiller. À regarder pousser ses filles comme elle a regardé toute sa vie la terre lui donner le meilleur de ce qu'elle avait. Se retrouver de nouveau mère à plus de soixante-cinq ans l'a sans doute aidée à aller au-delà de ses forces. Mémé Anna, fidèle en tout, et plus encore à sa mission divine, n'aurait pas laissé ses petites avant d'être sûre qu'elles puissent s'en sortir seules. Mais Angèle vit sa vie depuis cinq ans déjà. Justine va partir la rejoindre. Bien sûr, il y a Babé. Mais il reste Barthélemy à Babé. Un père qui devra enfin jouer son rôle si d'aventure Mémé mourait. Un père pour Babé toute seule, qu'elle rejoindra à Saint-Lizier en ne désespérant pas de le ramener à la vie. Alors, si le moment était venu de lâcher prise, de laisser ce qui doit advenir s'accomplir ? Et cette lame qui continue de lui transpercer le cœur.

« Mémé, Mémé, qu'est-ce que tu as, Mémé, je t'en prie, regarde-moi... Mémé, c'est moi, Justine... Mémé, s'il te plaît... »

La voix de Justine l'atteint alors qu'elle se croyait déjà si loin. Tout n'est peut-être pas fini. Quelque chose de chaud et de salé tombe sur son visage et vient se blottir au coin de ses lèvres. Justine pleure. Non, il ne faut pas ma chérie. Ce n'est rien. Ça va passer. Justine l'a prise dans ses bras, la secoue. Elle la serre contre elle, trop fort. Mémé a du mal à respirer. Pourtant elle est si bien, là, blottie au creux de sa petite. Babé est là aussi. Le nez dans ses jupes. Elle sent son poids sur son corps. Il faut qu'elle lui parle. Babé a si peur de Mounicotte.

Mais elle n'entend déjà presque plus la voix de Justine. Et Mounicotte disparaît peu à peu derrière un voile obscur.

Le docteur arrive pour recueillir son dernier souffle. Il n'aurait rien pu faire, c'est ce qu'il dit à Justine et à Babé, anéanties. Elles sont là, immobiles, assises sur le lit où Mémé ne bouge plus. Comment se faire à cette idée insensée qu'elle est morte alors qu'elles la pensaient éternelle ? Elle ne peut pas mourir, c'est impossible. Pas elle. Pas Mémé. Ne pas avoir de mère, elles savent ce que c'est. Une idée abstraite malgré tout, dénuée de toute cassure. Leur vie a commencé à Montesquieu. Avant ne représente presque rien. Aujourd'hui, la vie s'interrompt. Avec la brutalité d'une crise cardiaque. Il y aura désormais un hier et un demain. Un hier avec Mémé et un demain sans elle.

Pour le moment, elles ne l'imaginent pas. Elles ne peuvent pas. Elles regardent Mémé en espérant qu'elle va bouger, ouvrir les yeux et leur sourire. Que tout ça n'est qu'une vilaine farce qu'elle leur fait. Mais Mémé ne leur a jamais fait de farce. Mémé ne leur a jamais menti. Jamais.

Le docteur leur explique gentiment qu'à son âge, on pouvait s'y attendre. Que Mémé a eu une belle vie, immensément riche, que les avoir avec elles a été une bénédiction.

Alors, à son âge, elle a bien le droit de mourir. Justine a regardé le docteur de son œil le plus sombre. Babé a juste baissé la tête en reniflant. Y a-t-il un âge déterminé pour mourir ? Avoir vécu quatre-vingt-trois ans, c'est donc suffisant. Aucun regret à avoir. Aucun hurlement à pousser. Juste la dignité et la raison. Mais pour Justine et Babé, Mémé n'avait pas quatre-vingt-trois ans. Elle n'avait pas d'âge. Encore moins celui de mourir. De les laisser.

Tant pis pour la dignité; elles ont hurlé tout ce qu'elles pouvaient. Si seulement leurs cris pouvaient la réveiller.

Angèle est venue de Toulouse. Elle est livide et elle a froid. Il n'y aura désormais plus personne pour combler l'absence, le vide démesuré. Plus personne pour apaiser ses espérances trompées. Le point de rupture. Au petit matin du lendemain, avec Justine et Babé, seules, silencieuses, malheureuses comme elles ne savaient pas encore qu'on peut l'être, elles se sont enfermées avec Mémé. Dans la minuscule pièce de la Vigne, celle où il avait flotté tant de vie, autour du petit cercueil qui paraissait immense. Pour quelques heures encore, Mémé est le centre du monde. Le centre de leur monde. Même Barthélemy, plus sombre encore que d'habitude, en est exclu. Puis elles ont coupé les fleurs du jardin, celles que Mémé aimait tant et dont elle s'occupait avec tant de patience, les colchiques rose pâle, les dahlias fauves, les glaïeuls pourpres. Elles ont glissé les fleurs dans ses mains croisées, sous le chapelet de perles blanches, touché une dernière fois son front, coiffé son chignon blanc et serré, déposé un dernier baiser sur sa joue froide. Elles auraient voulu qu'on ne ferme pas la boîte tout de suite.

Pour laisser encore un peu de temps à l'enfance.

Août 1961

Justine coud de mieux en mieux. Comme prévu, elle obtient son CAP de couture haut la main. Elle sort de l'école première du département. Mémé a eu le temps de voir ça juste avant de mourir. Les fées... Mme Roquemaurel, l'institutrice de Montesquieu, pensait bien que Justine devrait en faire son métier, qu'elle était faite pour ça. Alors, trois ans auparavant, après le certificat d'études, elle l'a envoyée au centre d'apprentissage. Même si ses résultats scolaires étaient bons et qu'elle aurait pu continuer, passer le brevet, devenir institutrice à son tour. Mais Justine voulait coudre, à tout prix. Mémé le savait depuis longtemps. Aux premières broderies de Justine, à ses premiers ouvrages, elle l'avait deviné. Et sa passion aussi. Elle ne s'était donc opposée à rien et avait laissé Justine suivre sa route. D'abord Foix et le centre d'apprentissage. Ensuite Toulouse où Justine va partir pour intégrer l'école normale d'apprentissage. Elle serait professeur de couture.

Partir et partir encore.

Cruel dilemme pour Justine. Mais quitter Montesquieu où son enfance agonise, enfermée dans la boîte avec Mémé, c'est peut-être mieux. Même si ça signifie aussi quitter Babé. Devenir grande. Vivre sa vie. Devenir grande.

Heureusement, à Toulouse, il y a Angèle, qui a déjà un petit appartement à elle, quatre pièces exiguës, rue d'Aubuisson. Malgré les réticences de Barthélemy, qui se demande s'il est bien raisonnable que ces deux «gamines» vivent ensemble, Justine s'installe chez Angèle comme prévu. Et puis Barthélemy ne s'est occupé de rien, vraiment. Alors a-t-il le droit de dire quoi que ce soit. Mémé, elle, avait dit oui. Il n'y a pas à revenir là-dessus.

On consacre les vacances d'été au petit déménagement. De toute façon, il faut bien vider la Vigne du peu qu'elle possède puisque Mémé est morte. Pas grand-chose à emporter. Quelques livres et quelques photos. Celle, aux tons passés, de la noce de Barthélemy et Clémentine. Peu de vêtements. Ça ne durera pas... Quelques objets épars, la médaille en or de Mémé, une boîte en porcelaine, une parure de draps en gros coton. L'alliance de Clémentine. Des petits bouts de fées.

Angèle et Justine sont presque gaies. Elles trouvent dans cette besogne une raison de moins pleurer Mémé. Elles imaginent qu'elle serait heureuse de les voir heureuses. La vie est plus forte que tout. Et la jeunesse aussi.

Babé est blessée. Voir partir Justine, c'est comme voir Mémé mourir une deuxième fois. Même si elle le savait puisque c'était prévu. C'est la mort de Mémé qui ne l'était pas. Mémé, sa mère mille fois plus que celle d'Angèle et de Justine. Comment peuvent-elles être si tourbillonnantes ces deux-là? Elle trouve que ça fait quand même beaucoup. Justine qui la quitte alors qu'elle a besoin d'elle. Mémé qui l'a abandonnée bien trop tôt. Quitter Montesquieu pour Saint-Lizier qu'elle connaît à peine. Retrouver un père avec qui elle n'a jamais vécu. Même si elle n'est pas mécontente à l'idée de ne le partager avec personne. Enfin quelqu'un pour elle toute seule. Ne plus être la dernière. Être forcément la préférée. Elle essaie de se persuader que vivre avec elle redonnera le sourire et l'envie à Barthélemy. Qu'elle sera plus forte que ses fantômes. Elle a quand même presque tout perdu en quelques jours, sa grand-mère-mère, sa maison, son école et maintenant sa sœur, sans parler de l'enfance et de ses remparts. Angèle et Justine, constamment là pour veiller sur la petite. Même si elle sait ne plus l'être, petite. Et les promesses qu'elles s'étaient faites de ne jamais se séparer, alors?

Pendant que tout le monde s'affaire dans le petit appartement de la rue d'Aubuisson, Babé, assise sur un pouf, les mains croisées sur les genoux, pense à l'abominable Mounicotte et à ses ricanements sinistres. Voilà à quoi il lui semble que sa vie ressemble, là, à cet instant précis. Maintenant, elle est sûre que Mounicotte va se venger de toutes les douces années de protection savamment orchestrées par Mémé. Son père l'a rapporté de Montesquieu et accroché dans l'escalier. Le souvenir d'un frère, ça ne se jette pas. Mémé ne l'aurait pas voulu. Peut-être que si Babé le lui demandait, Barthélemy accepterait de le décrocher et de le mettre au grenier. Après tout, les «grandes» ne seront plus là pour se moquer d'elle. Non, le grenier est encore trop proche de la chambre. Cette chambre immense de la maison de Saint-Lizier, si différente de celle de Montesquieu, cette nouvelle chambre où elle dort seule, elle qui a toujours dormi avec Mémé et Justine et Angèle. Elle qui, tout d'un coup, a peur du noir. À quatorze ans. Et plus personne pour monter l'escalier avec elle. Il faudrait le brûler. Brûler Mounicotte et tous les chagrins avec, la mort de Clémentine, la mort de Mémé, le départ de Justine, les larmes de Babé qui a du plomb dans le cœur et qui voudrait surtout devenir grande elle aussi pour partir à Toulouse.

«Ma Babé, ma Babé chérie, ne sois pas triste... Tu sais bien que je reviendrai tous les samedis à Saint-Lizier, et les dimanches aussi, tu le sais. Toulouse n'est pas si loin.»

Justine a fini de ranger ses affaires dans un coin d'armoire qu'Angèle lui a dégagé et elle s'accroupit sur le pouf à côté de Babé. Babé enfouit sa tête dans la jupe de Justine.

Mais la jupe de Justine sent le départ, comme le jour où Mémé est morte. Le départ et l'absence, c'est tout. La tendresse de sa sœur n'y change rien.

Et Babé reste. En tête à tête avec l'ombre d'un père et avec Mounicotte.

À l'école normale, Justine découvre la couture. Elle n'imaginait pas en savoir si peu. Grâce à Mémé et au centre d'apprentissage, elle sait déjà repriser, tricoter, broder, faire des ourlets et des boutonnières. À l'école normale, elle apprend à tailler des patrons, à assembler des pièces de tissu, à reconnaître les étoffes, satins, soies, taffetas et, surtout, à dessiner des modèles. Pour son anniversaire, Angèle lui a offert un nécessaire complet avec des ciseaux gravés à son nom, des aiguilles et des épingles à bout de nacre. Et elle crâne un peu le jour de la rentrée! Maintenant, il s'agit d'utiliser au mieux ce savant matériel. Il serait évidemment honteux pour elle de ne pas devenir la meilleure avec ce luxe d'outils. Ça ne sera pas trop difficile. Justine est douée et Angèle, un modèle patient. Bientôt, parce qu'il le faut quand on est à l'école normale, elle trouve du travail dans un atelier où elle peut mettre la théorie en pratique. L'atelier Braband. Elle ne sera pas «arpette», même si c'est un joli mot pour parler des indispensables apprenties. Elle ne perdra pas de temps à épingler et à faufiler. Elle sera ouvrière, à la confection, tout de suite.

Sa mère cousait bien. Mémé le lui a dit souvent. Forcément, Justine pense qu'elle tient son talent des fées.

Une chose est sûre, c'est qu'à partir du jour où Justine entre à l'école normale et à l'atelier de M. Braband, Angèle devient la fille la mieux habillée de Toulouse. Angèle, qui fait des entrées fracassantes à *La Dépêche du Midi* où elle a trouvé un poste de secrétaire de rédaction. Mais ce ne sont pas ses robes, une différente chaque jour, qui lui ont permis de décrocher ce poste. C'est son précieux diplôme Pigier. Et Papé Paul, qui veille au grain.

Angèle pense y retrouver l'ambiance de la salle des rotatives, l'effervescence du bouclage, les odeurs de son enfance. Mais c'est différent. C'est encore mieux. On s'affaire aussi beaucoup à la rédaction. On traque le nombre de signes, on s'interroge sur les coupes, les titres, les chapôs, les photos à mettre à la une, et on râle après les reporters qui sont rarement à l'heure. Maman veut tout apprendre des découpages, des mises en page, de ce qu'on garde des dépêches, de ce qu'il faut dire. Ou pas. Elle se met à courir encore plus vite.

Elle a tellement rêvé, Maman. Depuis si longtemps. À ce qu'elle ferait ou ne ferait pas. À ce qu'il faudrait qu'elle soit. La meilleure, pour sa mère...

Le directeur de *La Dépêche*, M. Bonzom, ami de Papé Paul, a bien compris que l'énergie de ma mère est un atout, et qu'il faut l'exploiter. Comment, il ne sait pas encore, mais il trouvera bien. Pour le moment, il la regarde avancer. En essayant de lui éviter les pièges d'une trop grande impatience. En se demandant d'où elle tire cette énergie. Et après quoi elle en a... ou après qui...

Le journaliste en charge de la rubrique sportive s'appelle Charles. Grand, blond, athlétique. Vingt-huit ans. Genre super-héros. Maman se demande d'ailleurs s'il pratique tous les sports qu'il commente pour être aussi musclé...

Charles tourne autour d'Angèle. Le manège dure longtemps et tout le monde le sait et tout le monde le voit. Il faut dire qu'elle est jolie avec ses nattes blondes et ses yeux noirs. Et ses robes à la dernière mode. Angèle, elle, fait comme si elle ne s'apercevait de rien. Ce qui compte, c'est son travail. Elle ne veut pas qu'une relation avec un reporter du journal vienne se mettre entre elle et ses projets. Elle continue à courir et ne s'arrête pas. Enfin, pas encore... Parce qu'il est sacrément séduisant ce Charles. Sacrément poli, sacrément joli, sacrément charmant. Elle a parfois du mal à le tenir loin d'elle. Elle observe et elle guette. Comme lorsqu'elle suivait son père au sous-sol du journal. Conscient des regards en coin, Charles se montre plus entreprenant. Plus sûr de lui. Juste ce qu'il faut pour ne pas paraître insistant. Puis de nouveau distant, et Angèle se demande si elle n'a pas rêvé le compliment de la veille. S'il souffle le chaud et le froid dans une subtile stratégie d'approche un peu difficile à suivre. Ou s'il s'y perd lui-même, entre assurance et timidité. À en être parfois désarmant.

Ce soir, Angèle finit la journée avec Jeanne et Aline, ses deux copines de *La Dépêche*, à la terrasse du Lorraine. Le bar est juste en face du journal et elles y vont parfois quand l'air est encore doux. Comme aujourd'hui. Elles rient, parlent boutique et chiffons. Elles sont légères. Comme les bulles du mauvais champagne qu'elles sirotent en fumant. Et Charles sort du journal. Charles voit Angèle qui fait semblant de ne pas voir Charles. Mais Angèle laisse sa phrase en suspens, tous ses sens en alerte, et Jeanne et Aline se mettent à glousser. Charles, cigarette à la bouche, cherche dans les poches de son blouson un briquet qu'il ne trouve apparemment pas. D'un pas nonchalant, il traverse alors la rue et s'approche d'elles. Il demande du feu à Angèle. Angèle est troublée et comme chaque fois que Charles lui adresse la parole, elle se trouve totalement idiote. Ils discutent cinq minutes. Des banalités. Aucune des filles ne lui propose de s'installer avec elles (une autre subtile stratégie d'approche difficile à suivre ?). Alors, Charles finit par repartir. Jeanne et Aline éclatent de rire. Elles ont trouvé le prétexte du briquet énorme et ridicule. Angèle, elle, l'a trouvé attendrissant. Absolument.

À compter de ce soir-là, le rythme du cœur d'Angèle dépasse celui de son pas de course. D'affolé il devient frénétique. Surtout lorsque le matin Charles arrive avec son sourire enjôleur et un petit bouquet de violettes. Chaud. Ou lorsqu'il discute avec Mlle Mireille, la standardiste aux décolletés affriolants, en faisant comme si elle n'existait pas. Froid.

Alors quand, ce vendredi-là, Charles lui propose de l'accompagner à un match de boxe au Stadium, elle qui déteste la boxe mais encore plus Mlle Mireille, elle accepte. Elle a vingt ans. Le cœur presque raccommodé. La vie devant elle.

«Qu'est-ce que je me mets, qu'est-ce que je me mets, Justiiiiiiine, où es-tu, mais où es-tu bon sang?!!»

«Mais qu'est-che qui che pache ici? Pourquoi tu cries comme cha, tu es folle, j'ai failli avaler mes g'épingles!!»

Justine, ciseaux en main et épingles en bouche (une sale habitude que M. Braband essaie en vain de lui faire passer), vient d'apparaître sur le pas de la porte de sa chambre, hirsute et pieds nus.

«Je sors avec Charles ce soir! Et je n'ai rien à me mettre évidemment.

— Évidemment... Tu as trois g'armoires remplies de robes et à peu près autant pour les chauchures mais tu n'as rien à te mettre! Et la robe roge que je viens de te faire?

— Non, pas de rose pour ce soir... Et enlève ces épingles de ta bouche bon sang, tu me fais peur.

— Ah bon? Et pourquoi?

41

— Mais parce que tu vas finir par les avaler, idiote !

— Nooon... Pourquoi pas la robe rose ?

— Parce que je vais voir un match de boxe...

— ...

— Ne fais pas cette tête, c'est le match de la décennie, Floyd Patterson contre Sonny Liston, mieux que Joe Louis !

— ...

— Quoi ?

— Je ne savais pas que tu t'intéressais à la boxe...

— Je ne m'intéresse pas à la boxe, je déteste la boxe figure-toi, je fais juste semblant d'en connaître un rayon !

— Ah... Je vois...

— Tu ne vois rien du tout, espèce de Clochette brune ! Et au lieu de sourire comme une bêtasse, aide-moi plutôt à trouver une robe ! Je dois être mieux habillée que cette pimbêche de Mireille ! »

Justine déteste qu'Angèle l'appelle Clochette. Vieille histoire, qui date du jour où elle lui avait raconté que sa mère était une fée et qu'elle veillait sur elle. Elle avait cinq ans. Angèle avait rigolé et ne l'avait plus appelée que Clochette. Ce n'était pas forcément méchant. Après tout, Angèle n'était pas bien plus grande que Justine à cette époque-là. À peine deux ans de plus. Mais Angèle ne pouvait pas s'empêcher d'être cruelle quand elle entendait Justine lui parler de Clémentine et de « ces gros bobards d'histoires de fées ». Et puis dans Clochette, il y a cloche.

Ce n'est pas parce qu'on croit aux fées qu'on en est une. Des années après, qu'on puisse le penser faisait encore enrager Justine.

«Tu n'es vraiment pas gentille... Et je ne sais pas si tu mérites que je me mette encore une fois en huit pour toi... Tu n'as qu'à te débrouiller toute seule, ça changera. Tu vas bien finir par trouver une robe qui convienne à ton match de brutes parmi toutes celles que Clochette t'a faites, parce que là, Clochette, tu vois, elle a du boulot...»

Angèle regarde Justine, interloquée. Justine qui a tourné les talons et repart dans sa chambrer bouffer ses épingles. Comment? Clochette se rebelle? Clochette se rebiffe? Clochette rue dans les brancards? Sa petite Clochette à elle, qui ne supporte pas qu'on foule ses rêves aux pieds, comme lorsqu'elle avait cinq ans? Clochette ne pleure plus mais Clochette proteste? Angèle sourit. Elle n'a pas envie de se disputer encore avec sa sœur pour «ces bobards d'histoires de fées». Elle est trop heureuse pour ça et elle a besoin de Justine. Justine qui ne boude jamais très longtemps. Justine qui n'est pas la dernière pour faire l'andouille, même énervée. Justine qui doit absolument l'aider à trouver une robe pour son rendez-vous avec Charles. Justine qui lui tourne le dos, prête à s'en aller, et qui reçoit de plein fouet le coussin qu'Angèle vient de lui jeter à la tête. Justine qui se retourne, l'œil noir, la main déjà accrochée au coussin qui lui a fait cracher ses épingles. Angèle n'a pas le temps d'esquiver l'envoi.

La recherche de la robe est remise à une heure ultérieure.

Essoufflée et définitivement ébouriffée, Justine finit par dégoter une robe à bretelles en mousseline de soie chocolat, en harmonie totale avec l'hémoglobine promise du soir et avec la blondeur d'Angèle, au demeurant complètement ébouriffée elle aussi.

«Je suis belle?»

Justine sourit. Égoïste et narcissique Angèle, mais oui, belle. Tellement belle. Et si heureuse.

«Tu es sublime, mon Angèle! Si Charles ne t'épouse pas, c'est un crétin!»

Charles ne demande pas Angèle en mariage ce soir-là mais beaucoup d'autres soirées vont suivre. Sportives ou dansantes. Entre amis ou à deux. Angèle a la tête dans les étoiles et se fiche bien désormais que Charles soit un frein à sa carrière. Elle oublie même de se demander s'il plairait à sa mère. De ses deux nouvelles priorités, Angèle ne sait pas forcément laquelle doit passer en premier, mais peu lui importe. À chaque heure de la journée et maintenant du soir, elle est heureuse.

Parfois, Justine les accompagne. La blonde et la brune, chacune à un bras de Charles, font des entrées fracassantes dans tous les restaurants et clubs de jazz de Toulouse. Elles s'amusent comme des folles. Charles enrobe Angèle des yeux et des bras. Justine envie ce bonheur neuf et sans nuages. Elle les trouve magnifiques. Saisissants.

À force de suivre Charles dans toutes les manifestations sportives de la région, Angèle se met à penser qu'elle aussi pourrait bien devenir journaliste. Son travail de secrétaire de rédaction commence à lui paraître étroit et même si le sport n'est pas sa tasse de thé, c'est un bon moyen de se lancer. Charles ne voit pas d'inconvénient à la laisser le seconder, voire le remplacer. Et il n'est plus rare qu'Angèle couvre seule un match lorsque Charles a deux rencontres à commenter le même jour.

Angèle aime par-dessus tout cette équipe qu'ils forment. Ils ne sont pas toujours d'accord mais leur confiance réciproque sait venir à bout de leurs différends. Quand ils ne sont pas ensemble, ils se manquent. Et souhaitent revenir vite au journal pour trouver le petit mot que l'un a laissé à l'autre. Immanquablement. En se moquant éperdument des ragots que leur parfait tandem alimente. Ils s'aiment. C'est peut-être bête. Mais tellement simple.

Leur vie est pétillante, trépidante, lumineuse. Le reste ne compte pas.

Ce soir, Angèle est à la maison. Charles est en déplacement dans le Nord pour couvrir un match de championnat de foot et elle n'a pas eu envie de sortir.

Justine lui parle à voix basse, en secret. Elle lui parle de Montesquieu et de Mémé. Quand elle l'accompagnait chez Béatrice, sa meilleure amie là-bas, la «fille du château».

45

Justine allait souvent la voir le jeudi après-midi. Mémé et Babé la conduisaient jusqu'à l'entrée des domestiques. Il ne s'agissait quand même pas d'oublier l'essentiel. Chacun à sa place et l'entrée principale ne leur était pas réservée. Elles la laissaient là, et Mémé s'obligeait à ne pas se retourner lorsqu'elles repartaient. Elle se concentrait sur la poussette de Babé. En se demandant si c'était bien, quand même, cette amitié «hors notre milieu», si on n'allait pas traiter Justine comme la petite paysanne qu'elle était. Ce que sa petite-fille verrait des beaux tissus et des beaux tapis, des beaux habits de Béatrice, elle qui vivait si modestement dans deux pièces plus petites qu'une seule chambre du château, qui dormait dans de gros draps de coton et qui n'avait qu'une paire de sabots de bois pour changer de ses gros godillots.

«Bah, se disait Mémé, il faut que je sois bien mécréante pour penser ça! Je sais, Seigneur, je sais, ce sont des enfants et tout ça n'a aucune importance.»

Non, ça n'avait aucune importance. Béatrice aimait Justine et s'en fichait pas mal qu'elle soit pauvre. Et Justine se fichait pas mal que Béatrice soit riche. Elles ne savaient même pas ce que ça voulait dire. Justine prêtait même ses gros godillots à Béatrice qui lui prêtait ses chaussons en velours.

Alors Mémé ne se retournait pas.

Et Justine avait tout retenu des satins fanés du château.

Angèle écoute sans entendre, les yeux dans le vague, l'esprit à Lille. Montesquieu lui paraît si loin. «Angèle... Je voulais te dire... J'ai rencontré quelqu'un...»

Angèle quitte Charles et Lille d'un seul coup. Elle regarde Justine, sa petite Clochette, comme si elle ne l'avait jamais vue. N'était-elle pas en train de lui parler de leur enfance, de Mémé, de nostalgie?

«Ah bon?»

Justine sourit. Angèle ne l'écoute pas, c'est confirmé!

«Oui... Enfin... Juste rencontré... Mais bon... Je ne sais pas mais...

— Justine, tu peux être plus claire? Tu as rencontré qui? Et où?»

Justine sourit de plus belle. Angèle est captivée.

«À l'atelier...

— À l'atelier? Mais il n'y a que des midinettes à l'atelier!

— Il n'y a que des midinettes qui y travaillent! Mais il y a des clients!

— Des hommes qui viennent se faire faire des robes, je te crois!!

— Mais tu es idiote ou tu le fais exprès?! Des clients qui accompagnent leur femme...

— ...

— Quoi?!

— Ne me dis pas que tu es tombée amoureuse d'un homme marié?»

Justine fait la moue.

«Il n'est pas marié... Il est fiancé... Et puis je n'ai pas dit que j'étais amoureuse!»

Angèle regarde Justine, atterrée.

«Mais alors c'est quoi l'histoire au juste? Il t'a parlé? Il t'a invitée à sortir?

— Les deux mon capitaine!

— Et tu as accepté?

— Oui!»

Angèle a du mal à suivre. Elle ne comprend rien de ce que Justine essaie de lui dire.

«Mais si tu as accepté, c'est bien que tu ressens quelque chose, non?»

Angèle n'aurait jamais accepté de sortir avec Charles, et encore moins de l'accompagner à un match de boxe, si elle n'avait pas déjà été folle de lui.

«Écoute, franchement, je ne sais pas. Enfin, je ne crois pas... C'est vrai qu'il est séduisant. Et drôle aussi. Par contre, sa fiancée! Quelle godiche! Je me demande ce qu'il fait avec une fille pareille.»

Angèle a de plus en plus l'impression de parler à quelqu'un dont elle ne posséderait pas tous les codes.

«Mais toi, Justine, toi?! Il te plaît?»

Justine regarde Angèle. À vrai dire, elle ne s'est pas posé la question. Des hommes, elle n'en a pas beaucoup fréquenté. D'un point de vue strictement sentimental, elle n'en a d'ailleurs fréquenté aucun. Pour elle, les hommes, c'est avant tout son père, le grand absent de sa vie, sur qui s'est toujours invariablement calqué à ses yeux tout ce qui leur ressemble de près ou de loin.

Alors Emmanuel, puisqu'il s'appelle Emmanuel, lui plaît-il? Oui, il lui plaît. Penser que les hommes réservent avant tout d'implacables déceptions n'empêche pas de les trouver séduisants. Emmanuel l'est. Elle le constate et elle l'avoue. Mais ce sont ses sens qu'il éveille. Pas son cœur. En tout cas pas comme il semble que le cœur d'Angèle ait été éveillé par Charles. En même temps, elle n'y connaît rien en amour. Alors, peut-être que le cœur suivra le reste. Mais bizarrement, elle n'y croit pas. Même si elle se dit que le meilleur moyen de savoir si elle a raison, c'est d'essayer.

Angèle observe Justine. Et les ombres qui passent sur son visage sérieux. Ses sourcils qui se froncent. Ses soudains sourires, plus ironiques que tendres. Sa Clochette, qui là, à cet instant précis, lui semble si mystérieuse. Se pourrait-il qu'elle ne connaisse pas sa petite sœur par cœur? Qu'elle ne devine pas les troubles qui la traversent? Que serrée tout contre elle, elle ne sente pas les multiples interrogations qui l'agitent? Clochette, sa Clochette à elle seule, sa confidente, son amie autant que son souffre-douleur, sa complice, son refuge, se tait obstinément, ne partage rien des pensées qui sont les siennes ce soir-là. Pourquoi?

«Alors? Il te plaît ou pas?»

Devant l'impatience d'Angèle, Justine éclate de rire.

«Oui, je crois qu'il me plaît assez!»

Et parce qu'Angèle semble rassurée, Justine ne dit rien de plus.

Le jingle de la SNCF me réveille en sursaut. Le panneau bleu de la gare d'Agen passe lentement devant mes yeux endormis. Trois minutes d'arrêt. Pas assez pour descendre fumer.

Il n'y a encore personne en face de moi mais je récupère quand même mon gros sac en cuir rouge au cas où. Je regarde l'écran de mon téléphone portable. Raphaël n'a pas laissé de message. Pas encore.

J'ai rêvé de ma mère. J'en suis sûre. Son ombre m'enveloppe encore. Je me suis revue aussi, allongée sur un canapé en velours jaune, dans la salle à manger de Saint-Lizier. Je pourrais presque sentir l'odeur de camomille de mon enfance.

Les yeux brouillés, je cherche dans mon sac rouge. Je cherche comme une folle, désespérée. Pourtant, je les ai pris, je le sais, je les ai pris.

Une femme sans âge me salue et s'installe en face de moi. Elle étale des magazines sur sa moitié de tablette, une bouteille d'eau et un ordinateur portable. Elle a l'air absent.

51

Ce que je peux te dire d'elles

Oui, je les ai. Je les ai. Comment aurais-je pu les oublier. Ils sont là, tous, serrés par un ruban de satin vert. Je les prends dans mes mains, je les porte à mon nez, je les renifle. Je respire.

J'aurais voulu rester seule.

Novembre 1964

Le téléphone a sonné à l'aube. Un matin comme les autres. Qui d'Angèle ou de Justine l'a entendu la première? Justine, dont la chambre est proche de l'entrée.

«Justine... C'est Babé...

— Eh Babé, mon petit amour! Tu es bien matinale! Mais que c'est bon d'entendre ta voix! Tu appelles de chez M. Siadons? C'est vrai qu'il se lève à l'aube! C'est vraiment gentil à lui de te laisser utiliser son téléphone! Surtout que j'ai des choses à te raconter!»

Le flot ininterrompu de paroles joyeuses et futiles se heurte au silence.

« Babé... Babé, tu m'entends?

— ...

— Babé, qu'est-ce qu'il y a?

— Papa... Papa est mort, Justine...

— ...

— Babé... Ce n'est pas possible... Ce n'est pas possible... Non, hein? Ce n'est pas ça que tu voulais me dire? Babé, dis-moi que ce n'est pas ça...»

Angèle s'est enfin levée et elle s'est approchée. Les larmes roulent sur les joues de Justine. Sa mâchoire est si serrée que ses joues se déforment. Elle regarde Angèle. Elle pourrait hurler mais rien de sort. Parce qu'il n'y a rien à sortir et qu'il n'y a rien à dire.

Angèle prend le téléphone.

«Babé, c'est moi... Babé...

— Angèle, Angèle, c'est Papa... Il y a deux heures... D'un coup. Il est tombé en se levant. D'un coup. C'est une attaque. Il n'a pas souffert. Angèle, dis à Justine qu'il n'a pas souffert.»

Il n'a pas souffert... Justine croit tellement le contraire. Son père a souffert presque toute sa vie. Parce qu'il ne s'est jamais remis de la mort de Clémentine. Justine s'est même toujours demandé comment c'était possible d'aimer à ce point-là. Alors qu'on a des enfants. Pourquoi l'amour n'a pas réussi à passer de l'une aux autres. Comment il a pu rester ainsi figé, fermé. Comment ses filles ne sont pas parvenues à lui redonner le goût de vivre. Peut-être Babé, un peu, depuis qu'elle vivait avec lui. Justine n'en est pas certaine. Pourtant, elle s'accroche à cet espoir pour croire que son père a eu sa part de bonheur. Et que sa mort a été douce. Elle l'est forcément puisque, enfin, il va retrouver Clémentine. Fichu destin. Les hommes sont si fragiles. Alors, enfin, Justine hurle. Tout ce qu'elle peut. Elle envoie ses cris contre les murs du petit appartement si gai, si insouciant. Et chacun de ces cris lui revient dans la gorge. Angèle laisse faire. À quoi ça sert de vouloir contraindre le chagrin et la rage ? Il faut les laisser sortir et s'épuiser tout seuls.

Plus de mères, et maintenant plus de père. Enterrer et enterrer encore ceux qu'on aime et qui partent trop tôt. Accepter l'inacceptable. L'insupportable. Laisser sa vie dans la terre, avec eux. Pour ne plus voir qu'une pierre tombale usée et des fleurs qui se fanent.

Des robes noires, elles en ont une seule chacune. Portées pour l'enterrement de Mémé. Mais celle de Babé est devenue trop étroite. Il faut en acheter une autre. Justine n'aurait pas eu le temps de la faire.

Le voyage jusqu'à Saint-Lizier se fait en silence, dans la voiture de Charles qui a tenu à les accompagner. Un coupé sport MGB GT rouge qui tranche bizarrement avec les habits de deuil.

Angèle, Justine et Babé sont de nouveau côte à côte, comme si seuls les morts pouvaient les réunir. Et il faut bien le reconnaître : elles sont ce qu'elles sont à cause de tous ces morts.

Angèle ne pleure pas. Mais les articulations de sa main sont blanches à force de serrer celle de Charles.

Justine pense à la mort de Mémé. Ce jour-là, elle a été profondément malheureuse. Ce jour-là, elle aurait voulu arrêter le temps. Revenir en arrière. Ce jour-là, oui, quelque chose s'est rompu en elle. Aujourd'hui ce n'est pas pareil. Elle aimait son père, bien sûr. On aime toujours son père, même si c'est un salaud ou un lâche. Même si on ne le connaît pas. Mais pour rien au monde elle ne voudrait remonter le temps. Le passé est ce qu'il est. Quand il est manqué, il est manqué. La seule chose que son père lui ait offerte, c'est son conte de fées. « Ces gros bobards d'histoires de fées », dirait Angèle. Ce n'est pas rien pour Justine et elle le sait. Le seul fil un peu solide qui l'ait reliée à lui. Auquel elle s'est suspendue, coûte que coûte. Pour le reste, tout le reste, elle a essayé de comprendre toute seule. Pourquoi Barthélemy les a laissées chez Mémé, Babé et elle. Pourquoi il a préféré vivre avec un fantôme plutôt qu'avec ses filles. Pourquoi il a aimé Clémentine plus qu'elles, qui étaient si vivantes. Pourquoi elle, Justine, n'a pas réussi à désemmurer son père, à lui redonner l'énergie d'aimer. L'énergie d'aimer, c'est Mémé qui l'a eue, à plus de soixante-cinq ans. C'est elle qui lui a tout appris, qui l'a consolée, soignée, câlinée, grondée, apaisée, qui lui a donné sa force. C'est elle qui lui a parlé de Clémentine. Elle a été leur mère et leur père à toutes les trois et Justine sait que plus jamais elle n'aura du chagrin comme ce jour où Mémé est partie. C'est ce jour-là qu'elle est devenue orpheline. Pas aujourd'hui. Debout, immobile, fatiguée par ses contradictions, elle regarde le corps inerte de son père. Comment pleurer quelqu'un qu'on n'a pas pu atteindre ? Et pourquoi ? L'enfance de Justine a commencé à Montesquieu.

C'est là-bas qu'elle l'a laissée. Le reste est ailleurs maintenant.

Babé ne retient pas ses larmes. Elle voit bien que Justine et Angèle ne pleurent pas. Mais elle s'en fout de faire sa «petite». Babé avait enfin retrouvé son père, elle lui avait redonné le sourire. Pour peu de temps c'est vrai, mais ce temps-là valait tout l'or du monde. En accomplissant chaque jour mille petits rituels qui font vivre et continuer. En leur préparant les repas, en faisant les courses, en lui lisant le journal à voix haute. Il semblait content quand l'article était signé d'Angèle. Babé, qui n'avait pas décroché Mounicotte parce qu'il lui faisait penser aux jours heureux. Quelle ironie.

Babé regarde Justine. Ce que ressent sa sœur aujourd'hui l'enveloppe depuis le matin. Comme deux bras puissants. Ceux dont Justine savait si bien l'entourer quand rien n'allait pour elle. Babé et Mounicotte. Mounicotte et Babé. Elle voit dans les yeux de Justine son chagrin et sa rancœur. La bataille qu'ils se livrent. Ses sentiments à elle sont presque aussi complexes. Son père va lui manquer. C'est certain. Mais pas comme sa sœur, depuis qu'elle est partie.

«Mais où je vais dormir?» s'inquiète Babé.

Pour Angèle et Justine, il n'est pas question que Babé reste seule à Saint-Lizier. Trop macabre. Trop peu d'espoir. L'appartement de la rue d'Aubuisson est bien petit pour trois mais on s'en contentera.

Moins il y a d'espace, plus on se serre les coudes.
Comme à Montesquieu.

«Avec moi! Tu vas dormir avec moi, Babé!
Comme quand on était petites! C'est formidable,
non?»

Il y a bien une troisième chambre, dans laquelle
Babé pourrait emménager mais elle est devenue
depuis longtemps l'atelier de Justine. Inenvisageable
d'en déloger le désordre pour faire une place à Babé.

Et pourquoi se priver de cette joie? Parce que
c'est la seule chose qui a redonné le sourire à Justine,
cette idée totalement puérile qu'à dix-sept et vingt
ans, sa sœur et elle allaient de nouveau partager le
même lit. Comme si elle faisait là un pied de nez à la
mort. Et à tous les loupés du monde.

Le lit en 120 est un peu petit mais ça rappelle le
bon vieux temps. Et avec les économies d'Angèle et
de Justine on achèterait bientôt un 140. Il y a beaucoup de larmes les premiers soirs et Justine et Babé
auraient pu dormir dans un lit plus petit encore tant
elles se serrent fort pour s'endormir. Angèle et
Charles ont repris leur rythme de travail et de sorties
mais ils passent souvent la soirée tous les quatre. Et
on se demande ce que Babé va bien pouvoir faire de
sa vie, dans de grands conseils de famille qui durent
jusqu'à des heures indues. Où on finit même par rire
à imaginer les métiers les plus cocasses. Elle ne sait
rien donc elle peut tout.

Babé finit par trouver une place de secrétaire-
standardiste-assistante chez un médecin militaire,

qui exerce à la caserne Pérignon, le docteur Henri Simon, un ami de Charles. Elle ne gagne pas beaucoup d'argent mais ça met un peu plus de beurre dans les maigres épinards de la rue d'Aubuisson. Et finalement, c'est avec ses économies que Babé achète un lit plus grand.

Mars 1965

Ce vendredi-là, Justine s'en souviendra toute sa vie. M. Braband l'a convoquée dans son bureau en début d'après-midi. Elle a dû quitter la terrasse de l'atelier où elle prenait son café avec les autres «midinettes». Elles ont toutes bien ricané. Elles l'ont traitée de chouchoute du patron. C'est vrai qu'elle l'est un peu. Elle le sait. Mais ça ne perturbe vraiment personne. Arpettes ou ouvrières, les filles s'entendent bien et ne s'arrêtent pas à ça. Les petites abeilles sont solidaires et ce qui compte le plus c'est la dernière robe en vichy portée par BB et qu'on va se faire, le film de Jean Marais à l'affiche qu'on ira voir dimanche, le dernier flirt d'Alice qui, invariablement, lui arrive à l'épaule, la prochaine visite d'Emmanuel, le soupirant de Justine, et de sa godiche de fiancée. Les clins d'œil aux arpettes lorsque Justine lui fait essayer sa dernière création.

Un atelier, quoi. Une ruche en vie. Ses ouvrières effervescentes et consciencieuses.

Justine sourit en pensant à tout ça et en montant l'escalier en colimaçon qui mène au bureau de M. Braband.

«Assieds-toi, Justine.»

Justine obéit et s'installe sur la chaise cannée recouverte de soie verte. Elle observe l'air grave de son patron. Ce n'est pas habituel, il est plutôt du genre jovial.

«Tu te plais à l'atelier?

— Oui, beaucoup, monsieur! Vous le savez. Je m'entends bien avec tout le monde et j'adore ce métier.

— Très bien, très bien... C'est pour ça que je voulais te voir. Je me demandais si tu voulais encore devenir professeur de couture?»

Justine est inquiète. Pourquoi cet air grave et ces questions? Tout d'un coup, elle pense que M. Braband a l'intention de se débarrasser d'elle et qu'il veut d'abord savoir où elle en est de ses premiers projets.

«Eh bien... C'est vrai qu'en arrivant chez vous, j'y pensais sérieusement et que j'ai fini l'école pour ça... Mais... Petit à petit, avec l'atelier, avec les filles et vous, le métier, je me suis dit que je préférerais rester ouvrière... Ici...

— Tu souhaites vraiment rester ouvrière toute ta vie, Justine?»

Justine comprend de moins en moins où son patron veut en venir.

«Ouvrière, oui... Enfin, je crois... C'est un beau métier, non?

— Oui, c'est un beau métier... Mais tu as du talent, Justine. Tu pourrais avoir davantage d'ambition, espérer devenir première, puis chef d'atelier, pourquoi pas.

— Oui, bien sûr... J'y ai pensé. Mais c'est un peu tôt je crois, non? J'ai encore des tas de choses à apprendre... Enfin, il me semble...»

M. Braband l'observe. Il trouve curieux ce mélange qu'elle dégage, de sérieux et d'inquiétude, d'audace qu'elle a souvent dans sa couture et de timidité dès qu'on lui en parle. Il était comme ça lui aussi au début. Un créateur timide. Il l'est toujours, et son atelier ressemble à son manque d'ambition. Il est resté petit. Utile et efficace mais petit. Il a rêvé de devenir un grand de la profession mais ne s'en est pas donné les moyens. Il a préféré le confort solide de la routine aux aléas de la gloire.

Il aime bien Justine. Il a vu très vite qu'elle était douée. Très douée. Comme les autres l'ont vu avant lui. Mais il n'y a pas de première chez lui et pas de chef d'atelier non plus. Il est à la fois première et chef d'atelier. Chez lui, il n'y a que des arpettes et des ouvrières. Les arpettes deviendront sans doute ouvrières et les ouvrières le resteront. Peut-être quand il sera vieux et qu'il faudra passer la main, alors l'une d'entre elles aura la chance de monter en grade en prenant sa suite. D'ici là, Justine aura vieilli aussi et son bel enthousiasme se sera flétri. À faire et refaire tous les jours la même chose, les mêmes robes, à ne voir que les mêmes vieilles femmes et leur embonpoint, qui veulent absolument suivre une mode qui n'est pas pour elles.

L'avenir de Justine ne se fera pas chez lui et il le sait. Alors à quoi bon vouloir la garder. Pour flatter son ego en disant qu'il a chez lui une des meilleures ouvrières de Toulouse? Si elle reste à l'atelier, elle finira par devenir comme les autres.

«Je suppose que tu connais la maison Ridel?»

Justine avale sa salive.

«Oui... Bien sûr que je la connais. Qui ne la connaît pas ici, c'est la seule maison de haute couture à Toulouse!

— Bien sûr, bien sûr...»

Elle gigote sur sa chaise cannée.

«Francis Ridel m'a dit qu'il cherchait une première...

— ...

— Et j'ai pensé à toi...

— ...

— Justine! Tu as entendu ce que je viens de dire?

— Oui, monsieur, j'ai entendu... Mais je crois que je n'ai pas bien compris...

— Eh bien, je vais répéter! Francis Ridel cherche une première ouvrière et j'ai pensé que tu ferais l'affaire. Tu as compris cette fois?»

Justine pourrait tomber de la chaise cannée, avaler de travers, faire répéter M. Braband une troisième fois. Elle pourrait penser que son patron est subitement devenu fou ou elle, idiote. Si Angèle était là, elle lui dirait sûrement de fermer la bouche. Quant à Babé, elle serait déjà en train de faire des bonds autour de M. Braband et de tous les meubles alentour en hurlant de joie.

Mais Justine ne bouge pas. Elle laisse les mots de cet homme affable et grave arriver jusqu'à son cerveau. Elle en absorbe lentement tout le sens. Oui, M. Braband veut se débarrasser d'elle. Mais pas comme elle l'a d'abord pensé. Première chez Ridel. Elle. La petite Justine de Montesquieu, qui reprisait les chaussettes de l'oncle Paul et faisait les ourlets de tout le village. Elle qui croyait que la plus haute ambition d'une couturière était de devenir professeur. Elle qui pensait que seule Angèle deviendrait «quelqu'un». Première chez Ridel.

«Est-ce que je dois comprendre que tu es d'accord?»

D'accord! D'accord!! D'accord!! Bien sûr qu'elle est d'accord!! Ne l'entend-il pas hurler «Premièèèère chez Riiidel! Je vais être première chez Ridel!»? Ça ne se voit donc pas qu'elle est d'accord?!

«Oui, monsieur, bien sûr, évidemment je suis d'accord!»

M. Braband ne montre rien de sa déception de voir Justine accepter si vite et quitter l'atelier avec si peu de regrets. Elle qui cinq minutes plus tôt disait encore qu'elle avait des tas de choses à apprendre. Mais elle n'a pas dit avec lui... La vie est ainsi. Et il a voulu que Justine ne soit pas comme lui.

«Très bien, Justine. Comme tu le sais, Francis est un ami et je prendrai rendez-vous pour toi. Ça ne sera peut-être pas demain mais ce sera sans doute assez rapide. J'ai cru comprendre que c'était urgent. La collection automne-hiver...»

La collection automne-hiver... La maison Ridel... Première ouvrière...

Justine y croit à peine. Pourtant, elle a l'habitude de négocier avec les fées.

«Tu peux aussi prendre ton après-midi. Je suppose que tu ne vas pas avoir beaucoup de cœur à l'ouvrage aujourd'hui.»

Et si elle l'embrassait?

Pour fêter la «nouvelle du siècle», Charles décide d'emmener ses «midinettes» au Florida, place du Capitole. L'ambiance est électrique, totalement folle. Champagne et orchestre de jazz à gogo. Justine, si sage habituellement, si sérieuse, ne peut cacher son excitation et se transforme en une sorte de libellule qui aurait soudainement marché au super. Elle virevolte, tourbillonne, veut danser sans cesse, les rocks avec Angèle, les twists avec Babé, mange à peine et boit beaucoup. Babé ne quitte pas non plus la piste de danse et finit même par enlever ses chaussures, suivant en cela les conseils précieux d'Angèle qui termine invariablement les soirées de ce genre pieds nus. Elle a eu le droit de boire du champagne, occasion oblige, et commence à croire qu'elle a bien plus de prétendants qu'au début de la soirée. Elle a aussi essayé de fumer en cachette, s'est étouffée, a abandonné. Angèle et Charles ont retrouvé des amis, mais ne se quittent pas, dansent tous les slows ensemble, couple magique, blond et sublime. Tout ce petit monde est joyeusement pompette, terriblement gai. Ce soir, la vie est douce et rythmée. Jusque dans la rue d'Aubuisson, les éclats de voix et de rire résonnent; il est tard, les voisins sont mécontents. Mais Angèle, Justine, Babé et Charles s'en fichent pas mal. L'avenir leur sourit. Il est bien temps.

Dimanche, on prendra le coupé sport MGB GT rouge et on ira à Montesquieu et à Saint-Lizier déposer des fleurs sur les tombes et fêter avec les absents les heureuses nouvelles.

Justine a rendez-vous chez Francis Ridel la semaine suivante, un matin ensoleillé d'avril, à 9 heures. Elle est tirée à quatre épingles, droite et digne dans un tailleur en soie sauvage bleu marine, écharpe de mousseline, gants et sac blancs. Une future première de l'unique maison de haute couture de la ville ne peut pas faire moins. Angèle et Babé ont veillé aux grigris, un mouchoir de Mémé dans le sac et sa médaille sous le col. L'alliance de Clémentine à son annulaire droit.

Elle est reçue par Mme Deslandes, chef de l'atelier «Robes et Flous». Justine voit à peine le chignon strict et châtain, les pommettes saillantes, les lèvres fines, le regard bleu et sévère. Mais elle remarque tout de suite l'allure de cette grande femme mince et de sa tenue en taffetas vert anglais. La souplesse de la tournure, tous les subtils détails qui font la différence entre une robe sortie d'un petit atelier et la création d'un maître. Elle aurait encore beaucoup appris chez M. Braband, mais que dire de ce qu'elle va apprendre ici. Et elle arrive avec les meilleures recommandations et une motivation qui se voit à des kilomètres à la ronde.

Penser à fermer la bouche. Angèle le lui a fait jurer.

Francis Ridel n'a pas voulu quitter Toulouse pour installer sa maison à Paris. Pourtant il aurait pu. Il en avait le talent. Au moins autant que ses confrères. Mais il a parié qu'il ferait de la Ville rose une autre capitale de la haute couture. Et même s'il n'a pas la notoriété de Saint Laurent ou de Courrèges, il ne s'est pas trop mal débrouillé jusqu'à présent. Ses relations dans la presse et dans le microcosme politique régional l'ont aidé à installer sa marque. Ses créations sont maintenant reconnues de tous, bien au-delà des frontières de la ville.

Justine sait tout ça. Et entrer comme première dans cette maison la rend folle à la fois de fierté et d'angoisse. Elle sait qu'on n'embauche pas n'importe qui chez Ridel, surtout première, et que si elle a été choisie c'est bien parce que son travail a été apprécié. Même sortant d'un petit atelier de couture. Mais elle sait aussi qu'elle a encore des choses à apprendre, à prouver. À quel point elle devra être à la hauteur si elle veut rester. Et évoluer.

La confection de la collection automne-hiver doit commencer dans quinze jours. Justine a promis d'être là une semaine avant pour se mettre dans le bain. Une nouvelle vie, plus grande, plus riche. Sera-t-elle capable de la vivre? Elle n'est pas ambitieuse. Pas encore. Mais elle est opiniâtre. Et elle n'a pas peur. Elle croit que c'est une histoire de circonstances. Que Clémentine, Mémé, les fées veillent. Patientes. Fidèles. Aussi besogneuses qu'elle.

Justine n'a pas revu Emmanuel depuis longtemps. Depuis la mort de Barthélemy, en fait. Elle ne l'a pas oublié mais n'y pense plus aussi souvent. D'abord le chagrin, ensuite sa carrière. Elle a un travail fou. Elle doit faire ses preuves. Elle est consciencieuse. Sérieuse. Elle est première chez Ridel maintenant.

C'est Emmanuel qui vient vers elle ce soir-là. Angèle fête son anniversaire au Grand Café des Américains avec ses amis, et Charles bien sûr, et Justine et Babé évidemment.

Il n'a toujours pas d'alliance (ça, c'est Babé qui l'a glissé à l'oreille de Justine. Babé a le sens de l'essentiel. Immanquablement). Mais il n'est pas seul. Même si, depuis leur dernière rencontre, il a apparemment changé de «fiancée». Il est charmant et volubile. Il fume beaucoup et boit autant. Il s'est étonné de ne plus voir Justine chez Braband. C'est ce qu'il lui dit. Elle ne cache pas sa fierté en lui annonçant qu'elle travaille maintenant chez Ridel, et qu'elle y est première ouvrière de l'atelier « Robes et Flous ». Est-ce que c'est à ce moment-là qu'il est devenu plus entreprenant ?

Justine le trouve décidément très beau et, après trois coupes de champagne, carrément irrésistible. Il faut dire qu'il y met du sien. Et semble avoir définitivement oublié sa cavalière. Ils dansent beaucoup, en trébuchant pas mal. Emmanuel essaie plusieurs fois d'embrasser Justine et plusieurs fois, Justine se laisse faire.

Mais demain, elle travaille tôt. Elle doit rentrer, avec Babé, qui travaille tôt aussi. Emmanuel veut les raccompagner. Pourquoi pas. Devant la porte cochère, il lui embrasse le poignet. Babé glousse, Justine sourit. Emmanuel titube. Qu'a-t-il fait de sa fiancée ?

« Puis-je venir vous chercher chez Ridel demain soir ? On pourrait aller dîner quelque part ? »

Elle aime l'odeur qu'Emmanuel dégage, ce mélange de vétiver et de tabac qui l'avait déjà attirée la première fois qu'elle l'avait vu. Elle aime son sourire ironique qui semble dire le contraire de son regard bleu franc. Elle aime son allure, carrée et pourtant élégante. Il y a beaucoup de choses qui l'attirent, mais d'une manière électrique, physique. Même s'il la fait souvent rire, elle n'a avec lui que des conversations légères et inconsistantes. Curieusement, et ça l'amuse beaucoup, elle a le sentiment qu'il l'admire. Lui le profondément macho, sûr de lui et baratineur, semble presque étonné de s'intéresser à une fille qui travaille, et chez Ridel en plus, à une fille fière et têtue, une fille qui ne semble pas décidée à lui tomber dans les bras au premier clin d'œil. Mais il est persuadé que Justine ne fait de la résistance que pour mieux l'accrocher. Justine ne fait pas de résistance. Au contraire. Elle a juste déconnecté son corps de son esprit. Observer le petit jeu qu'ils se livrent tous les deux l'excite et la distrait. Elle s'amuse de ses conclusions hâtives sur sa capacité à donner un pronostic sportif ou le résultat des prochaines élections. Il l'admire peut-être d'être la plus indépendante de ses conquêtes, mais elle sent bien qu'il la prend souvent pour une écervelée. Et elle ne lui fait aucune confiance. Quel est son rang dans le classement de ses «fiancées»? Mais elle sait aussi qu'elle ne dira probablement pas non lorsqu'il lui demandera plus. Parce qu'elle en a envie. Même si les regards d'Emmanuel ne glissent pas plus loin que sa peau. Au-delà de sa peau, il y a les souvenirs. Et l'absence. Une peur viscérale de l'abandon. De tous les abandons. L'abandon de soi, qui rend si fragile et le départ de l'autre insurmontable. Au-delà de sa peau, Emmanuel ne pénètre pas.

Janvier 1966

Ça fait trois semaines qu'Angèle se lève tous les matins barbouillée. Ça fait trois semaines qu'elle est nauséeuse toute la journée. Trois semaines qu'elle hante les toilettes de la rue d'Aubuisson et celles de *La Dépêche* et celles de tous les stadiums de Toulouse. Il ne faut pas être grand clerc pour deviner ce qui se passe. Ça lui pendait au nez et, même si Charles est prudent, elle ne serait pas la première à qui la prudence jouerait un tour. Augustine en savait quelque chose. Inconsciemment ou pas, Angèle ne fait que suivre l'exemple de sa mère. Une façon comme une autre de franchir l'Atlantique.

Depuis sa retraite, Paul partage son temps entre ses archives personnelles, accumulées et méticuleusement rangées dans l'appartement de la rue Lafayette, le bistrot, la belote, sa fille et ses nièces. Il déjeune rue d'Aubuisson un dimanche sur deux. Angèle le raccompagne en fin d'après-midi. Ils

73

passent par le jardin Goudouli, s'assoient souvent sur un banc pour finir la discussion entamée à table. C'est en raccompagnant son père chez lui un de ces dimanches sur deux qu'Angèle lui parle de ses nausées et de leur cause probable, voire certaine.

«Dis à Charles de t'épouser. Tout de suite!»

Sur le sujet, Paul en connaît un rayon.

Charles ne voit aucun inconvénient à passer la bague au doigt d'Angèle. Il fait même sa demande officiellement à Paul, gants blancs et genou à terre (juste pour faire rire Babé). Après tout, c'était prévu. Un peu plus tôt, un peu plus tard. Le printemps approche et Angèle a encore la taille fine. Et bien sûr, Justine lui fera sa robe de mariée. Rose pâle. En souvenir d'un premier rendez-vous et d'un certain match de boxe. Tout s'arrange. La vie est belle. Un seul bémol dans le cœur de Justine et de Babé. Angèle va partir, quitter la rue d'Aubuisson, le petit appartement du soleil qui, depuis longtemps maintenant, entasse leur mémoire. Angèle va avoir un enfant, un vrai, à elle, et un mari et une famille. Elle va laisser ses petites. Il va falloir grandir encore. Même si cette fois, ce n'est pas triste. On sait remettre les événements à leur juste place. Mais grandir, c'est décidément voir partir quelqu'un qu'on aime. Grandir c'est forcément être orphelin de quelque chose.

«Les filles, les fiiiiillllles, vous n'allez pas le croire, c'est fouuuuu!!!»

Angèle ne peut pas faire un mouvement pendant l'essayage de sa robe de mariée, Justine le lui a interdit sous peine de dérapage de ciseaux. Alors elle reste immobile, telle une statue de tissu. Elle ne peut que bouger les yeux et voir passer Babé surexcitée. Babé électrisée. Babé qui fait le tour du petit quatre pièces en courant, qui lance son sac et ses chaussures, qui saute dans les coussins. Babé qui tourne autour d'Angèle et de Justine en faisant voler le taffetas rose.

Justine, qui n'a pas arrêté de se mettre des épingles dans la bouche, stoppe net son incision tissulaire.

«Mais tu es folle ou quoi, j'ai failli éventrer Angèle! Tu te rends compte! Qu'est-ce qui te prend à chauter partout comme cha? Et regarde, ohhh... tu as renverché ma boîte à épingles...»

Angèle, à qui la situation rappelle vaguement quelque chose, esquisse un faible sourire, comme si le fait même de bouger les lèvres risquait de mettre sa vie en danger.

«Alors quoi? Qu'est-che qu'on ne va pas croire?

— Justine, enlève ces épingles de ta bouche, et pose ces ciseaux, je crains pour mes boyaux! Pense à ce petit, bon Dieu!»

Babé, plantée devant ses aînées, affiche un sourire béat, proche de la fameuse idiotie dont Angèle connaît si bien l'origine.

«Elle est amoureuse!» se dit Angèle.

«Allons bon, elle est amoureuse!» pense Justine.

«Henri m'invite à dîner demain soir», lance Babé, radieuse.

«Qu'est-ce que je disais», pense Angèle.

«Qu'est-ce que je disais», se dit Justine.

Il faut œuvrer vite et réfléchir pareil. Les falbalas. Le tralalala. Quelle couleur, quelle forme. Un premier rendez-vous, ça se travaille, ça s'intelligence, ça prend son temps, même quand on n'en a pas. Angèle et Babé ont presque la même taille, ça tombe bien. Et son armoire est mieux remplie que celle de Babé. On s'active autour des cintres, on retourne, on envoie valser, on hésite. Il faut un ton chaud comme l'auburn des cheveux de Babé. Mais pas trop quand même, il faut rester sage. Ne pas tout dire tout de suite. Alors elles choisissent en chœur une robe en soie du Maroc couleur or. Et une étole d'organza dans le ton pour les épaules.

Babé ressemble à un soleil. Un soleil revenu dans la rue d'Aubuisson.

«Dites, les filles? Je peux inviter Henri à la noce?»

Mais il n'y aura pas de noce.

Après plusieurs tentatives infructueuses à l'appartement de la rue d'Aubuisson, M. Bonzom appelle Justine chez Ridel; il sait qu'elle travaille sur la prochaine collection et qu'elle arrive à l'aube à l'atelier. Il est très exactement 7 h 10. Il ne peut pas joindre Angèle, partie en reportage à Agen pour la journée. Alors il prévient Justine.

Charles est mort.

Justine secoue la tête. Justine dit «Mais non, voyons, c'est impossible».

Charles est parti à Sète pour couvrir un match de rugby.

Oui, mais, après le match, Charles a décidé de s'offrir une promenade en voilier dans la rade de Sète.

C'est vrai que Charles adore faire du bateau. Charles est vraiment un sportif accompli.

Mais non. Quand même. Un match de rugby. C'est tout. Pas de danger. À la limite la voiture. Le coupé sport MGB GT rouge.

«Il a eu un accident, c'est ça. Un accident de voiture.

— Non, Justine, dit doucement M. Bonzom. Ce n'est pas la voiture. Il y a eu une tempête dans la rade de Sète. Charles est tombé du bateau. Il s'est noyé.»

Il s'est noyé.

Charles est mort. Charles a coulé.

Tout coule avec lui.

Justine a du mal à respirer. Mme Deslandes la fait asseoir sur le canapé en velours bleu, lui apporte un verre d'eau, lui prend les mains. Les serre.

«Je suis désolée, mon petit... Je suis si désolée... Qu'allez-vous faire? Où est Angèle? Avez-vous un moyen de la prévenir? Et ce mariage à venir... Et cet enfant... Mon Dieu, c'est terrible...»

Trop de questions pour Justine qui n'en peut plus de ces coups de fil abominables. Pourquoi est-ce à chaque fois elle qu'on appelle? Elle qui pensait qu'après la mort de Mémé et de Barthélemy, rien ne pourrait arriver de pire. Eh bien si. Il y a pire. La mort de Charles. Une de plus dans leur cabas mortuaire. Le dire à Angèle.

Angèle qui rentre ce soir-là radieuse. Angèle qui ne pense qu'à retrouver Charles. Angèle qui veut devenir journaliste de mode. Angèle qui a fait les boutiques à Agen. Angèle qui rapporte un petit pyjama en éponge blanc. Angèle, remplie d'envies et de bonheurs futiles.

Il y a toujours pire.

Son «Justine! Babé! C'est moi!» joyeux quand elle ouvre la porte. Justine et Babé, debout dans l'entrée, statufiées. Désespérées. Son sourire ensuite, devant ses sœurs incroyablement muettes. «Quoi? Qu'est-ce qu'il y a? On dirait deux fantômes!» Son regard, ahuri, perdu. Son inertie soudaine, comme si les phrases hachées de Justine ne parvenaient pas à l'atteindre tout à fait. Non. Je ne suis pas là. Ce n'est pas moi. Je ne suis pas là. Je vais rentrer d'Agen et tout sera comme avant. Regardez, j'ai acheté un petit pyjama pour le bébé. Charles va adorer. Tout est comme avant. Charles m'attend. Il a dû rentrer de Sète. Il m'attend. Sa panique quand elle comprend enfin. Son teint exsangue. Le bruit mat de son sac qui tombe sur le plancher. Ses larmes qui coulent et ses cris qui ne sortent pas. Ce dégoût de la vie qui enveloppe son corps. Tout ce blanc autour d'elle.

Les bras de Justine qu'elle repousse. Son corps qui s'effondre. L'impuissance de Babé. Elle a voulu s'occuper de tout. Atone. Mécanique. Elle est partie à Sète pour rapatrier le corps de Charles. Avec Justine qui ne l'aurait laissée pour rien au monde. Mais c'est seule qu'elle est entrée dans la morgue. Seule qu'elle lui a parlé, qu'elle l'a regardé, caressé, embrassé. Là, paralysée sous des néons blanchâtres, devant le corps ridé de Charles, ce corps dont elle connaissait tous les mystères, qu'elle sentait encore contre le sien, si brûlant, si avide, là, tout de suite, elle aurait voulu mourir aussi. Disparaître. Le rejoindre. Ne pas rester seule. Rien ne comptait plus pour elle que cet élan de mort perçant qui l'enserrait. Un employé de la morgue est entré pour lui dire que les pompes funèbres étaient arrivées. Spectre blême mais vivant. Exactement comme elle. Spectre vivant. Alors, puisqu'il le fallait, Angèle a continué. Elle a récupéré les affaires de Charles à l'hôtel, sans un mot, sans une larme, Justine dans son sillage. Choisi un polo et un pantalon pour l'habiller. Veillé à ce que tout soit parfait. Pour qu'il soit beau mort comme il l'était vivant. Imprégné sa mémoire de cette dernière image. Refusé le bras de Justine quand le policier a posé les scellés sur le cercueil. Elle n'est plus qu'un fantôme dont la vie est désormais enfermée dans cette boîte en bois. Droite, blanche, presque hautaine, elle l'a regardée descendre dans la tombe sans ciller. Justine et Babé autour d'elle. Justine et Babé, désemparées, qui n'arrivent pas à déchiffrer le masque impénétrable qu'Angèle a revêtu. Justine et Babé qui sont à des lieues d'imaginer ce qu'Angèle s'est promis. Vivre, puisqu'elle n'a pas le choix. Mais en faisant tout pour que ça ne dure pas longtemps.

Il n'y aura jamais de noces...

La vie s'est arrêtée dans l'appartement de la rue d'Aubuisson. Suspendue à l'ombre d'Angèle qui ne quitte presque plus sa chambre. Même après la mort de Mémé et celle de Barthélemy, le silence n'était pas si oppressant. Peut-être parce que la mort de Mémé et la mort de Barthélemy, aussi tristes qu'elles aient été, étaient dans l'ordre des choses.

Justine et Babé ne savent plus quoi faire pour sortir Angèle de son océan de solitude. En sont-elles capables? En ont-elles le droit, tant son chagrin leur paraît justifié. Assises l'une en face de l'autre autour de la table de la cuisine, elles se parlent à peine, perdues dans des pensées terribles et une peur inouïe qu'Angèle ne se remette pas de ce drame. Pourtant, il y a le bébé. Ce bébé que Charles ne connaîtra pas mais qui reste un symbole magnifique. Celui de l'amour qui les a unis et celui d'un avenir retrouvé. Certain. Même si tout est à reconstruire. Il reste le bébé à Angèle. Un peu de Charles. Et puis il y a Justine et Babé aussi. Du moins essaient-elles de s'en convaincre. Angèle leur parle à peine ou pour leur dire de ne pas s'empêcher de sortir pour elle, qu'elle peut très bien rester seule. Rester seule. Il n'en est pas question. Dans son état. Mais Angèle s'agace de cette omniprésence et envoie Justine et Babé sur les roses.

«Mais foutez-moi la paix, foutez-moi la paix! Vous me faites hurler avec vos regards de chiens battus. Je veux rester toute seule, vous comprenez ça, toute seule...! Vous ne pouvez rien pour moi. Allez donc retrouver vos hommes, puisque vous les avez encore, vous!

— Angèle, Angèle, chérie, ça va aller... Tu vas voir, ça va aller... Pense au bébé, je t'en prie, pense à lui...»

Justine n'aurait pas cru que le regard d'Angèle pourrait devenir si noir, si méchant, qu'il la transpercerait ainsi comme une lance. Jamais elle ne l'a vue dans cet état, entre folie et désespoir, capable de tout.

«Le bébé? Le BÉBÉ? Mais comment pouvez-vous penser une seconde que ce bébé va remplacer Charles? C'est ça que vous croyez? Je m'en fous du bébé, vous m'entendez? Je m'en fous! Je veux Charles, Charles...»

Angèle s'écroule, recroquevillée dans un angle de l'entrée, les bras ballants, inerte, secouée de larmes sèches.

Justine et Babé se précipitent vers elle, la relèvent, avec d'infinies précautions, comme si Angèle pouvait se briser au moindre faux mouvement. Elles l'allongent sur son lit, s'allongent de chaque côté d'elle, tout contre elle, comme avant, comme à Montesquieu. Elles se serrent les unes aux autres, en attendant que

le calme revienne, en l'espérant surtout, tant la vio-
lence d'Angèle les a épuisées. Le temps finira bien
par faire son œuvre, ça aussi elles l'espèrent. Et puis,
quand le bébé sera là, Angèle revivra...

Il a fallu à Angèle plusieurs semaines et toute la
persévérance, la patience de Justine et de Babé pour
envisager de retourner à *La Dépêche*. Elles lui ont dit
que ça lui ferait sans doute du bien. Du bien, Angèle
ne veut pas s'en faire, et préfère encore s'enfermer
dans sa douleur en se persuadant que personne, pas
même ses sœurs, ne peut la comprendre. Le chagrin
est pervers. Il fait croire à ceux qu'il touche que la
grandeur d'âme se mesure à la capacité que l'on a
de vivre avec le malheur. Il semble pourtant tellement plus difficile d'être heureux. L'abandon d'Augustine a rendu Angèle plus orgueilleuse qu'effacée.
Pourtant, personne ne mettait en doute la force de
son amour pour Charles et encore moins celle de sa
tristesse et de sa solitude. Mais Angèle, coupable
d'on ne sait trop quoi, peut-être de n'arriver à retenir personne de ceux qu'elle aime le plus, s'accroche
furieusement à son malheur. Alors retourner à
La Dépêche, l'endroit où elle a connu Charles, cet
endroit qu'ils ont partagé, comme tout le reste, pourquoi pas.

M. Bonzom, que la mort de Charles a lui aussi
beaucoup affecté, l'y accueille avec une affection
redoublée. Il sait qu'Angèle, avant ce drame, voulait
la rubrique Mode, alors il la lui confie, sans hésiter.
Tout plutôt que voir encore et encore ce regard

éteint. De toute façon, il l'aurait fait un jour ou l'autre. Angèle est une bonne journaliste, elle l'a prouvé. Il espère que cet amour du métier l'aidera à sortir de sa solitude. Mais Charles était son mentor. Sera-t-elle capable de continuer sans lui ? En aura-t-elle envie ? Verra-t-elle que d'autres que lui croient encore en elle ?

Ce qui tombe bien, c'est la préparation du défilé printemps-été de Francis Ridel. Travailler avec Justine, la retrouver, sur un autre terrain que la rue d'Aubuisson et toute la tristesse que l'appartement trimballe désormais aide Angèle à se concentrer sur autre chose que les souvenirs perdus. Enfin, M. Bonzom essaie de s'en convaincre. Comme les autres.

Babé a dix-neuf ans. Et décidément, elle en a marre de tous ces morts. Elle en a marre de pleurer aussi souvent comme une gamine. Elle en a marre de voir Angèle se draper dans sa douleur en pensant qu'elle est la seule à être malheureuse. Justine et elle aussi sont malheureuses. Pas autant bien sûr. Pas de la même façon. Mais Charles leur manque tant. Elles attendent qu'Angèle aille s'enfermer dans sa chambre, ce qu'elle fait invariablement tous les soirs depuis des mois, pour parler de lui. Elles n'osent pas le faire devant elle. Les soirées à la maison avec lui. Les dancings où il les emmenait, en grand frère attentif. Ses éclats de rire tonitruants. Sa fougue. Son sale caractère. Leurs cheveux au vent dans le coupé sport MGB GT rouge.

Grandir. Grandir. Grandir. Merde. Pourtant, elle l'a tant voulu, Babé. Est-ce Mounicotte qui le lui fait payer ?

Le ventre d'Angèle s'arrondit. Lui ne s'est pas arrêté de vivre. Elle passe son temps chez Ridel avec Justine, pour son papier. Logiquement, Babé se dit qu'elle peut de nouveau se consacrer à Henri comme elle l'entend, sans heurter personne.

Henri qu'elle aime démesurément, Henri qui le lui rend bien. Tout vient petit à petit. Il a une force tranquille qui la rassure, elle, si nonchalante et si peu sûre. Elle s'est si longtemps laissé guider. Par Mémé, par Justine et par Angèle. Elle n'est pas intrépide. Ses colères, rares, sont aussitôt étouffées, comme honteuses. Comme c'est souvent le cas de ceux qui ont été beaucoup aimés. Qui ne s'autorisent pas les mauvaises pensées, s'estimant trop chanceux de n'en avoir jamais été l'objet. Elle aime la carrure d'Henri, triple au moins de la sienne, et disparaître dans ses bras. Elle fond, se fond, devient un peu lui. Il lui semble que rien ne peut lui arriver. Depuis qu'elle le connaît, elle n'a plus peur de rien. Elle a même pu sortir Mounicotte de son carton, apporté de Saint-Lizier et laissé dans le fond de son armoire, et l'accrocher dans sa chambre. Et quand Henri met son uniforme de lieutenant de l'armée de l'air, certains soirs rien que pour elle, elle se dit qu'elle est la femme la plus chanceuse du monde.

À leur tour, ils parlent mariage. Babé n'en a jusque-là rien dit rue d'Aubuisson. Le moment n'était pas à l'évocation d'autres noces. La date de celles d'Angèle n'est pas passée depuis assez longtemps. Mais Angèle va mieux. Ou elle fait semblant. Depuis quelque temps, il semble qu'elle renonce à son masque de douleur et que les sourires font leur réapparition. Babé y croit farouchement, plus encore parce qu'elle a des choses à faire. Et à dire. Alors, pour son anniversaire, Babé fait une petite fête à la maison, avec juste Angèle et Justine. Elle a dit à Henri de venir vers 8 heures. Elle veut qu'il soit là pour annoncer la nouvelle aux filles. Elle a choisi ce soir-là. Après tout, elle a dix-neuf ans. Elle n'a que dix-neuf ans...

On réussit à se réjouir sincèrement. Même Angèle. Elle serre très fort Babé dans ses bras. «Ma Babé, mon petit chéri, je suis si heureuse pour toi, si tu savais...» Babé l'espère.

Justine, elle, regarde sa petite sœur, totalement bouleversée. Babé a tellement grandi. Montesquieu ne lui a jamais semblé si loin. Montesquieu et tous ses absents. Pourtant, elles sont toujours toutes les trois. Et les fées pas très loin. Mais comme les coups de fil, les noces sont devenues source de superstitions mal placées. Tant qu'elles ne sont pas passées...

Bien sûr qu'elle fera la robe de mariée de Babé. Bien sûr. Elle espère juste qu'elle pourra la porter. On a bien gardé celle d'Angèle mais il est impensable de la sortir de son placard. On n'en parle même pas. Même si tout le monde y pense. Et celle de Babé ne sera pas rose.

Ce soir-là on débouche la première bouteille de champagne depuis longtemps. Angèle y trempe juste les lèvres. On trinque, on parle de l'avenir. Du déménagement de Babé dans l'appartement d'Henri à la caserne. «Je te laisserai le 140 en souvenir!» Oui, en souvenir...

Ce soir-là, on décide qu'on attendra la naissance du bébé d'Angèle avant de se marier. On veut qu'il soit là. On ne sait pas trop pourquoi mais on y tient. On ne veut sans doute pas d'une absence de plus. L'accouchement est prévu en automne. Babé et Henri se marieront en hiver. Superstition mal placée. Justine fera sa première robe de mariée de janvier. Parfait.

Henri écoute ce joyeux brouhaha en souriant. Il est de loin le plus âgé puisqu'il a dix ans de plus que Babé. Il ne pense pas remplacer son ami Charles dans ce trio de midinettes. Charles dont il perçoit le manque, l'ombre implacable autour d'Angèle. Il sait aussi que ce ne sera pas facile d'avoir sa place au milieu de ces femmes. Il les voit si proches et si solidaires. Il ne les comprend pas forcément, mais il met ça sur le compte de la nature. Les hommes ne comprennent pas toujours les femmes et réciproquement. On n'y peut rien, c'est comme ça. Il n'a pas eu de sœur et sa mère, bourgeoise d'un autre temps, l'a élevé dans une religion patriarcale bien ancrée. Fils unique, il a été un demi-dieu, voire un dieu entier, habitué à être servi par une femme servile et heureuse de l'être. Même son père était si fier de lui qu'il ne lui a jamais rien refusé. Alors, forcément, l'unité féminine, un brin féministe, que forment ces trois femmes le plonge parfois dans des abîmes de perplexité. Mais à ses yeux, leur gaieté l'emporte sur la radicalité de certaines attitudes. Elles peuvent bien travailler, fumer et être indépendantes. La joie de la rue d'Aubuisson l'a gagné, lui le fils de l'austérité. Il s'imagine même devenir un frère pour Angèle et Justine. Un peu indispensable. Un peu admiré. On ne perd pas ses habitudes comme ça. Et un bon mari pour Babé. Elle l'aidera, il en est sûr. Grâce à elle, il étendra sa clientèle. Elle sait y faire. Elle est si pétillante. Une vraie gamine. Ses patients l'adorent. Lui aussi.

Francis Ridel présente sa collection printemps-été en septembre. En principe, les défilés haute couture ont lieu en janvier, mais Ridel n'est pas à Paris et c'est lui qui décide. Il en a toujours été ainsi chez lui. Justine a travaillé comme une folle ces dernières semaines. Il a fallu tout vérifier, reprendre, défaire et recommencer souvent. S'énerver après les arpettes, attendre les mannequins, craindre les sautes d'humeur du patron. Mais elle a Mme Deslandes de son côté. Mme Deslandes qui la jalouse un peu mais qui l'admire. Mme Deslandes qui a même sous-entendu qu'elle pourrait devenir sa propre patronne un jour. Elle l'a dit avec d'autant plus de conviction qu'elle-même n'a aucune intention de lui laisser sa place de chef d'atelier. Justine l'a regardée interloquée. Elle n'a pas relevé. Elle a autre chose à penser.

Elle a encore les ourlets des robes du soir à faire, les boutons des tailleurs à coudre, les perles à compter, les voiles à ajuster. À la veille d'une collection de cette envergure, même les premières mettent la main à la pâte. Surtout les premières.

Angèle et son gros ventre furètent partout, photographient, interrogent. Angèle souffle comme un bœuf et Justine est obligée de la faire asseoir, de lui masser les chevilles qu'elle a comme des rouleaux de tissu. Justine pose ses mains sur le ventre d'Angèle et demande à ce bébé tant attendu de croiser ses petits doigts à l'intérieur du ventre de sa mère pour que la collection soit un succès.

Angèle sourit.

«Que tu peux être superstitieuse quand même! Je suis sûre que tu crois encore aux fées! Compte plutôt sur mon article! Moi je sais ce que tu vaux, ma Clochette, et ne t'inquiète pas, je vais le dire!»

Justine ravale son reproche. Angèle a souri.

Francis Ridel descend de sa tour d'ivoire en fin d'après-midi. Il fait le baisemain à Justine, ce qui l'amuse beaucoup. Elle se dit que tant qu'elle y a droit, c'est qu'il est content de son travail. Il inspecte chaque mannequin, ajuste deux-trois drapés, tire sur les taffetas pour qu'ils tombent à la perfection. Il paraît satisfait. Il le dit à Justine. Qui rougit jusqu'aux oreilles sous l'œil amusé d'Angèle. Décidément, sa petite cloche ne se fera jamais aux compliments. Francis Ridel salue Angèle et ajuste aussi la flatterie. Même dans son état, elle est très élégante. De quel état parle-t-il ? Angèle n'insiste pas. « Merci, monsieur. Mais je dois ça à Justine, vous vous en doutez ! Même sur une femme difforme, elle peut faire des miracles ! »

Francis Ridel a toujours su ménager la presse. Il lui doit une part de sa notoriété et il ne l'oublie pas.

La collection est ovationnée pendant au moins vingt minutes. La crainte de Justine que les modèles courts, très en vogue, ne fassent pas l'unanimité est envolée. Elle a insisté auprès de Francis Ridel pour qu'il ajoute quelques minirobes à la collection, pensant que la maison ne pouvait échapper à la mode lancée par Mary Quant puis, en France, par Courrèges. Francis Ridel a hésité, la mode en province ne va pas aussi vite qu'à Paris. Mais savoir anticiper, c'est aussi ça le talent. Alors il s'est lancé, faisant confiance à Justine et à sa jeunesse. Devant l'acclamation unanime de ses créations, il se dit qu'il a eu raison. Surtout pour la robe de mariée en sylco blanc et argent, qui ne descend pas plus bas que le genou. Pas de voile mais un manteau à large capuche bordée d'hermine et des bottes en cuir blanc verni.

Justine aurait bien voulu assister au défilé mais elle a trop de travail dans les coulisses. Elle entend juste les applaudissements retentir à chaque nouveau modèle, malgré les piaillements des mannequins, les vrombissements des séchoirs à cheveux, et le martèlement de son cerveau dans son pauvre crâne marty-risé, prêt à exploser. Mais ce qu'elle aurait voulu par-dessus tout, Justine, c'est qu'on vienne la cher-cher à la fin de la présentation, qu'on la prenne par les mains, qu'on la tire sur le podium, timide Justine, pour récolter ses lauriers, devant le Tout-Toulouse unanime, ébahi par l'éclat et l'audace de cette col-lection, un peu la sienne. Elle aurait voulu être aveu-glée par les flashes des photographes, sourire, être fière d'elle, applaudir aussi. Mais cette part de gloire est réservée à Francis Ridel. Justine sait bien que c'est normal puisque le créateur c'est lui. Même si elle a bien vu que Ridel s'est parfois inspiré des quelques croquis qu'elle lui avait un jour timidement soumis. Cachée derrière le lourd rideau de brocart garance, Justine la superstitieuse, Justine la sage petite paysanne de Montesquieu, Justine qui n'a pas trop mal choisi ses routes jusque-là, Justine qui se prend à y croire, Justine l'ouvrière, Justine la pre-mière, Justine envoie un vœu à ses fées.

«Mémé, Maman, faites qu'un jour ce soit mon tour...»

Cette nuit-là, Angèle, Justine et Babé s'allongent toutes les trois sur le même lit. Elles n'enlèvent que leurs escarpins, qu'elles ont dû garder jusqu'au bout cette fois-ci. Parce qu'après la présentation il y a eu un cocktail à la maison Ridel, et après le cocktail un grand dîner aux Douze Lampions. Plusieurs fois, Justine et Babé ont cru qu'Angèle allait accoucher en la voyant pâlir à cause de la chaleur, souffler et s'asseoir brusquement sur toutes les chaises qu'elle croisait.

Leurs six mains maintenant tranquillement posées sur le ventre d'Angèle, elles écoutent en silence le moindre mouvement, prêtes à bondir à la première contraction. Mais non. Le bébé est calme. Fatigué aussi sans doute.

Babé, qui a de la suite dans les idées, demande si elle pourra avoir la même robe de mariée que celle de la collection Ridel.

Les deux autres éclatent de rire, un rire suraigu, un rire épuisé, sans fin. Un rire de raz de marée. De bord de larmes.

«Mais tu vas te geler les fesses avec une robe pareille! Je te rappelle que tu te maries en janvier!

— Ah bon, vous croyez?»

Et de rire encore.

«Arrêtez les filles, vous allez me faire accoucher!»

Justine et Babé n'ont pas eu la force de regagner leur lit. Elles se sont endormies toutes les trois sur celui d'Angèle. Coiffées, maquillées et habillées comme pour un premier bal. Les mains posées sur le gros ventre de ma mère, pieds nus et le sourire aux lèvres.

Ma mère qui n'avait pas ri comme ça depuis bien longtemps.

Octobre 1966

Angèle accouche une semaine plus tard. Un tout petit matin d'octobre, encore doux. Elle a eu ses premières contractions la veille, dans l'après-midi. Puis le soir chez Henri où elle dîne avec Justine et Babé. Dix minutes, puis cinq, puis trois. Henri prend immédiatement les choses en main et tout le monde grimpe dans la voiture direction la maternité de Lagrave. «Souffle, Angèle», lui dit-il calmement. Alors Angèle souffle. De toute façon, elle n'a plus le choix. Justine et Babé soufflent avec elle, comme une meute de petits chiots dociles et surexcités. Elles lui tiennent la main, lui épongent le front. Le trajet n'en finit pas. Pourtant Henri roule vite.

Angèle obéit sagement aux conseils d'Henri, halète en rythme avec ses sœurs. Elle n'a pas peur. Elle voudrait juste ne pas être là. Tenir sa promesse. Ne pas vivre. Ne pas vivre ça. Ne pas être enceinte. Prête à accoucher. Sans Charles. Non, Henri n'est pas le père de l'enfant à naître. Elle hurle cette évidence à l'infirmier, surpris mais qui ne le montre pas, qui l'emmène sur un fauteuil roulant vers la salle de travail.

Combien de temps l'attente dure-t-elle? Des heures et des heures. Une éternité. Comme si Angèle y mettait de la mauvaise volonté. Et c'est peut-être vrai. Ultime et vain refus d'un événement qu'elle ne s'est pas préparée à vivre seule. Justine fait les cent pas dans le couloir. Babé somnole sur une chaise. Henri fume cigarette sur cigarette. Il se renseigne. Tout se passe bien. À 4 h 35, une sage-femme les réveille. Moi, Blanche, 3,130 kg, 48 cm, duvet blond et visage bouffi, je suis née. Ma mère et moi nous portons à merveille. Enfin, disons que tout s'est effectivement bien passé. Une demi-heure plus tard, Justine en tête, Babé et Henri sur ses pas, pénètrent à pas de loup dans la chambre 204.

Maman, le teint pâle et les cheveux un peu hirsutes, Maman regarde sans le voir le minuscule bébé couché à côté de son lit dans un berceau en fer et tissu blancs. On n'aperçoit de lui que ses petits poings fermés sortant de la couverture dans laquelle il est emmitouflé. Puis Maman ferme les yeux. Tourne la tête. Ouvre les yeux. Dehors, il fait encore nuit. Un réverbère voisin éclaire la chambre de sa lumière rousse. C'est absurde. Pourquoi des ampoules orange? Angèle n'aime pas le orange. Il n'y a pas de bruit. Même moi je suis endormie. Tant mieux. Maman est immobile. Si immobile. Raide.

Loin. Les mains sagement posées sur le drap. Elle ne me regarde pas. Devant ses yeux fixes, il n'y a que le visage de mon père qui défile et défile encore.

Ses cheveux, fins et dorés. Sa peau couleur de miel. Douce. Si douce. Ses mains. Ses mains sur elle. Encore. C'est ça qu'elle veut toucher. C'est contre lui qu'elle veut se coller. Elle donnerait sa vie pour ça. Et la mienne aussi.

Babé vient s'asseoir sur le bord du lit. Le silence est intenable. Décalé. Elle meurt d'envie de prendre ce tout petit bébé dans ses bras. Elle éprouve un besoin irrépressible de serrer la vie dans ses bras, là, tout de suite. Mais il se pourrait bien que ce ne soit pas le bébé qui ait le plus besoin qu'on le serre contre soi.

Alors, elle prend doucement les mains d'Angèle, les caresse. Elle lui sourit. Les caresses de Mémé savaient si bien les apaiser, toutes. Ça devrait marcher. Mais ça ne marche pas.

«Ne me regarde pas comme ça, oh ne me regarde pas comme ça, Babé», siffle Angèle.

Avant d'ajouter dans un souffle «Je ne peux pas... Je ne peux pas... Même la tenir dans mes bras...».

La lumière orange n'en finit pas de l'éclabousser.

Babé regarde Justine et Henri qui ne se sont aperçus de rien, tout à leurs babillages idiots et éperdus, à leurs petits baisers légers sur mes joues pâles. Elle se met à murmurer. Pour ne pas les déranger. Pour ne pas faire peur à Maman.

«Angèle, mais c'est ta fille... Ta fille... Elle est magnifique. Regarde-la. Elle te ressemble tant. Déjà! C'est fou, non? Angèle, je t'en prie, regarde-la.»

Mais je ne ressemble pas à ma mère. Et ça, Babé ne peut pas le dire. Je ressemble à mon père et personne n'y peut rien. Je n'ai que quelques heures et je ressemble déjà à mon père. Charles. Comme si la vie faisait exprès de donner les traits d'un mort à un nouveau-né. Babé est le portrait de Clémentine, paraît-il. Mémé le lui a souvent dit. Il n'y a que Babé pour y voir un signe de vie. Ce n'est pas la vie qui continue que voit ma mère sur mon visage. Mais la vie qui s'est arrêtée, un jour d'orage, en rade de Sète.

Comme pour Barthélemy à la mort de Clémentine. Malgré Justine. Malgré Babé. Qui n'ont rien pu y faire.

Babé, Justine et Henri sont restés le temps de m'observer sous toutes les coutures. De m'envelopper d'une tendresse infinie. De faire de moi le centre du monde, puisque tous avaient compris que je n'étais pas celui de ma mère.

Quand ils sont partis, elle regardait encore la lumière rousse du réverbère voisin.

Dans le couloir, Babé ne peut pas retenir ses larmes. Henri la prend dans ses bras mais rien ne semble pouvoir la consoler. Justine s'affale sur une chaise, les yeux dans le vague. Elle se sent si triste d'être triste. Un jour comme aujourd'hui, le premier depuis longtemps qui aurait dû les combler de joie, Angèle surtout. Elle essaie de la comprendre. Comme elle a tant de fois essayé de comprendre son père. Sans y parvenir. Aujourd'hui non plus.

Maman se lève. Elle n'entend plus les larmes de Babé derrière la porte de la chambre. Ils sont enfin partis. Elle s'approche du berceau où je dors encore. Elle m'observe. Longtemps. J'ai du mal à ouvrir les yeux. Ma bouche se tord. Je vais pleurer. Maman repousse la couverture tricotée par Babé et me soulève. Elle me tient à bout de bras, suspendue, loin d'elle. Ses deux mains font entièrement le tour de mon corps. Mes jambes se recroquevillent. Puis se tendent. Elle me recouche dans le berceau. Je m'agite. Je crie. La main de ma mère se pose sur mon visage. Elle est douce. Elle le recouvre entièrement. Mon front. Mes yeux. Mon nez. Ma bouche. Sa main pèse de plus en plus. M'empêche de crier. De respirer.

La porte de la chambre s'ouvre et la sage-femme entre. Ma mère enlève sa main de mon visage.

«Tout va bien, madame?»

Ma mère s'est recouchée sans un mot.

Je me suis remise à pleurer.

Nous rentrons à la maison une semaine plus tard. Henri et Babé sont venus nous chercher. Le temps a brusquement changé. De doux, il est devenu brumeux et frais. Le ciel se met à l'unisson de l'humeur de Maman.

Justine et Babé ont installé mon berceau dans sa chambre. C'est Justine qui a habillé l'osier de coton blanc léger. Deux grands voiles tombent de chaque côté de ce qui ressemble maintenant à un vrai petit nid. Une énorme peluche brune est assise au bout du berceau. Un cadeau d'Henri. Il ne reste pas beaucoup de place mais je suis si petite.

Quand je pénètre dans l'appartement de la rue d'Aubuisson, je suis dans les bras de Babé. Je ne dors pas. Je suis calme. Maman, silencieuse, pose son sac à main sur une chaise de l'entrée et entre dans sa chambre. Elle s'approche du berceau.

« C'est très joli ce que tu as fait, Justine. Comme d'habitude. Mais... Il n'est pas question que Blanche dorme ici. »

Justine, Babé et Henri la regardent, interloqués.

« Mais Angèle... Où veux-tu qu'elle dorme, alors ? » demande gentiment Justine.

Angèle se tourne brusquement vers elle.

« Je ne sais pas, moi, mais certainement pas dans ma chambre. Je ne la nourris pas donc elle n'a pas besoin d'être avec moi la nuit.

— Tu ne la nourris pas ? »

Babé aurait aussi bien pu me laisser tomber.

« Non, je ne la nourris pas. Oh, ne fais pas cette tête, Babé, ce n'est pas moi qui ne veux pas, c'est elle ! » répond ma mère en me désignant du menton.

Babé me regarde. Puis elle regarde Angèle. Même si ça lui paraît totalement absurde, elle est prête à croire que je ne veuille pas du sein de ma mère. Elle

98

l'a vue à la maternité, si distante et si froide. Cette sensation de vide immense entre elle et moi ne la quitte pas depuis. Mais je n'ai que quelques jours. Comme se pourrait-il que...

«Eh oui! Mademoiselle Blanche préfère le biberon! C'est comme ça! Et moi, je dois souffrir le martyre en me bandant la poitrine pour stopper la montée de lait! Mais ne t'en fais pas, ça me va très bien. Le martyre ne durera pas longtemps. En tout cas bien moins que si j'avais dû l'allaiter pendant des mois. Donc, on peut mettre son berceau ailleurs. Il y a bien une troisième chambre ici, non? Et comme ça, vous pourrez participer. Je suis sûre que vous en mourez d'envie.»

Justine ne voit aucun inconvénient à me donner le biberon, sauf la nuit peut-être. Mais là, elle sait que Babé sera au garde-à-vous. Pourtant, elle a conscience de la brutalité de cette scène qu'elle n'imaginait pas vivre à mon arrivée à la maison. Elle a presque oublié qu'à la maternité l'attitude d'Angèle avait réveillé en elle des sentiments aussi complexes que paradoxaux. Elle s'était dit que ça passerait, que ce n'était pas pareil, que le retour à la maison apaiserait les souffrances d'Angèle, que la vie reprendrait son cours normal. Angèle n'est pas Barthélemy. Angèle est une mère. Elle n'est pas morte, elle. Justine tombe un peu des nues.

Babé est au bord des larmes mais je commence à pleurnicher et, puisque ma mère l'a décidé, elle se précipite vers la cuisine pour me préparer notre premier biberon.

Henri ne dit pas un mot. Les sourcils froncés, il observe ma mère tirer le berceau blanc jusque dans l'entrée. Et le laisser là comme si ce n'était pas à elle de décider où il irait à l'avenir. Puis s'enfermer dans sa chambre sans un regard pour personne.

C'est Babé qui me donne mon premier biberon dans la cuisine de la rue d'Aubuisson. Entourée de Justine et d'Henri, de plus en plus sombre.

Mon berceau a fini par atterrir dans la chambre d'amis. Au milieu des tissus, des bobines et du foutoir de Justine.

Le contrôleur SNCF, dans sa tenue de contrôleur SNCF, violet indéfinissable, cravate à carreaux sur chemise rayée improbable, se plante devant moi. Je lève les yeux vers lui, ailleurs, je cherche mon billet, le trouve dans mon agenda et le tends sans un mot. Clic, clac. Composté.

Bordeaux. Huit minutes d'arrêt. Cette fois j'ai le temps de descendre m'intoxiquer. J'attrape mon paquet de Dunhill et un briquet. La femme assise en face de moi ne lève même pas les yeux. Elle dort.

Depuis combien de temps ne suis-je pas allée à Paris? Trop longtemps sans doute.

Je serre mon sac rouge contre moi. Je ne l'ai pas laissé sur mon siège. Ce qu'il contient m'est trop précieux. Mon sac «de famille» bourré de tout un quotidien baroque, vaillant et bardé de tendresse. Les cadeaux de Justine et de Babé, achetés à la hâte faute d'avoir eu assez de temps pour les confectionner. Les petits cahiers noirs en moleskine aux pages lignées. Leurs couvertures sont déjà un peu usées comme si on les avait beaucoup ouverts et beaucoup fermés. Comme si j'avais beaucoup hésité.

Ce que je peux te dire d'elles

C'est vrai. J'ai beaucoup hésité avant d'en noircir les pages vierges. Avant de soigneusement prendre la suite des longues conversations enregistrées par Maman sur le petit magnétophone d'interviews que je lui avais offert pour une fête des Mères. Je me suis demandé si ça pouvait servir à quelque chose. Ou à quelqu'un.

Violette a été si violente ce soir-là. Si amère. Sa soif de savoir l'a presque rendue méchante et ce qu'elle m'a dit reste gravé dans ma mémoire.

« Tu te fous de tout ! Tu t'es toujours foutue de tout ! Je ne veux plus jamais te voir ! »

Et Violette est partie à Paris. Elle a choisi sa vie, une autre, différente de la nôtre, loin de nous. Comme j'ai choisi aussi, il y a longtemps, sans me demander ce que ma fille penserait un jour de mes choix.

« Tu t'es toujours foutue de tout ! »

Cette phrase tape dans mon crâne au rythme du train qui a redémarré.

Le paysage défile à vraiment grande vitesse. J'ai les oreilles complètement bouchées. Paris approche. Et Gabriel aussi.

Alors, je continue de relire l'histoire sur le cahier noir en moleskine.

Janvier 1967

La neige tombe depuis trois jours sans disconti-
nuer. Toulouse la rose est ensevelie sous un épais
manteau blanc et c'est magnifique. Tout est silencieux, les bruits absorbés, le temps suspendu. Même
le cœur de la ville, d'habitude si grouillant, est
endormi, comme amorphe. Pourtant Babé se marie
aujourd'hui. Comme prévu. En janvier.

J'ai trois mois. Je ressemble de plus en plus à mon
père. En tout cas, c'est ce que pensent Justine et
Babé. Sans le dire. À Angèle, elles disent que c'est à
elle que je ressemble. Et se heurtent invariablement
à son silence buté. Maman sait que je suis le portrait
de mon père. Il ne faut pas la prendre pour une
imbécile. Ça l'éloigne de moi. Je ne suis pas mon père.

Aujourd'hui, je porte un petit bonnet de laine tri-
coté par Babé et une robe en soie blanche parsemée
de minuscules fleurs roses. Justine y a mis tout son
cœur et tout son talent. Elle y a travaillé avec autant

de ferveur que pour la robe de Babé. Celle-là est somptueuse, semblable à celle de la collection printemps-été, qu'elle a adaptée à la saison : robe en velours, manteau de laine avec capuche bordée d'hermine, le tout dans un blanc immaculé, comme le paysage. Après des heures de réflexion, Babé a renoncé aux bottes vernies pour leur préférer une paire d'escarpins blancs, plus chics, plus féminins, plus de circonstance. Tant pis pour la neige et le froid. Et pour la déception de Justine qui trouvait que les bottes vernies avaient bien plus de chien.

Babé entre dans Saint-Sernin au bras de mon grand-père, endimanché comme à son propre mariage. Un vraiment lointain souvenir. Barthélemy n'est plus là pour accompagner sa fille, alors ce rôle est revenu à Paul, unique rescapé masculin de la famille. Henri l'attend en haut de l'allée, très classe dans son uniforme de lieutenant de l'armée de l'air, très digne. Casquette sous le bras et gants blancs à la main, il regarde Babé s'avancer au son d'un *Ave Maria* lent et grave, la tête enveloppée dans sa capuche d'hermine. Maman, qui me tient dans ses bras, toute vêtue d'ocre, et Justine, en manteau de soie fuchsia, suivent en petit cortège. Tout le monde est ému. Plus que prévu. Évidemment, on pense aux noces qui auraient dû être et n'ont pas été. À Charles. À la fatalité qui malmène l'espérance. Moi, j'écarquille les yeux, je regarde les lumières des candélabres et babille tranquillement. De toute façon, je ne pleure presque jamais. J'ai déjà compris qu'il vaut mieux ne pas en rajouter. Qu'on a eu son content de larmes.

On écoute le prêtre en silence. On pense aussi à Mémé, à Clémentine et à Barthélemy. À tous ceux qu'on aurait voulus à côté de soi aujourd'hui. Justine et Maman se tiennent bien droites, enfin Justine surtout. Maman, elle, essaie de m'empêcher d'arracher la broche de gros tournesols qu'elle porte au revers de son manteau et ce n'est pas chose facile. Dans le silence des prières, on entend parfois mes petits cris qui remplissent l'église. Qui leur font à tous bondir le cœur. Comme un éclat de vie tenace et c'est bien qu'il y ait ça aujourd'hui. Parce que aujourd'hui tout doit être serein.

Henri passe l'alliance au doigt de Babé qui passe l'alliance au doigt d'Henri. Les voilà mariés. Elle est maintenant une épouse et peut-être que bientôt elle sera aussi une mère. C'est ce qu'elle demande à la statue de la Vierge figée qui lui fait face. Pas de larmes Sainte Vierge, pas de larmes. Ah non !

Babé repart dans l'allée de Saint-Sernin au bras de son mari et capuche baissée. Sourire éclatant de bonheur aux lèvres, des rêves plein la tête. J'ai fini par arracher la broche de Maman qui s'en fait un deuil. Elle me laisse jouer avec tout le reste de la journée. Elle rit aux éclats en me montrant à tous les invités. Oui, je suis sa fille et je suis déjà très éveillée. On retrouve Emmanuel resté au fond de l'église parce qu'arrivé en retard, comme d'habitude. Il embrasse Justine dans le cou. Elle semble gênée de

ce baiser furtif. Emmanuel pense au soir et que
Justine viendra chez lui. Mais ça, elle refuse. Ce soir,
Babé ne dormira pas rue d'Aubuisson, elle n'y dormira plus, et Angèle et Blanche seront seules. Alors
non, pas ce soir. Emmanuel boude pendant plusieurs heures. Tant pis pour lui. Il l'agace. De plus
en plus.

Une table pour dix personnes a été réservée chez
Lucien Vanel. Babé et Henri n'ont pas regardé à la
dépense. Il y a un joyeux brouhaha jusque tard dans
l'après-midi. Paul est rond comme un boulon et
Henri un peu aussi. Babé a enlevé ses escarpins et
essaie de se réchauffer les pieds contre les chevilles
de son mari. Ses pieds gelés rencontrent les pieds nus
de ma mère. Babé éclate de rire. Maman a envie de
pleurer. Personne ne le remarque.

Puis il faut se séparer. Henri et Babé ont promis
de ramener Paul chez lui. On ne peut pas le laisser
rentrer seul avec ce temps et son ébriété. Babé prendra le volant, c'est plus prudent. Emmanuel essaie
encore une fois de convaincre Justine de le suivre, se
renfrogne quand elle refuse de nouveau, repart bou-
der. Elle nous rejoint, Maman et moi, et toutes les
trois, on rentre en bus rue d'Aubuisson. Ce n'est pas
très loin. Deux stations. On fait le chemin en silence.
J'ai fini par m'endormir, les gros tournesols serrés
dans ma petite main. Maman et Justine pensent que,
ce soir, Babé ne sera pas là. Qu'elle ne chantonnera
pas dans les petites pièces de l'appartement, qu'elle
ne fera pas l'andouille dans la salle de bains, la

bouche pleine de dentifrice, qu'elle n'enverra pas valser ses chaussures au milieu des coussins. Tous ces petits riens qui rassurent quand l'essentiel vacille, tous ces rituels qui font leur vie depuis si longtemps et qui vont être sacrément bousculés. Son absence et son silence seront pesants, c'est certain. Il faut grandir encore et encore alors qu'on voudrait tant revenir en arrière. Au temps de Montesquieu. Retrouver les jupes maternelles. Justine pose sa tête sur l'épaule de Maman.

« On ne dirait pas, tu sais, mais en fait, je suis heureuse... »

Ma mère sourit. Sa petite Clochette est une incorrigible nostalgique-optimiste. Elle me regarde, endormie, si jolie, si calme. Mes longs cils blonds qui font une ombre fine sur mes joues. Elle voudrait presque être heureuse aussi. Sans doute qu'elle le pourrait. Sans ce vide au creux de sa poitrine. Aujourd'hui, elle a voulu l'étouffer. Vraiment. Elle a lutté, a secoué tout son corps pour s'en défaire. Elle s'est bagarrée avec lui. Elle le jure. Rien n'y a fait.

La neige recouvre Toulouse. À peine éclairée par les rayons d'un soleil timide qui point enfin.

Debout devant le berceau, les bras le long du corps, immobile, Maman me regarde. Ou plutôt, elle m'observe. Je ne dors pas. Je regarde, émerveillée, les petits pantins multicolores qui s'agitent au-dessus de moi. Je ne distingue pas encore toutes les couleurs mais je vois les ombres qu'ils font à chaque mouvement. Pour que je les voie, il faut qu'ils bougent.

Je ne vois pas ma mère.

On n'entend que sa respiration. Irrégulière. Elle fait un pas vers le berceau. Elle continue de m'observer. Ses yeux se posent sur mes yeux. Encore gris indéfinissable. Ceux de Charles étaient bleus. Sur mes sourcils, à peine dessinés. Sur mes cheveux duveteux, déjà blonds. Sur mes joues pleines. Sur ma bouche minuscule. Sur mes mains potelées et agitées.

Elle ne ressent rien. Elle le voudrait. Elle est entrée dans ma chambre pour savoir. Pour vérifier s'il y avait un fil entre elle et moi.

Mais il n'y a rien.

Maman est en bas...

Peut-être si elle me touchait.

Elle avance une main vers moi. La suspend au-dessus de ma tête. Prête à la laisser aller. À la laisser descendre et se poser, en caresse cette fois.

Une ombre a flotté sur mon visage. Un instant. Puis elle a disparu.

Ma mère retourne travailler au début du mois d'avril. Pendant ses mois de maternité, elle ne s'est pas complètement éloignée de *La Dépêche* et elle a continué à écrire quelques articles de la maison. Jusque-là, ça lui suffisait. Le vide qui habite son ventre lui prend le reste de son temps. Mais il lui semble que depuis quelques jours, il se fait moins

tyrannique. Elle ne sait pas si c'est une trêve. Peut-
être. Et sa soudaine légèreté l'étonne. Elle se sur-
prend même à sourire, souvent, pour des riens. Elle
s'entend éclater de rire. Très fort. Ses mouvements
prennent de l'ampleur. Son corps se déploie. Sans
qu'elle en éprouve la moindre souffrance. L'envie
l'envahit. La brutalité de ce changement n'est pas
rationnelle. Pourtant, pour la première fois, elle s'en
rend compte. Elle perçoit le contraste entre la douceur du sommet et la solitude des profondeurs. Mais
elle ne se l'explique pas. Et comme elle s'est laissé
submerger par le vide, elle se laisse submerger par
cet appétit inespéré.

Ce qu'elle n'imaginait pas, c'est la soif de moi qui
la saisirait avec la même intensité. L'envie de me
regarder et de me toucher devient aussi intense que
celle de retravailler. Mais il faut conjuguer les deux.
Et conjuguer les deux c'est me laisser toute la journée pour retourner à *La Dépêche*. Choisir. Le vide ou
l'envie. L'enfant ou le journal. Pas le vide. Alors, il
faut trouver une solution. Un bon compromis.
Maman est prête à tout pour ne pas s'en vouloir de
ça. Elle est prête à tout pour ne plus rester à la maison.

Mais elle ne peut pas m'emmener avec elle, et
Justine ne peut pas me garder non plus chez Ridel.
Babé a bien tenté de convaincre Henri que je ne la
dérangerais pas dans ses prises de rendez-vous, ça
n'a pas marché. Henri pense, à juste titre, qu'un
cabinet de médecin, le plus souvent rempli de
malades, n'est pas la place d'un si petit bébé. Qui

plus est dans une caserne. Toutes les trois, elles ont donc cherché une nounou et elles ont fini par la trouver à deux pas de la rue d'Aubuisson. Une jeune femme qui garde un petit garçon, Adrien, que leur gardienne connaît et dont elle pense le plus grand bien. La nounou leur a pourtant paru un peu étrange au début, un brin trop originale avec ses minijupes et ses cuissardes en cuir. Maman l'a d'ailleurs dévisagée avec tant d'insistance que Justine a craint un instant que la jeune femme ne soit vexée. Justine ne peut pas trouver choquant une fille qui porte des minijupes. Maman veut une exception. La soif de moi la rendrait presque paranoïaque. Mais la jeune fille est douce et Adrien a l'air de l'aimer. L'habit ne fait pas le moine, c'est bien connu. En plus, Marie-Rose, car elle s'appelle Marie-Rose (ce qui ne colle pas forcément avec les cuissardes), a des horaires élastiques, et ça, ça arrange bien ma mère et Justine. De toute façon, on peut faire un test, on n'est pas mariés comme dit Babé. Et on n'a plus vraiment le temps de chercher.

Maman reprend donc le chemin de la rue Alsace-Lorraine le cœur relativement tranquille. Pourtant, elle s'interroge et s'interroge encore. Pas pour savoir d'où lui vient cette boulimie de perfection. Il est là et il la rend superbe. Mais si je me mettais à aimer Marie-Rose plus qu'elle ? Après tout, je vais maintenant passer mes journées avec elle. Maman ne s'est jamais posé la question pour Justine et Babé, qui se sont pourtant chargées depuis six mois d'être là quand elle n'y était pas. Justine et Babé, c'est la famille. Ce n'est pas pareil. Maman en est convaincue et elle balaie ses pensées moroses d'un revers de la main. Elle fait ça souvent. Elle ne supporte plus d'avoir ces pensées-là. Elles ne collent pas avec sa soif et son appétit. Avec le redéploiement de ses ailes. Et puis c'est comme ça et on n'y peut rien. Elle doit travailler.

La Dépêche n'a pas changé. Les mêmes odeurs, la même effervescence. À croire qu'il ne s'est rien passé depuis la mort de mon père. Si. Son bureau est maintenant occupé par le journaliste sportif qui l'a remplacé. Maman passe devant lui sans tourner les yeux. Ça, elle ne peut pas s'y faire. Qu'on puisse remplacer Charles.

Le vide. Menace sournoise.

Depuis ma naissance, le journal a créé une rubrique «Événements mondains» que M. Bonzom lui demande de prendre en charge en plus de sa rubrique «Mode». Événements mondains, événements mondains, potins et tralalalas... Maman soupire. Elle ne veut pas être obligée de sortir le soir pour assister à des dîners qui n'en finissent pas, guetter des heures le député ou le notable en vue. Se perdre dans des conversations qui ne l'intéressent plus. Tout ça, c'était avant. Avant n'existe plus. Elle dit tout ça à M. Bonzom. Non, il ne lui demandera pas de couvrir les événements mondains, juste de diriger la rubrique, de superviser les chroniqueurs, de choisir les papiers.

«Alors j'accepte.»

Et elle a plus de travail. Mais elle s'en débrouille. Elle en rapporte parfois à la maison, finit ses articles quand je suis couchée. Justine se charge souvent du bain. Maman se réserve maintenant la plupart des biberons. Elle rattrape le retard pris dans les corps contre cœur. Elle me mange et me boit. Pour combien de temps?

Puis il y a les premières dents à gérer et le sirop Delabarre à donner. Les nuits agitées où elles se lèvent toutes les deux, Justine et elle, toujours. Les fièvres en tout genre, la rougeole à six mois, la scarlatine à quinze. Elles appellent Babé, qui réveille Henri, et ils rappliquent au milieu de la nuit. Car je préfère être malade la nuit. Après tout, la nuit, Maman et Justine sont là. Et Babé et l'oncle Henri aussi. Ils attendent tous les quatre le petit jour, assis autour de mon lit, guettant le moindre de mes tressautements et de mes soupirs. Ils posent leur main sur mon front à tour de rôle pour s'assurer qu'aucun d'eux ne se trompe et que la fièvre est bien tombée. Et ils s'en font du souci pendant ces nuits interminables. Ils ont arrêté de compter les matins où ils arrivent froissés au travail. Même l'oncle Henri.

Je leur prends toute leur énergie mais ils en redemandent. Les sourires à quatre dents de leur bébé leur font oublier tous les sacrifices et toutes les nuits blanches. Rien ne vaut mes petits bras potelés enroulés autour de leurs cous.

On vit maintenant comme ça rue d'Aubuisson. Au rythme de mes maladies infantiles et de mes apprentissages multiples. Et tout le monde s'en accommode. On fête tous les 8 du mois. On approche des vingt-quatre.

De cette période plutôt sereine, le jour le plus surprenant reste sans doute la première fête des Mères de Maman. Ce jour-là, quelque chose change. Pour elle surtout. Un peu de son vide se comble. Elle n'y croyait pas. Certaines attentes n'en finissent pas. Elle, Justine et Babé veulent pourtant conjurer le sort. Ce maudit jour depuis toujours pourrait bien devenir heureux. Non ?

À Montesquieu, les fêtes des Mères étaient des fêtes sans mères. Moi, j'aurai forcément du mal à concevoir ça. Mémé avait conscience que c'était un jour difficile pour Justine et Babé. Pour Maman davantage encore. Et que le cadeau que l'instituteur leur faisait confectionner, comme les autres enfants, n'était pour personne.

Babé, elle, ne comprenait pas pourquoi on lui faisait fabriquer un cadeau pour une mère qu'elle n'avait pas. Et Mémé ne trouvait pas chaque fois d'explication rationnelle.

Justine préférait qu'on ne la distingue pas. Elle savait bien que dimanche, elle irait au cimetière mais ce serait encore pire tout ça si, à l'école, elle était la seule à ne pas fabriquer de fleurs en papier crépon ou dessiner le portrait imaginaire de sa mère. Et puis Mémé était si contente quand elle recevait son cadeau. Elle méritait bien ça, Mémé. Mémé d'amour. Mémé Maman.

Angèle... Angèle confectionnait, chaque année, avec toute l'application dont elle était capable pour les travaux manuels, les cadeaux destinés à sa mère, les seuls qu'elle n'offrait pas à Mémé et qu'elle accumulait dans sa chambre, pour ce fameux jour où sa mère reviendrait. En se demandant lequel elle préférerait. Celui qui la rachèterait à ses yeux. Qui rachèterait qui ?

Peut-être pour ça, à l'approche de la fête des Mères et dès que je serai en âge de le faire, à l'école, à l'atelier ou au journal, je passerai des heures à fabriquer des colliers de nouilles, des boîtes à bijoux indescriptibles en pâte à sel, des cochons surréalistes en boîte d'allumettes et en coquille d'œuf. Un cadeau pour chacune d'entre elles. Pour que la fête des Mères reprenne tout son sens.

Maman. Maman. Maman. Mamans.

Septembre 1969

Babé est guillerette comme une gamine. Justine lui fait un nouveau manteau et elle lui a promis un essayage à l'atelier entre midi et deux, pendant sa pause-déjeuner. «Sois à l'heure», lui a dit sa sœur. Elle avait le même ton autrefois quand elles rentraient de l'école et que Babé traînait la patte. Babé n'y fait plus attention depuis longtemps. Et elle a au moins un quart d'heure de retard. Le manteau en pied-de-coq bleu marine est déjà faufilé et monté sur le mannequin de bois. Quelques ajustements sur Babé et il pourra être piqué. Babé est impatiente de le porter, comme chaque fois. Justine est la meilleure.

«Je le finirai à la maison. Tu déjeunes avec moi?» Babé hésite. Elle a promis de passer me voir.

«Tant pis. De toute façon, je n'ai plus beaucoup de temps. Embrasse Blanche pour moi.»

À la maison, il n'y a personne. Babé sonne encore avant de sortir son trousseau de clés. Mais non, il n'y a personne. Marie-Rose et moi, on est allées pique-niquer au Grand-Rond. Babé entend pourtant du bruit dans le salon.

«Marie-Rose? C'est toi? Blanche?»

Personne ne répond. Un bruit de nouveau. Un soupir plutôt. Une plainte.

Babé s'avance jusqu'à l'entrée du salon. Ce qu'elle voit d'abord, c'est le désordre incroyable. Les coussins qui gisent par terre au milieu des papiers froissés. Cinq ou six paires de chaussures éparpillées à travers la pièce. Et toutes ces photos. Puis, enfin, elle voit Angèle. Boule sombre recroquevillée par terre. La tête dans les genoux. Les bras le long du corps, inertes. Dans cette position qu'on appelle celle de l'enfant... L'enfant pleure. L'enfant renifle. L'enfant s'est maquillé et son rimmel noir coule sur ses joues. Le rouge à lèvres bave et se mélange aux larmes. Angèle n'est plus Angèle. Angèle semble n'être plus rien.

Babé court. Elle fond sur Angèle avec la brutalité des sauveteurs que rien n'arrête. Elle l'entoure de ses bras. Elle ne sait pas quoi faire pour stopper ce déluge. Le visage d'Angèle est méconnaissable. Hier rayonnant. Aujourd'hui terrifiant. Pourquoi? Mais pourquoi?

«Angèle... Angèle, calme-toi... Qu'est-ce qui se passe? Angèle... Calme-toi, dis-moi ce qu'il y a...»

Angèle ne répond pas. La voix de Babé ne l'atteint pas. Alors Babé continue de parler et de serrer ses bras autour du corps d'Angèle. Jusqu'à ce qu'elle l'écoute. Jusqu'à ce qu'elle l'entende.

«La photo... La photo... Je ne retrouve pas la photo...

— Mais quelle photo, Angèle? Quelle photo? Dis-moi.

— La photo jaune... La photo jaune...»

La photo jaune? Babé regarde autour d'elle. Il y a peut-être cent photos dispersées autour d'elles. La plupart en noir et blanc. Elle ne comprend pas ce que lui dit Angèle. Ce que signifie la photo jaune. Et pourquoi ne pas la trouver met Angèle dans cet état.

«Angèle, quelle photo jaune? Regarde-moi. Dis-moi. Quelle photo jaune?»

Angèle se redresse un peu. Elle laisse Babé poser ses mains autour de son visage. Essuyer le noir de ses yeux, le rouge de sa bouche.

«Quelle photo jaune?»

Le regard d'Angèle n'a plus aucun éclat. Son corps pèse contre celui de Babé. Ses ailes sont pliées. Abîmées.

«Je vais t'aider à la chercher, ne t'en fais pas... On va la chercher toutes les deux, d'accord? On va la trouver, j'en suis sûre...»

Mais Angèle ne bouge pas. Angèle n'aidera personne à chercher la photo jaune. En tout cas pas maintenant. Péniblement, Babé réussit à la redresser, à la relever, à l'emmener vers sa chambre et à l'allonger sur le lit. Assise à son chevet, leurs mains mélangées, Babé fredonne l'air d'une vieille comptine que lui chantait Mémé pour l'endormir. *Bonsoir Madame la Lune, bonsoir... C'est votre ami Gerbault qui vient vous voir...* Jusqu'à ce qu'Angèle s'endorme. Le visage momifié dans le rimmel coulé.

Babé referme doucement la porte de la chambre. Elle est épuisée. Elle retourne au salon, s'effondre sur le canapé et fond en larmes. Elle voudrait comprendre. Comprendre pourquoi Angèle était si gaie hier et accablée de chagrin aujourd'hui. Comprendre comment une crise de cette ampleur a pu l'envahir, au point de l'anéantir. La photo jaune. Mais qu'est-ce que c'est donc que cette fichue photo jaune ?

Elle regarde autour d'elle l'amoncellement d'objets, les chaussures, les papiers froissés. Et les photos éparses. Elle sèche ses larmes et se met à genoux à son tour. Furète, soulève, écarte. Elle ne trouve rien. Elle furète encore. Augmente un peu plus le désordre. Rien ne ressemble à une photo jaune. Si ce n'est une, cachée sous un tas d'autres, un portrait de Charles, couleur sépia. Une photo jaunie par le temps et les manipulations. Charles souriant au photographe, l'œil malicieux. Charles presque vivant qui semble dire je t'aime, je t'aimerai toujours. Comme si le photographe était Angèle. Babé regarde le portrait, troublée. À elle aussi, il lui semble que Charles va bouger. Elle pourrait presque croire que c'est à elle qu'il dit je t'aime.

La photo jaune.

Elle appelle Henri. Lui raconte tout. Lui dit de venir vite. Elle a trouvé la photo. Mais cette crise... Ce n'est pas normal... Elle appelle Justine aussi. Lui demande de rentrer. Angèle ne va pas bien. Blanche et Marie-Rose vont bientôt revenir du Grand-Rond. Babé ne veut pas être seule pour leur expliquer pourquoi Angèle est couchée. D'ailleurs, faudra-t-il leur expliquer?

Sur la pointe des pieds, Babé entre dans la chambre. La respiration d'Angèle est régulière. Son corps détendu. Babé s'approche et l'embrasse, l'effleure juste. Puis elle pose la photo sur l'oreiller.

«Je l'ai retrouvée Angèle... Dors. Je l'ai retrouvée.»

Moi, je suis drôlement contente de trouver tout le monde à la maison en rentrant du Grand-Rond. Je me jette dans les bras de Justine qui me fait voler dans les airs. Elle fait ça tout le temps avec moi et j'adore. Babé me mange de bisous sur les joues, sur le front, et l'oncle Henri pose sa main sur ma tête. Ça me calme. Ils sont en cercle autour de moi. Je lève les yeux et on se regarde tous en souriant. Il ne manque que Maman. Mais elle dort. C'est Babé qui le dit. J'aurais aimé lui faire un câlin. Tant pis.

Je ne vois rien des yeux rouges de Babé. De l'inquiétude de Justine. De l'air préoccupé de l'oncle Henri. J'ai l'habitude d'aller dans ma chambre avec Marie-Rose pour laisser les grands seuls.

De toute façon, je n'aurais pas compris ce qu'ils disent de Maman. De la crise de l'après-midi. À cause d'une photo jaune. Une crise violente d'après Babé. Suspecte pour l'oncle Henri. Parce que soudaine. Que rien ne laissait prévoir. En tout cas pour Justine et Babé. Un haut majeur, dans lequel Maman évoluait depuis quelque temps maintenant et qui rassurait tout le monde. Puis, tout d'un coup, ce bas, majeur aussi. Brutal. Un état que l'oncle Henri, redevenu médecin, appelle « dépressif ». Dont il parle longuement à Babé, en choisissant bien ses mots. Trop peut-être. Babé, malgré son inquiétude et même si elle fait confiance à Henri, ne veut pas croire que ce soit aussi grave. Avec les médicaments qu'il va lui donner, ça va aller mieux. En effet, le lendemain, Maman va mieux.

Février 1970

C'est chez Francis Ridel que Justine entend pour la première fois le mot «féministe». Enfin, qu'elle comprend ce qu'il signifie vraiment. Parce qu'à vrai dire elle en a déjà entendu parler. Vaguement. Lorsqu'elle s'est intéressée à Mary Quant et à ses minijupes. Mais elle ne s'est préoccupée que des créations; elle n'a pas fait le rapprochement entre cette mode et des femmes qu'elle s'imaginait, elle ne sait pas trop pourquoi, énormes, fumant le cigare, en pantalon et chaussures plates. Une sorte de vision ultraconformiste lorsqu'on travaille dans un atelier de haute couture. Et irrationnelle pour une couturière. À l'atelier justement, les filles ne parlent que de ça, et presque aucune ne porte de pantalon. Véritable interrogation pour Justine. Élise, ouvrière de l'atelier «Tailleurs et Manteaux», semble habitée par une espèce de feu intérieur dès qu'on se met à évoquer l'émancipation des femmes et le combat qu'elles ont mené tout au long des dernières années. Elle est incollable sur l'historique du mouvement, du Second Empire à la Première Guerre mondiale, en passant par la loi Falloux de 1850, la loi Duruy de 1867 et l'action suffragiste du début de siècle. Incroyable. Son héroïne s'appelle Élisa Lemonnier, sans qui, dit-elle en s'enflammant comme une allumette, elles ne seraient pas là, toutes autant qu'elles sont, à travailler dans un atelier de couture. Parce que, sans Élisa Lemonnier, il n'y aurait jamais eu d'école professionnelle de femmes.

Le nouveau cheval de bataille d'Élise a pour nom «contraception». Toutes les filles savent de quoi il retourne, même si personne n'en parle ouvertement. Mais pour beaucoup, ce mot est principalement associé aux hommes et à ce bout de caoutchouc que certains utilisent, rarement cependant, afin d'éviter à la France de battre des records de natalité hors mariage. Peu d'entre elles s'interrogent encore sur le choix qu'elles peuvent avoir, en tant que femmes, de disposer de leur corps comme bon leur semble et de se protéger des grossesses intempestives sans demander l'avis de quiconque, à commencer par celui des hommes. De dissocier la maternité du désir. De le vivre sans honte et en toute liberté. Seule Élise semble avoir un véritable avis sur la question. Et elle ne se prive pas, impassible devant ses ourlets et ses boutonnières, de le faire partager à ses camarades. Libre à elles de l'écouter ou pas. Elle a visiblement tout compris de la révolution sexuelle en marche depuis quelque temps, et explique sans ciller à cette armada de filles, dont certaines sont déjà fiancées, voire mariées depuis longtemps, les avantages de la pilule. Mais elle n'évoque encore qu'à demi-mot la nouvelle révolution culturelle de la décennie : le combat pour l'avortement légal et l'émancipation qui y sera forcément associée. Elle ne veut pas y aller trop fort.

Justine, que l'idée de travailler pour gagner sa vie n'a jamais choquée (les femmes de son entourage étaient ou sont toutes des laborieuses), écoute les discours enfiévrés d'Élise avec un intérêt qu'elle ne s'explique pas encore complètement. Mais il lui semble trouver là un écho réel à ce qui la caractérise, ou, plutôt, à ce qui lui manque. Comme si tous ses choix et toutes ses aspirations trouvaient soudainement un cadre et, surtout, une raison d'être.

Emmanuel l'ennuie. Ça, elle le sait. Elle ne lui trouve finalement qu'un physique peu banal et une insistance insolite pour justifier sa relation avec lui. Il est certes un bon amant même s'il rechigne à utiliser des capotes en prétextant que c'est un truc de trouffion. Mais pour le reste, décidément oui, il l'ennuie. Elle a compris depuis longtemps qu'ils ne construiront rien ensemble. Emmanuel n'en a visiblement aucune envie, et, honnêtement, Justine non plus. Avec lui, elle est allée d'expérience en expérience. Mais à aucun moment son cœur et son esprit n'ont réellement tressailli. Lorsqu'elle compare cette relation à celle de ses parents ou à celle qu'Angèle a pu vivre avec Charles et que Babé vit avec Henri, elle lui paraît si creuse qu'elle pourrait en rire. Ce qu'elle devine, c'est qu'elle n'est pas taillée pour vivre un tel amour. Parce que ce n'est pas le plus important pour elle. Parce qu'elle ne sera jamais Angèle, ni Babé, et peut-être parce qu'il n'y a sur terre qu'un seul Charles et qu'un seul Henri. Et puis, l'amour est trop exigeant. Il emprisonne ceux qui l'éprouvent pour les rendre indifférents à tout ce qui n'est pas eux. Il est source de souffrances et de déceptions pour ceux qui en sont exclus. Les enfants, par exemple. Les enfants qu'on envoie grandir à Montesquieu ou dont on laisse le berceau dans un couloir. Le prix à payer pour l'amour éternel est décidément trop élevé, et Justine a de plus en plus de dispositions à entendre le discours d'Élise.

L'abandon est ce qu'elle déteste le plus au monde. Peut-être est-il temps de mettre un terme à cette fatalité. En partant avant d'être quittée.

Justine comprend aussi qu'il est naturel que de telles idées trouvent un foyer particulièrement réceptif à l'atelier. Elle qui vénère Coco Chanel aurait pu comprendre ça plus tôt. Elle tombe encore des nues. La mode, finalement, n'est qu'un chemin de plus pour arriver à la liberté.

Alors, tout aussi naturellement, elle se met à fréquenter assidûment Élise et ses camarades suffragettes, dont aucune ne ressemble à une matrone.

Disposer de son esprit, c'est bien, mais ce n'est pas suffisant. Et l'idée d'être enfin totalement elle-même en disposant aussi de son corps, en apprenant à l'écouter lorsqu'il dit oui ou lorsqu'il dit non, la séduit carrément. Quant à la fidélité et au respect ou non des hommes, elle pense que ça n'a rien à voir. Évidemment, ce n'est pas à la maison qu'elle risque de trouver du renfort. Angèle et Babé sont féminines, pas féministes, nuance. Et elles n'aiment pas les hommes, elles aiment un homme. Justine a beau leur dire qu'elle les comprend et que jamais elle ne remettra en doute la force de leurs convictions sentimentales, qu'elles ont eu de la chance, elles, de rencontrer Charles et Henri, mais qu'enfin, Bon Dieu, ça se saurait si elle, Justine, avait déjà croisé un héros, qu'elle ne croit pas au grand amour, qu'elle ne veut pas y croire (parce que ça rend débile et puis malheureux, mais ça, elle ne le leur dit pas) et que c'est comme ça, rien n'y fait. Justine a beau essayer de ne pas s'énerver, d'expliquer calmement ce en quoi elle croit profondément, ça ne marche pas. Elle finit toujours ses tirades le souffle court, les pupilles dilatées et les joues pivoine. Angèle et Babé, yeux ronds et bras ballants, regardent Justine, leur Justine, Clochette quoi, en se disant que ce n'est pas possible qu'elle soit devenue si différente d'elles. Elles ont grandi ensemble, vécu les mêmes choses. Vivre les mêmes choses, ça ne veut pas dire les vivre de la même façon. Et non, en tout cas en matière d'hommes, elles n'ont pas vécu les mêmes choses. Angèle a eu un père et un mari qui était déjà un héros à ses yeux bien avant sa mort. Quant à Babé, après avoir cherché et visiblement trouvé toutes les excuses du monde à Barthélemy, elle a rencontré le Prince charmant.

«Mais le Prince charmant, ça n'existe pas! ÇA N'EXISTE PAS! En tout cas, pas pour moi.»

C'est pour ça que Justine ne dit rien à personne. Elle se déteste et se trouve ridicule. Comment pourrait-elle avouer à ses sœurs, après avoir essayé de les convaincre de tous les avantages de la pilule, que, faute de l'avoir prise à temps, elle est tombée enceinte. Elle le sait depuis une semaine. Elle en est sûre. Elle n'a jamais eu de retard. Si seulement elle avait été plus ferme avec Emmanuel. Si seulement elle ne l'avait pas laissé décider de ce qui est bien ou pas. Fichues capotes qu'il n'acceptait de mettre qu'une fois sur deux. Si seulement. Si seulement elle voulait un enfant. Après tout, pourquoi pas. Elle ne se fait pas beaucoup d'illusions sur la réaction d'Emmanuel. D'ailleurs, elle ne lui dira rien. Elle pourrait bien élever un enfant seule. Elle ne serait pas la première dans cette famille. Mais Justine ne veut pas d'enfant. À supposer qu'elle en veuille un jour, mais à ça, elle préfère ne pas réfléchir. Ce qui est certain, c'est qu'elle ne peut pas en avoir maintenant. Elle a bien trop de choses à faire et à construire. Il va falloir agir. Et vite. Il n'est pas question d'en parler à Angèle et Babé. Et à part Élise, elle ne connaît personne qui peut l'aider. Alors elle en parle à Élise. En lui faisant jurer le secret.

La suite, Justine s'en souviendra longtemps. Parce qu'elle n'a pas d'autre choix, c'est à une amie d'Élise qu'elle confie son ventre. Justine a beau savoir que cette femme a déjà pratiqué plusieurs avortements, elle a beau faire confiance à Élise, elle a beau ne pas vouloir de cet enfant, elle a beau être fermement décidée à choisir, à ne pas se laisser imposer une situation qu'elle n'a pas désirée, Justine est terrorisée lorsqu'elle franchit la porte de l'appartement où la chose doit se faire. Pourtant l'amie d'Élise est douce et gentille. Elle sait la rassurer. Elle aussi a avorté, deux fois, et tout s'est bien passé. Elle a deux enfants, deux enfants qu'elle a voulus et qu'elle a attendus avec un bonheur sans nuages. Mais malgré tout ça, malgré la voix calme de cette femme, son regard clair et tranquille, malgré le thé qu'elle lui offre, sa chambre qu'elle lui ouvre pour se déshabiller, Justine est à deux doigts de renoncer. Elle se débrouillerait bien. Angèle et Babé seraient là pour l'aider. Et Blanche aurait un petit frère ou une petite sœur ou tout comme. Mais elle croise le regard d'Élise, ce regard qui sait si bien lui parler de liberté, de dignité, d'idéaux, de combats. Tout cet élan auquel Justine croit maintenant obstinément. Elle pense à Emmanuel, à ce qu'il n'a jamais été et ne sera jamais pour elle. À ce qu'il ne sera jamais pour l'enfant qu'elle porte encore. Elle pense à son travail, à son avenir, à tout ce qu'elle a à bâtir. Elle pense à Montesquieu. Elle pense aux fées. Quelle mère sera-t-elle, elle qui n'en a pas eu? Que pourra-t-elle transmettre à un enfant qu'on ne lui a pas donné?

Sans un mot, Justine s'est dirigée vers la cuisine. Elle a essayé de ne pas pleurer, malgré la douleur. Élise lui a caressé les cheveux pendant tout le temps qu'a duré l'intervention. Vingt minutes. Vingt si longues minutes. Où le bruit de l'aspiration de la sonde recouvrait le bruit de ses larmes et le rouge le blanc des serviettes-éponges.

Livide, soutenue par Élise, Justine est rentrée à la maison. Il n'y avait personne et c'était tant mieux. Angèle était à *La Dépêche*. Marie-Rose et Blanche sans doute au Grand-Rond. Élise l'a aidée à s'allonger, elle est restée un moment puis elle est partie. Laissant Justine à ses choix et à ses paradoxes. À ses excuses. Celles qu'elle essayait de se trouver. Et celles qu'il faudrait bien trouver pour ses sœurs.

Angèle semble avaler que Justine a attrapé la grippe. Justine, rarement malade, est anéantie dès qu'elle a plus de 38 de fièvre. Et, là, elle a au moins 40. Angèle veut appeler Henri, mais Justine refuse avec véhémence. Angèle la regarde bizarrement, muette devant ce subit accès d'énergie.

«Il n'y a rien à faire avec la grippe... C'est une histoire de quelques jours... Je t'assure, ça ne sert à rien de déranger Henri pour ça...»

«Je vais quand même te préparer une aspirine.»

«Ah non... Surtout pas! J'ai Zorro... Enfin, j'ai mes trucs, quoi...»

Juillet 1970

En cinq ans, Justine n'a pas réussi à passer chef d'atelier chez Ridel. Mme Deslandes, toujours charmante et toujours jalouse, s'accroche férocement à son poste. Justine travaille avec acharnement et Francis Ridel lui reconnaît à plusieurs reprises du talent. Mais elle n'est que première. Éternellement première. Et ça convient de moins en moins à la féministe convaincue qu'elle est devenue.

Alors, elle pense de plus en plus souvent à ce que lui a dit un jour Mme Deslandes. Qu'elle pourrait devenir sa propre patronne. Justine sait bien que ce n'est pas parce qu'elle a de l'admiration pour elle que la Deslandes lui a dit ça. Mais bien pour la voir partir, pour que Justine arrête de lui faire de l'ombre et d'espérer sa place. Jamais la Deslandes n'a mis la main à la pâte comme Justine, jamais elle n'a travaillé aussi tard, et surtout elle n'a pas le tiers du quart de l'imagination de Justine. Et ça ne l'étonnerait pas que cette sournoise œuvre dans l'ombre pour l'empêcher d'évoluer.

Bien sûr que Justine adorerait ouvrir sa propre maison de couture, prouver qu'elle en est capable, elle, une femme. Elle a fait assez de sacrifices pour ça. Et elle est sûre que bon nombre des clientes de Ridel la suivraient. Elle trouverait ça d'ailleurs assez cocasse de remercier la Deslandes d'avoir donné un aussi gentil coup de pouce au destin! Parce que les idées, le style, la créativité, elle les a. Mais où trouver l'argent nécessaire à un tel projet? Même en cumulant les économies d'Angèle, de Babé et les siennes, ce ne sera pas suffisant. Et la banque l'accompagnerait-elle dans cette aventure? Elle n'en est pas convaincue.

Pourtant, le soir, lorsqu'elle est couchée, ses yeux ouverts fixent le plafond et tout s'anime. Les collections qu'elle a passé des mois à dessiner, la peur au ventre que ça ne plaise pas, le choix des tissus, des couleurs, les mannequins qui défilent en portant pour la première fois ses créations, la presse, les ovations, le triomphe. Et la Deslandes qui vient lui proposer ses services. Et Francis Ridel qui la félicite, l'air vaguement pincé. Et M. Braband qui la serre dans ses bras en lui disant «Je le savais, je le savais, mon petit». Et Mémé de Montesquieu qui lève les yeux de sa broderie et lui sourit, «Moi aussi je le savais, ma douce...». Oui, quand on rêve, tout se passe très bien tout de suite.

Maman finissait de corriger un article lorsque Justine, en chemise de nuit, s'est installée à califourchon sur la petite chaise en face du bureau.

«Bon, moi, j'ai trois mille francs d'économies, peut-être trois mille cinq, il faut que je vérifie. Toi, tu as combien?

— ...

— Eh bien quoi? Tu as réussi à économiser combien?

— Je... Je ne sais pas... Peut-être cinq mille francs en tout... Mais pourquoi, Bon Dieu?

— Écoute, je n'en peux plus d'attendre ce fichu poste de chef d'atelier. La Deslandes ne partira pas, j'en suis sûre. Plutôt crever que de me laisser sa place... Ah ça oui, elle est charmante, Justine par-ci, Justine par-là, et vous avez un talent fou mon enfant, et vous irez loin, et patati et patata... Mais je sais très bien que je resterai toujours première...

— Et alors...? La suite...?

— La suite c'est que si je veux évoluer, je n'ai plus le choix... Je dois partir.

— Partir! Et pour aller où?

— Chez moi!

— ...

— Chez Justine Balaguère, haute couture, Toulouse!»

Maman n'a pas éclaté de rire. Maman ne s'est pas moquée de la folie du projet de Clochette. Maman sait que Justine ira jusqu'au bout. Que Clochette sait se rebeller. Maman est lucide. Surtout quand elle est dans une période haute et qu'elle va bien. Et en ce moment, elle va bien. Elle voit la tournure que prend la vie de sa sœur depuis plusieurs mois. Ses nouvelles fréquentations et les discours d'émancipation qu'elle leur tient, à Babé et à elle. Discours qui les laissent rêveuses, ou moqueuses, ou inquiètes. Ça dépend du degré d'énergie que Justine met dans ses propos. Sans parler de sa vie amoureuse, qui devient aussi difficile à suivre que ses projets de futur chef d'entreprise. Maman a bien senti qu'Emmanuel ne ferait pas long feu dans le (nouveau) paysage sentimental de Justine. Elle s'en félicite, elle n'a jamais pu sentir ce prétentieux, qui, le premier, lui a pris sa petite cloche. Mais elle n'aurait pas cru qu'après Emmanuel il y aurait François, puis Michel, puis André. Et actuellement Jean, dont Babé et Maman se demandent combien de temps il va tenir. Maman ne comprend décidément pas tout.

Mais bon, pour ce qui est de ce projet professionnel, elle se dit que Clochette n'a pas complètement tort. Même si se lancer dans une telle aventure paraît insensé. On n'est plus à ça près. Justine, si sage, si réfléchie. Avant. Justine dont on pensait qu'elle ne serait que professeur de couture. Justine, portée par son éternel optimisme et de nouveaux élans. Justine qui croit qu'elle peut devenir une Ridel à son tour et Angèle qui le croit aussi. Elle la suit depuis bien trop longtemps pour ne pas l'avoir toujours su. Justine la volontaire, la tenace, la laborieuse. L'obstinée. Justine la talentueuse. Justine la fédératrice. Qui, l'air de rien, construit son rempart autour d'elle. Autour d'elles.

« Très bien, ma Clochette. Mais à nous deux, on ne réunit que huit mille francs et avec ça, on ne va pas aller loin... D'autant que je dois garder une réserve pour Blanche... »

Justine fronce les sourcils à l'évocation de Clochette. Mais elle ne dit rien. L'heure n'est pas aux bouderies de gamine.

« Je pourrais demander à Babé combien elle a ?

— Oui tu pourras, mais ça ne doit pas être folichon non plus...

— La banque ?

— La banque ne te prêtera pas plus que ce qu'elle sera sûre de récupérer. Et financer une jeune créatrice, c'est un pari risqué... Mais tu peux essayer. Après tout, qui ne tente rien n'a rien. »

Presque toute la nuit, elles échafaudent des projets et font des calculs. Justine s'y voit déjà et ma mère s'y voit presque. Elles ne se demandent même pas ce qu'en pensera Babé. Justine veut que sa maison soit en centre-ville, forcément. Elle ne prendra pas beaucoup d'ouvrières, en tout cas au début. On se serrera la ceinture. Ça, on sait faire. Pour Marie-Rose, on s'arrangera. Après tout, Justine pourra me garder de temps en temps puisqu'elle sera sa propre patronne. Ça fera faire des économies.

« Et si on appelait Babé tout de suite ?

— Justine, tu as vu l'heure ? D'ailleurs, on devrait aller dormir maintenant. On va encore être dans un bel état demain.»

Quand Maman va bien, la nuit n'est pas un problème.

Justine appelle Babé aux premières lueurs du jour. Elle n'a pas fermé l'œil. Babé hurle de joie au téléphone. Depuis le temps qu'elle espère ça, depuis le temps qu'elle pense que leur Clochette mérite mieux qu'une place de première ! Pourtant c'est déjà pas mal première. Mais bon. Et Babé a quatre mille francs d'économies, plus la part d'héritage de Clémentine, à laquelle elle n'a pas touché. Oh ce n'est pas grand-chose, deux mille francs en tout mais ça fait six mille du coup et avec les huit mille d'Angèle et Justine, on dépasse les dix mille francs ! DIX MILLE FRANCS, Justine !

«Si tu arrives avec dix mille francs à la banque, elle t'en prêtera autant non ? Et vingt mille francs c'est suffisant, non ?

— Je ne sais pas, Babé, je ne sais pas, mais oui, peut-être...

— Bon, tu raccroches et tu téléphones tout de suite à la banque, tu prends rendez-vous et tu me rappelles et je viendrai avec toi, d'accord ?

— Oui, d'accord, je fais ça et je te rappelle ! D'accord, d'accord, oui, tu viendras avec moi !»

«Et moi aussi je viendrai avec toi !» crie Maman depuis la cuisine.

Justine appelle le Crédit foncier qui lui fixe rendez-vous pour le lundi suivant. On est mardi. Il faut attendre six jours. Six jours pour savoir si la vie va changer. Sa vie. La leur. Six jours d'angoisse et de rêves étourdissants.

Le conseiller du Crédit foncier ressemble en tout point à l'image que Babé se fait d'un banquier. Plutôt petit, ventre proéminent, costume trois pièces, nœud papillon uni sombre et stylo en or qui dépasse de la poche extérieure. Il reçoit Justine, Maman et Babé dans une immense pièce de velours vert et d'acajou. S'il est surpris de se retrouver face à trois personnes au lieu d'une, il ne le montre pas. Ne jamais avoir l'air étonné, c'est la devise de M. Grandjean. Maman, un peu nerveuse, avise immédiatement la pile de dossiers entassés sur le bureau. Et se demande à quel niveau celui de Justine va finir. Justine qui ne voit, elle, que l'horrible couleur marron du nœud papillon de M. Grandjean.

«Du marron avec un costume bleu pétrole. Cet homme n'a aucun goût... Ça ne marchera jamais...»

Avec un soupir d'agacement imperceptible, elle pose devant M. Grandjean le grand carton à dessin qu'elle a apporté avec elle, contenant tous ses croquis des dernières semaines. Mais elle compte sur ma mère pour exposer son projet d'une façon plus «professionnelle». Ma mère que ses périodes «hautes» rendent brillante. Et elle espère que Babé gardera son calme si toutefois les choses tournaient mal.

M. Grandjean, conseiller au Crédit foncier depuis quatorze ans, a ouvert le carton et contemple les dessins de Justine comme il regarderait arriver une soucoupe volante dans son bureau. D'ailleurs, il commence à se demander si ce ne sont pas trois ovnis qui l'observent depuis dix minutes, en ne faisant que gigoter sur leurs chaises. Sans parler de leurs tenues. Lui qui ne comprend rien à la peinture a du mal à imaginer ce que les dessins bariolés qu'il feuillette peuvent bien représenter. Bon, il sait qu'il est question de couture, alors il doit s'agir de robes, il n'est pas complètement idiot. Mais il a du mal à reconnaître là-dedans ce que lui, Georges Grandjean, conseiller au Crédit foncier depuis quatorze ans, considère comme une robe. Encore qu'à bien y regarder, il y a une certaine similitude entre les dessins et les tenues des trois ovnis. En continuant de tourner les pages et en y comprenant de moins en moins, il écoute ces «filles», qu'il trouve assez jolies ma foi, lui parler de la future maison de couture qu'elles ont l'intention de créer. Enfin, il lui semble comprendre que seule l'une d'entre elles, la brune un rien têtue, aux grands yeux de biche (il est un peu poète, M. Grandjean, et il semblerait que Justine lui ait tapé dans l'œil) dirigera la future entreprise. Mais que les fonds apportés sont communs. Tant mieux, pense-t-il. Plus l'apport est important, moins il prend de risques.

Justine, Maman et Babé ont décidé de ne pas être trop ambitieuses devant M. Grandjean et elles ont revu leur rêve à la baisse. Elles ne veulent plus acheter un grand appartement mais un petit local, au rez-de-chaussée si possible. De la place Wilson, elles ont bifurqué vers la rue de la Pomme, plus populaire et moins chère. M. Grandjean, qui a replié le carton à dessin, prend des notes avec son stylo en or. Puis fait des additions et des multiplications savantes sur sa machine à calculer. Le dernier modèle Intel, l'unique de la maison.

Le projet l'intéresse. Ou plutôt l'idée de parrainer l'aventure le grise. Il ne connaît rien à la couture mais ce n'est pas la première fois qu'il est à des années-lumière d'un plan qu'il finance. Sous ses airs placides, M. Grandjean est un «gagneur» (il n'aurait pas tenu quatorze ans au Crédit foncier s'il en avait été autrement). Il aime les challenges et se lancer dans la création avec ces filles qui semblent à peine sorties de l'adolescence lui en paraît un de taille. Qu'il a envie de relever.

«Mesdemoiselles, avec l'apport dont vous disposez, je pourrais vous avancer la somme de quarante mille francs, remboursables sur vingt ans, intérêts compris...»

Ferme la bouche, Justine. Et toi aussi, Babé.

Maman se redresse sur sa chaise.

«Donc, en tout, nous disposerions de cinquante-trois mille deux cents francs, c'est ça?

— C'est exactement ça. Ce qui vous permet d'envisager d'acheter un local pas trop grand certes, mais sans doute suffisamment vaste pour commencer. Puis-je me permettre de vous suggérer la location ? Moins risquée au début.

— Non, assène Justine. Je veux être chez moi. »

M. Grandjean jubile. Il voit bien à quel point ces trois filles essaient de se maîtriser pour ne pas hurler de joie. Il a bien vu aussi qu'elles n'y connaissent rien et qu'elles sont entrées dans son bureau en croyant à peine à la réussite de leur projet. Surtout la belle blonde sérieuse, un rien nerveuse. Elles doivent penser, comme la plupart des gens, que les banquiers sont des escrocs avides, prêts à ne défendre que leurs intérêts. Pour les intérêts, les gens n'ont pas tout à fait tort. Mais pour le reste, M. Grandjean, conseiller au Crédit foncier depuis quatorze ans, se fait un devoir de prouver le contraire.

Justine, Maman et Babé sortent de la banque droites comme des I et en silence. Elles traversent la rue sans se retourner et lorsque la banque n'est plus en vue, ni la fenêtre du bureau de M. Grandjean, deuxième étage, porte 5F, elles stoppent net leur course, se regardent, bouches ouvertes, BOUCHES OUVERTES, et se jettent dans les bras les unes des autres en sautant et en hurlant. Peu importe ce qu'en pensent les passants qui regardent avec curiosité cette ronde étrange, multicolore et bruyante.

CINQUANTE-TROIS MILLE DEUX CENTS FRANCS!
CINQUANTE-TROIS MILLE DEUX CENTS FRANCS!
Jamais elles n'ont eu autant d'argent en poche.
Jamais elles n'ont cru que ce serait possible. Et voilà
comment on se rend maître de son destin. En raclant
les fonds de tiroirs et en prenant rendez-vous au
Crédit foncier. C'est trop facile, non?
Vingt ans de crédit à rembourser, ça c'est la réalité. Mais elles ne veulent pas y penser. Pas encore.
Elles se laissent le temps de rêver. Il y a tant de
choses à faire. Acheter un local. Démissionner de
chez Francis Ridel. Trouver des fournisseurs.
Dessiner. Concevoir. Y croire. Manger des pommes
de terre à tous les repas pendant longtemps.
Rentabiliser. Économiser. Gérer. Compter, compter, compter...
Mais qu'est-ce que la vie ne leur a pas appris
jusqu'à présent. Certainement pas à s'arrêter aux
carrefours, sur des pierres tombales usées et sur des
regrets. À chaque mort correspond une vie. Elles en
ont au moins mille. Et à chaque abandon la puissance d'être ensemble. Efficaces et solides.
Trois tornades sont rentrées à la maison ce jour-
là. Marie-Rose et moi, on les a entendues chanter
dans l'escalier bien avant qu'elles n'ouvrent la porte
d'entrée. Alors les sacs et les chaussures ont valsé
dans les coussins. Justine m'a poursuivie dans tout
l'appartement jusqu'à ce que je m'écroule dans un
fauteuil, jusqu'à ce que je n'en puisse plus de rire.
Puis on a fait la ronde, moi au milieu qui battais des

mains, Maman, Justine, Babé et Marie-Rose autour de moi. *Dansons la Carmagnole, vive le son, vive le son... Dansons la Carmagnole, vive le son du canon...!*

Maman chantait plus fort encore que les autres. Maman tournait plus vite. On avait presque du mal à la suivre et j'ai failli trébucher plusieurs fois.

Je ne me souviens pas de les avoir vues si gaies toutes les trois ensemble. Essoufflées, nous sommes tombées par terre en riant encore. Ivre de joie, je me suis précipitée dans les bras de Babé, tout ébouriffée de notre danse folle. Je n'ai pas vu les traits de Maman se durcir, ses bras retomber mollement sur ses genoux en tailleur, son regard sombre se poser sur Babé. Mais j'ai entendu sa voix sèche.

«Babé, tu devrais rentrer maintenant. Henri va t'attendre.»

Personne n'a compris le ton de Maman et encore moins l'ordre qu'elle donnait à Babé. Personne n'a compris pourquoi Maman coupait court à la joie qui, cinq minutes plus tôt, nous inondait toutes. Babé m'a regardée, puis elle a regardé Maman. Son sourire n'avait pas disparu, comme brusquement figé sur ses lèvres par la brutalité de ces mots, mais il était infiniment triste. Elle m'a détachée d'elle en me poussant doucement vers ma mère dont les bras ne s'étaient même pas tendus pour m'accueillir. Je suis restée immobile, perdue entre les deux.

Justine a raccompagné Babé en fredonnant *La Carmagnole*. Mais Babé n'avait plus envie de rire. Marie-Rose et moi, on est parties dans ma chambre.

Maman est restée assise par terre je ne sais pas combien de temps.

> *Lundi, des patates,*
> *Mardi, des patates,*
> *Mercredi, des patates aussi.*
> *Jeudi, des patates,*
> *Vendredi, des patates,*
> *Samedi, des patates aussi.*
> *Et le dimanche, jour du Seigneur,*
> *Ah quel bonheur,*
> *Des pommes vapeur...*

Je suis assise par terre, au milieu de ma chambre. Toutes mes Barbie éparpillées autour de moi. J'adore les habiller et les déshabiller et les rhabiller encore. Justine m'a fait plein de tenues pour elles, dans des chutes de soie, de coton, de taffetas. Je dois en avoir des milliers. Une tenue pour chaque heure de la journée. Une robe pour le travail, un pantalon de cheval, un smoking, une robe pour le déjeuner, une robe pour le dîner, une robe pour le bal. Les chaussures assorties, des sacs à main aussi. Je suis en train de coiffer ma Barbie Malibu quand Maman entre dans ma chambre. Elle reste un moment sur le pas de la porte à me regarder. Puis elle vient s'asseoir près de moi. Je lui explique que Barbie Malibu doit se préparer pour aller à la banque et faire des courses, qu'elle ne peut pas sortir décoiffée. Maman dit qu'elle comprend et me demande ce qu'elle va mettre et ce qu'elle va acheter. Un jean et une petite veste en daim marron. Des bottes à talons. Barbie Malibu va aller faire les boutiques. Mais d'abord elle va aller voir le banquier pour avoir des sous. Il lui faut un maillot de bain. Vu son bronzage, Maman me dit qu'elle doit déjà en avoir. Je lui réponds que Barbie Malibu n'aime plus ceux qu'elle a et qu'elle en veut un nouveau. Je voudrais la coiffer comme Maman. Mais je ne sais pas faire les nattes. Je pourrais demander à Maman de m'apprendre. Je lève les yeux vers elle. Comme elle est belle. Elle aussi me regarde. Elle approche sa main de mon visage et me caresse la joue. On dirait un papillon. Et puis, presque tout d'un coup, ses yeux deviennent rouges. Sa bouche se crispe et son menton se met à trembler. Maman pleure. De plus en plus fort. Son nez coule. Je l'appelle. «Maman, Maman, qu'est-ce qu'il y a? Maman...» Je m'approche d'elle mais elle me repousse. Si fort que je tombe en arrière. Le pied d'une des Barbie s'enfonce dans ma fesse et ça me fait mal. De sa main, Maman les balaie toutes, elle fait voler leurs habits en criant. Le papillon. Sa main était un papillon. J'ai peur. Si peur. Maman est en bas. Maman n'est pas Maman. Je rampe sous mon lit. On dirait un pauvre lapin dans son terrier. J'entends Maman sortir de ma chambre et s'enfermer dans la sienne. Je reste longtemps, là, sous mon lit, dans mon terrier, terrorisée. C'est Babé qui m'en a sortie. J'avais fini par m'endormir. Je n'ai pas su lui expliquer. Ou pas voulu.

Justine attend d'avoir trouvé son local pour démissionner. Elle travaille donc chez Ridel encore cinq mois. Cinq mois pendant lesquels elle a la tête ailleurs et surtout dans les petites annonces de locaux à vendre. Même ses réunions suffragistes sont mises entre parenthèses. Quant au contrat de Jean, il prend fin faute de temps à lui consacrer. Avec Maman, elles épluchent les journaux tous les soirs, téléphonent aux agences, prennent des rendez-vous en fin d'après-midi. Babé va à ceux du matin, quand Henri fait ses visites à domicile et qu'elle peut s'échapper du cabinet. Elles voient de tout, des bouis-bouis infâmes, des arrière-cours suspectes, des appartements immenses et bien au-dessus de leurs moyens. Parfois, elles m'emmènent avec elles. Il faut commencer à habituer Marie-Rose aux futures économies sur tout. Mais c'est Henri qui les met sur la bonne voie. Le père d'un de ses patients veut prendre sa retraite et vend sa menuiserie. Elle n'est pas immense mais située dans le quartier où Justine souhaite s'installer, derrière la rue de la Pomme, en rez-de-chaussée. Il aurait voulu tout vendre, les murs et le pas-de-porte. On ne veut pas tout acheter. Il devra garder la clientèle, dont Justine n'a que faire. L'endroit est agréable, et donne sur une cour pavée et fleurie. Il y a de grandes baies vitrées partout. Une petite cuisine et une salle d'eau. Des poutres apparentes au plafond. Il faudra tout repeindre, réaménager l'espace, mais Justine adore déjà cet endroit.

Elle veut que ses premières créations voient le jour ici. Henri négocie le prix, trop élevé à son goût. Après tout, on n'achète pas la clientèle et il faut faire pas mal de travaux. Le menuisier rechigne un peu, conscient de ne pas faire l'affaire du siècle. Mais il n'a trouvé personne pour reprendre le métier. Et Justine ne veut pas voir l'endroit lui passer sous le nez. Alors on conclut la vente à quarante mille francs. Et on trinque bruyamment, l'un en oubliant ses regrets de voir les jeunes se désintéresser des métiers du bois (même son fils a préféré l'armée), les autres en évitant de penser à l'argent qu'il va falloir rembourser dès le mois prochain.

Comme la somme prêtée par l'inamovible M. Grandjean est déjà passablement entamée, et que faire appel à une entreprise pour les travaux coûterait trop cher, Justine recrute toutes les bonnes volontés, Élise, ma mère, Babé et Henri en tête, pour mettre la main au papier de verre, à l'enduit et au pinceau. Deux amis de Charles et Angèle ont en plus répondu à l'appel. Et tous les jours, après le travail ou à la pause-déjeuner, chacun s'active au rez-de-chaussée de la rue de la Barutte. On gratte, décape, frotte, tousse, enduit, attend que ça sèche, ponce, éternue, gratte encore, vitrifie. Entre deux sous-couches, Justine architecture l'espace, repense les volumes, trace de nouvelles lignes sur le plan initial. Elle voit tout, il n'y a qu'à faire.

Elle trouve seulement que c'est trop long et regrette parfois de ne pas avoir engagé une entre-

144

prise de professionnels. Elle est injuste et elle le sait. Chacun fait ce qu'il peut, pendant son temps libre, avale la poussière sans rien dire, dans une bonne humeur enfantine, chaque jour qui passe rendant tout ce petit monde de peintres du dimanche un peu plus ravi du travail accompli. Et c'est vrai que ça prend tournure. Lentement, d'accord, ce qui oblige Justine à travailler encore chez Francis Ridel, mais joliment. Bientôt, tous les fonds seront terminés et on pourra penser à la décoration pure. Justine hésite entre un faux marbre sur les murs ou du tissu. Ma mère est pour le faux, Babé plutôt pour le tissu. Justine ne connaît personne pour lui peindre un faux marbre et, de toute façon, ce ne serait pas dans ses moyens. Elle sait placer le tissu. On choisit le tissu. Deux cloisons en coton beige sépia et une en violet évêque. Avec le parquet décapé et vitrifié et les poutres apparentes vernies, Maman et Babé trouvent ça très chic, Justine sobre à souhait. Elle veut un endroit pur, autant par goût que par nécessité, avec peu d'objets. Le strict minimum. Et Babé de penser qu'on ne peut pas faire moins... Deux ou trois chaises et une poignée de fauteuils, une table basse, un vase ici, une lampe là, rien aux murs. Les clientes ne doivent pas être distraites par la décoration. Elles doivent se concentrer sur les modèles.

Cinq mois après leur premier rendez-vous au Crédit foncier, Justine, ma mère et Babé, affalées dans les rares chaises et fauteuils de la nouvelle maison Balaguère, savourent l'immensité du travail accompli. Et pourtant, tout est à construire.

Justine quitte la grande maison Ridel le vendredi suivant. Elle peut à peine cacher sa joie lorsqu'elle va faire ses adieux à la Deslandes en la remerciant du fond du cœur de lui avoir un jour suggéré de monter sa propre maison.

«Si, si, c'est grâce à vous, madame, que je vais enfin pouvoir concrétiser mon rêve», lui dit-elle, souriante et malicieuse.

Justine a toujours eu beaucoup de mal à lire dans les pensées de la Deslandes, masque cireux et impénétrable, mais ce jour-là, il lui semble quand même que ses lèvres fines se serrent plus que d'habitude, lui faisant siffler son «au revoir». Justine, au sommet de la jubilation, trouve quand même que cette femme est curieuse. Après avoir tout fait pour qu'elle s'en aille, Mme Deslandes la regarde comme si son départ était encore plus menaçant pour elle que sa présence.

«Ah ma vieille, il faut savoir ce que tu veux!»

Francis Ridel s'inquiète de l'avenir de sa «précieuse» première. Ou peut-être bien du sien. Décidément, personne ne voit le départ de Justine comme un soulagement, ce qui pourrait presque la rassurer. Il la met en garde sur les difficultés qu'elle ne manquera pas de rencontrer mais lui souhaite bonne chance (sait-il que Justine emmène au passage quelques-unes de ses meilleures clientes?). Les arpettes et les ouvrières, elles, sont sincèrement désolées de voir partir Justine. Élise surtout, qui a trouvé passionnant de travailler avec elle. Pour mille raisons. Leur amitié est devenue institutionnelle, la liste de leurs prétendants aussi. Ça rapproche. Sans parler de leurs combats féministes qui leur prennent le peu de temps qui leur reste. Alors quand Justine lui dit, juste avant de partir ce soir-là, que bien sûr elle ne pourra pas la payer aussi bien que Ridel, que ce ne sera pas facile, qu'il ne faudra pas compter ses heures, en tout cas au début, mais qu'elle serait très fière qu'Élise vienne travailler dans son atelier, Élise, inconsciente et folle de joie, à qui le départ de Justine chez Ridel aurait sans doute offert une belle promotion, Élise accepte de la suivre.

Il est 19 heures. Maman n'a plus que trois quarts d'heure pour se changer et se remaquiller. Elle sort de la salle de bains comme une tornade, laissant dans son sillon des effluves de *L'Air du Temps*. Elle rit aux éclats devant l'air exaspéré de Justine qui attend depuis une demi-heure que ma mère libère la salle de bains. C'est toujours pareil quand Maman dîne en ville.

Maman passe en galopant devant moi. Je suis assise par terre, devant mon lit, entourée de Barbie. Je vais bientôt devoir les ranger. Je dois toujours tout ranger avant d'aller me coucher. Mais là, tout de suite, c'est impossible. Je suis trop occupée à regarder Maman courir dans tous les sens. Au milieu d'un de ses va-et-vient, elle s'arrête devant moi. Maman est en haut. Elle est radieuse. Lumineuse. Je vois ses dents blanches qui brillent et ses yeux qui brillent autant. Elle a une paire de chaussures à la main. Elles sont vertes, je crois. Puis, tout d'un coup, elle lâche les chaussures vertes, elle s'accroupit près de moi et me serre dans ses bras. Tellement fort que je pourrais étouffer. Ses mains et ses lèvres me chatouillent et nous roulons par terre toutes les deux et je ris, je ris, je ris. Presque autant qu'elle. On roule et on roule encore. Serrées l'une contre l'autre. Dans un sens, puis dans l'autre. Entre les deux, ses baisers m'éclaboussent.

Il n'y a rien que j'aime plus qu'être en haut avec ma mère.

Juin 1971

Pour leurs quatre ans et quelques mois de mariage, Henri a prévu d'emmener Babé passer une semaine sur la Côte d'Azur. Une semaine de vacances tous les deux seuls, sans Justine et Maman, et sans moi. Ça fait longtemps qu'Henri en rêve. Peut-être qu'il trouve la joyeuse petite tribu de sa femme un peu envahissante... Mais il pense surtout que Babé et lui en ont besoin. Babé, qui désespère d'attendre un enfant. Lui-même qui finit par ne penser qu'à ça. Babé, qui a tout essayé depuis quatre ans pourtant, toutes les méthodes scientifiques ou surnaturelles, toutes les herbes de tous les rebouteux de la région et toutes les prières au petit Jésus. Les prises de température, les câlins programmés qui finissent par rendre l'amour mécanique, rien n'y a fait. Et Henri voit bien à quel point tout ça rend sa femme triste et irascible. Surtout quand Justine et ses théo-

149

ries abracadabrantes de pilule et d'avortement s'en
mêlent.

Combien de fois vont-elles encore s'étriper sur le
sujet? Mais que Justine lui dise que si elle tombait
enceinte, elle se ferait avorter, ça, Babé ne peut pas
le comprendre. Comme elle ne peut pas accepter
que sa sœur lui assène cette horreur en sachant à
quel point elle souffre de ne pouvoir tomber
enceinte. Égoïste, cruelle Justine. Qui lui a lâché ça
la veille, d'un ton monocorde entre deux coups de
ciseaux. Et avec un aplomb! Comme si elle savait de
quoi elle parlait. Sans voir Babé se décomposer. «Tu
es enceinte? – Mais non voyons, je ne suis pas
enceinte! Je te dis juste ce que je ferais si ça arri-
vait! Cela dit, il n'y a aucune chance, je prends la
pilule.» Justine qui s'est étonnée de voir sa sœur partir en pleurant. Justine qui ne voit que son travail,
son satané, son fichu travail. Justine qui ne veut pas
d'enfants et qui fera tout pour ne pas en avoir.
Jusqu'à mettre en pratique ses théories invraisemblables sur la liberté des femmes. Pareil pour Angèle.
Angèle qui a une fille et qui n'en veut qu'une fois sur
deux. Quand tout va bien. Qui elle aussi préfère travailler, travailler, travailler. Et la seule qui veut
désespérément être mère qui n'y arrive pas. Jamais
Babé ne s'est sentie aussi perdue. Aussi loin de celles
qu'elle aime le plus au monde.

Henri l'a récupérée ce soir-là anéantie. Partir.
Partir tous les deux, c'est elle qui le lui a demandé.

Pourtant, il ne peut pas s'empêcher de se demander encore une fois ce qui bouleverse le plus sa femme. De ne pas avoir d'enfant avec lui ou de ne pas être d'accord avec sa sœur. Mais pourquoi pas. Huit jours de mer, de soleil, de farniente à deux, auront peut-être sur eux un effet magique. Apaisant. Peut-être que partir tous les deux, loin, réussira à rafistoler ce qu'Henri sent peu à peu, d'une façon insidieuse, se détériorer entre Babé et lui. Cette sensation, il l'a depuis plusieurs mois. Elle s'est installée sournoisement, jusqu'à ne plus le quitter. La sensation que Babé s'éloigne, chaque jour un peu plus. En même temps que s'éloigne l'espoir de maternité. Et ce n'est pas vers lui qu'elle cherche du réconfort. Comme si elle considérait que l'homme avec qui elle n'arrive pas à avoir d'enfant ne pouvait évidemment pas le lui apporter. Peut-être a-t-elle raison après tout. Parce que lui non plus ne vit pas très bien cette stérilité. Il la vit d'autant moins bien quand il voit Babé incapable de se décoller de ses sœurs, comme si elles ne l'étaient pas déjà trop, collées. Cette impression qu'ensemble, elles arrivent à se consoler de presque tout. En l'excluant d'une façon qu'il trouve humiliante. Il n'a pas mesuré leur force.

Il réfléchit à tout ça, heureux de laisser Toulouse derrière eux quelques jours. Henri est un homme simple. À chaque problème, il y a une solution. Et ce jour-là, il croit que ces vacances peuvent tout changer. Malgré le mutisme de Babé, assise à côté de lui, il croit qu'ils vont se retrouver.

Un de ses collègues de la caserne de Pérignon lui prête sa villa de Ramatuelle. Henri s'y voit déjà. Le ciel azur éblouissant, la mer si proche, les oliviers, le chant des cigales, le pastis et le rosé de Provence. Un décor peut tout changer, une atmosphère peut tout apaiser, rendre les corps plus tendres et les esprits vagabonds.

Babé prend possession de la maison immédiatement. Comme si elle aussi n'attendait que ce séjour pour se dévêtir de ses habits d'hiver. La villa n'est pas très grande mais elle est charmante et fonctionnelle. Entourée de deux petits jardins devant et derrière, où poussent comme ils peuvent des jasmins et des hibiscus. Il va falloir sacrément arroser tout ça.

Leur première soirée sent le Midi. Elle est douce et rieuse. Ils dînent au café de l'Ormeau, en plein centre du village. Il n'y a pas beaucoup de monde et c'est très bien comme ça. Henri peut tenir la main de Babé et l'embrasser sans craindre les regards des voisins. Mais les voisins se diraient peut-être qu'Henri et Babé ont de la chance d'être si amoureux. Babé a bu trop de rosé. Elle est un peu pompette. Elle tient fermement le bras d'Henri pendant qu'ils déambulent dans les ruelles du village. Il faut descendre des marches, en remonter d'autres. Sous un ciel bleu marine constellé d'étoiles. Le mistral est léger. Juste ce qu'il faut pour ne pas avoir frais. En rentrant à la maison, Henri et Babé restent encore un moment dans le jardin, assis l'un contre l'autre sur le banc en bois d'acacia.

Toulouse est si loin. Leur chambre tout près.

Mais Henri se trompe. La douceur de vivre du Midi ne gagne pas Babé. La première soirée passée, et tout ce qu'elle a trimballé d'espoir, tout est redevenu comme avant. Babé passe ses journées sur un transat dans le jardin, les yeux fermés, un livre à peine entamé sur les genoux. Babé va tous les jours à la poste téléphoner rue d'Aubuisson. Parler à Justine, à Angèle. À Blanche surtout. Henri peut bien comprendre que Blanche lui manque.

Non, Henri ne comprend pas. Il ne comprend pas que Babé ne voie pas ce qui se passe. Il ne comprend pas que Babé ne puisse pas se passer de ses sœurs et de Blanche pendant huit jours. Huit malheureux jours qui sont censés les sauver. Qu'elle semble à ce point s'ennuyer d'elles. Qu'elle ne puisse pas être toute à lui, pour une fois. La seule chose qu'Henri comprend, c'est que ça ne marche pas. Le chant des cigales, le vent tiède, l'odeur des pins et du jasmin, les heures qui s'écoulent en prenant leur temps. Ça ne marche pas. Et ça ne marchera jamais. Un enfant aurait pu tout changer. Mais ça non plus, ça ne marche pas. Il voit bien la place que Blanche a prise dans la vie de sa femme. Cette place laissée vide qui se remplit peu à peu de l'enfant d'une autre. Qui se remplit si bien que Babé finira par croire qu'elle est enfin mère. Henri n'entre pas dans ce schéma-là, il le sait. Et parce qu'il est un homme simple, parce qu'il ne croit pas aux substituts, il ne fait pas semblant. C'est ce qu'il dit à Babé, en regardant le soleil se coucher sur le port de Saint-Tropez, le dernier soir de leurs vacances. Ils sont assis tous les deux sur le sable de la plage du Baou-Baou, bercés par le clapotis des mini-vagues qui leur lèchent les pieds. Tout autour d'eux respire la paix et l'espoir. Autour d'eux mais pas en eux. Il le dit. Sans regarder Babé qui maintenant ne regarde plus que lui. Il ne peut plus faire comme si. Comme si leur couple allait bien. Comme si elle ne lui en voulait pas de ne pas réussir à lui faire un enfant. Comme si sa famille n'envahissait pas leur vie. Comme si Angèle n'était pas malade. Il veut autre chose. Ce n'est pas si grave que ça de ne pas avoir de bébé. Il y a des tas de couples dans cette situation. Et puis sans enfant, ils sont plus libres. Libres de partir. Quitter Toulouse. S'installer ailleurs. Dans les îles, par exemple, où l'air serait comme ici, aussi doux. Il est médecin militaire, la coopération est possible pour eux. Oui, partir. C'est ça que veut Henri. Repartir. C'est sa solution simple à un problème simple.

Babé écoute Henri jusqu'à ce que ses mots finissent par former un son inintelligible. Jusqu'à ce qu'elle n'entende plus que des phrases incohérentes où il parle de « trop », de « pas assez ». De partir. Elle pourrait presque croire qu'il plaisante tant ce qu'il lui dit lui paraît insensé. Et il la chahute si souvent. Il la sait tellement naïve. Ça le fait toujours rire quand elle gobe ses blagues avec tant de candeur. Mais

Henri ne plaisante pas, Babé le sent. Il ne la regarde pas non plus. Il regarde obstinément le soleil qui disparaît peu à peu derrière la ligne d'horizon. Il ne parle plus. Ils sont côte à côte et pourtant séparés par un océan d'incompréhension.

«Babé, si tu ne pars pas avec moi, je partirai seul.»

Partir avec Henri. À l'autre bout du monde. Dans les îles où la vie ressemble au paradis. Mais où est le paradis de Babé? N'importe où avec Henri? Ou à Toulouse, rue d'Aubuisson, avec Angèle, Justine et Blanche? Et Henri. Pourquoi changer le paradis de place. Elle l'a déjà le paradis. Même si tout n'est pas toujours rose. Même s'ils n'arrivent pas à avoir d'enfant. Pourquoi veut-il changer tout ça? La séparer des siennes. La partager en deux. Elle ne peut pas se partager en deux. C'est impossible. Elle ne peut pas laisser Angèle, Justine et Blanche. Henri le sait. Alors pourquoi veut-il qu'elle choisisse? Pour lui prouver qu'elle l'aime? Mais elle l'aime. Bien sûr qu'elle l'aime. Il n'a pas besoin de preuve. En tout cas pas si cruelle.

Si, c'est cette preuve-là qu'Henri attend d'elle. En sachant très bien qu'elle ne peut pas la lui donner. Parce qu'il sait déjà que Babé ne s'éloignera jamais de sa famille. Comment pourrait-elle laisser Blanche?

Babé n'a jamais vraiment fait de choix. Ce sont les circonstances, la vie, Angèle et Justine qui l'ont amenée là où elle est. Pour la première fois, elle regarde la hauteur du mur au pied duquel Henri la met. Derrière, il y a une autre vie, avec lui, ailleurs. Une autre vie sans Justine, sans Angèle, sans Blanche. Un mur infranchissable au pied duquel elle va rester.

Henri a quitté Ramatuelle le lendemain. Sans Babé. En la laissant à ses illusions. Il ne se sentait plus capable de lutter contre elles. De lui faire comprendre la réalité du mal d'Angèle. De lui faire comprendre qu'elle n'était pas la mère de Blanche, qu'elle ne le serait jamais. Il s'est levé au petit jour pour attraper le car de Nice. Il lui laissait la voiture pour rentrer à Toulouse de son côté. Babé l'a regardé partir, immobile au milieu du jardin. Elle n'a pas dit un mot. Pas versé une larme. Elle était ailleurs. Comme si ce qu'elle vivait là, à cet instant du départ d'Henri, appartenait à une autre. S'apercevant à peine du vide dans lequel elle flottait. Une heure au moins a passé avant qu'elle ne s'écroule sur le banc en bois d'acacia. Pour qu'elle réalise ce qui s'est passé depuis la veille. Pour que tout lui revienne, les mots d'Henri, son intransigeance. Le choix qu'il lui a demandé de faire. Sa cruauté. Et sa tristesse aussi, quand il l'a regardée une dernière fois en refermant le portillon.

Elle est entrée à la poste de Ramatuelle le visage baigné de larmes. Justine n'a pas tout compris des phrases hachées qu'elle déversait dans le téléphone. Jusqu'à ce qu'elle finisse par se calmer un peu et raconter. Justine est arrivée à Ramatuelle le lendemain pour ramasser Babé. Babé épuisée de chagrin et de solitude. Babé qui s'est collée contre Justine, recroquevillée dans ses jupes comme lorsqu'elle avait cinq ans. Babé incapable de refaire les bagages. Incapable de conduire. Au fil des kilomètres qui les ramenaient vers Toulouse et de ce que lui racontait Babé, par petites touches ponctuées de longs silences, Justine a rassemblé les pièces du puzzle. Henri quittait Babé parce que Babé ne voulait pas les quitter, elles, Angèle, Justine et Blanche. Ça lui paraissait tellement absurde qu'elle en aurait ri si elle n'avait pas vu sa Babénou si malheureuse. C'est bien les hommes, ça! Toujours vouloir disposer des femmes en leur imposant leurs choix. Vouloir l'impossible parce que ça arrange. Ça excuse. Ça permet d'utiliser les failles de l'autre pour ne pas se culpabiliser des siennes. Elle comprenait le chagrin de sa sœur, Babé était comme ça depuis toujours, sensible et amoureuse, croyant que tout durait toujours. Pour un peu, elle-même aurait pu croire qu'Henri était différent des autres hommes. Il semblait vraiment épris de Babé, prêt à faire n'importe quoi pour elle. Elle l'aimait bien, Henri. Avant. Avant qu'il ne ravage le cœur de Babé et ne lui apporte une preuve supplémentaire de l'inconstance des hommes.

Justine et Babé sont arrivées tard rue d'Aubuisson. J'étais couchée depuis longtemps. Maman non. Elles n'ont pas été trop de deux pour consoler Babé. Maman surtout. Maman qui sait bien dans quel abîme de solitude Babé va se retrouver. Veuve ou quittée, ça revient au même. Babé n'a même pas d'enfant. Mais Maman sait qu'un enfant ne change pas grand-chose aux tenailles de l'angoisse.

Henri a organisé son départ en coopération dès son retour de Ramatuelle. Un mois plus tard, il s'envolait vers le paradis. Babé n'a rien fait pour le retenir. Elle aussi avait choisi. Sûre d'elle et le cœur en miettes.

Alors, parce que c'était une évidence et qu'il ne leur a même pas traversé l'esprit que Babé pourrait avoir envie de d'autre chose, Justine et Maman lui ont demandé de revenir vivre avec nous, dans le petit appartement de la rue d'Aubuisson. Comme avant.

Une faible lumière dans les yeux de Babé. La première depuis tout ça.

«Mais où je vais dormir?»

Babé a donc réintégré la chambre de Justine.

Je ne me souviens pas du temps où elles y dormaient toutes les deux. J'étais trop petite. C'était avant le mariage de Babé avec l'oncle Henri. Avant que Babé ne devienne triste.

Moi je trouve ça épatant qu'elle vive avec nous. Parce qu'elle s'occupe encore plus de moi qu'avant et parce que je suis certaine qu'avec nous elle arrivera à oublier l'oncle Henri. Si elle ne pleure pas, c'est qu'elle n'est pas malheureuse.

Je ne peux pas encore comprendre qu'on ne cesse pas d'aimer ceux qu'on aime simplement parce qu'ils partent ou qu'ils meurent. Que ce n'est pas parce qu'on ne pleure pas qu'on n'est pas malheureux. Mais Babé va m'y aider. Et comme, au fil du temps, je verrai bien qu'elle n'oublie pas l'oncle Henri, une déduction simple s'imposera à moi : ma mère n'a jamais oublié mon père. Malgré moi.

Malgré tout ce que la petite fille que je suis, centre du monde, pense être capable de faire pour leur rendre le sourire à toutes. Faire du bruit et le pitre, jouer, chanter. Pleurer. Pour qu'elles se concentrent sur mes chagrins à moi en oubliant les leurs. Mais je n'y arrive pas toujours. La journée, il me semble que tout va bien. Elles sourient, elles travaillent, elles me parlent et me câlinent. Elles me surveillent. Sont attentives. Je ne sais pas ce qui se passe le soir, quand je suis couchée, et qu'elles se retrouvent seules devant les photos qui trônent sur leurs tables de nuit. Même Babé a gardé celle de l'oncle Henri. Pourtant il n'est pas mort. Il est juste parti très loin, dans une île paradisiaque pour soigner d'autres enfants que moi. Je n'aime pas ces photos. Quand Maman et Babé les regardent, la plupart du temps, elles ont des larmes plein les yeux. Elles ne disent rien, elles s'enferment dans leurs chambres, et je ne peux plus rien faire. Pourtant, c'étaient leurs amoureux. Mon père. L'oncle Henri. Je voudrais bien savoir pourquoi les amoureux font pleurer. C'est peut-être pour ça que Justine n'a pas de photo dans sa chambre. Pour ne pas pleurer. Pour ne pas craindre la nuit. Comme moi.

La nuit ressemble aux «bas» de Maman. Quand elle redescend lentement de ses sommets d'amour et de joie. J'aime tant quand elle est là-haut. C'est vrai qu'elle a l'air un peu fou, mais elle est aussi folle de moi et je ne vois que ça. Là, elle me ressemble. C'est presque comme si elle avait mon âge. Elle joue avec moi, chante et danse avec moi. Elle m'emmène partout avec elle. Comme si une seule minute sans moi lui était insupportable. Je déborde de ses bras et de ses baisers. J'en suis remplie mais jamais rassasiée. Mille fois, elle peut répéter qu'elle m'aime, que je suis sa petite chérie, son trésor, sa petite loutre bleue. Et si je ne voyais pas la mine renfrognée de Babé, je pourrais presque oublier les bras qui me recueillent quand Maman est en bas. Parce que lorsque ça arrive, régulièrement, moi aussi je tombe. Je tombe de ses bras, de ses lèvres, de son cœur. Sans être prévenue qu'elle va me lâcher. Je me retrouve ratatinée par terre. Inexistante et inutile pour une période indéterminée. Quoi que je fasse. Même quand j'ai peur.

Mais je ne peux jamais prévoir. Comme je ne peux jamais prévoir que les monstres d'un rêve affreux vont débarquer dans la nuit et me terroriser tellement qu'aucun autre endroit que les bras de Maman ne pourra me rassurer. Ce soir-là, quand j'ouvre la porte, elle tient la photo de mon père dans ses mains qui tremblent. Elle met du temps à voir que je suis là. Elle a les yeux tout rouges. Et soudain, elle crie très fort «Va-t'en Blanche» en laissant tomber le cadre de la photo qui se brise sur le parquet. Je m'avance pour qu'elle me prenne dans ses bras. Ce n'est pas grave de casser un cadre. Moi aussi je casse des choses quelquefois. Je ne le fais pas exprès. Ça arrive. Je ne me fais pas gronder. Et puis, là, il y a les monstres de mon rêve qui me poursuivent. C'est quand même plus important qu'une photo qui tombe par terre. Je ne comprends pas pourquoi elle me crie de m'en aller. Pourquoi elle me repousse comme ça. Ma mère ne peut pas faire ça. Pas là, pas maintenant. Elle se lève et marche sur le verre cassé. Il est vraiment en mille morceaux. Maman crie encore plus fort. Elle fond sur moi comme si elle aussi était poursuivie par des monstres hideux. Alors, elle m'attrape par les épaules, si fort qu'elle me fait mal, et me fait faire demi-tour violemment. Elle me pousse hors de sa chambre en redisant une dernière fois «Va-t'en». La porte se referme derrière moi. Je sursaute. Je suis pétrifiée de peur. Encore plus qu'après mon cauchemar. Je me mets à pleurer.

Alors Babé ramasse la petite loutre bleue. Babé me prend dans ses bras. Babé m'embrasse, me serre contre elle, elle essuie mes larmes de peur et mouche mon nez. On s'assied toutes les deux, collées l'une contre l'autre, dans le grand fauteuil en cuir du salon. Elle chantonne en me caressant les cheveux. *Bonsoir Madame la Lune, bonsoir... C'est votre ami Gerbault qui vient vous voir...* Je ne perçois pas sa colère. Pourtant, dans ces périodes-là, elle est terrible et irrationnelle. Babé sait que Maman est malade. Elle sait à quel point la dépression l'enserre et quelle lutte acharnée elles se livrent toutes les deux. Mais les contrastes sont si violents. Et Babé ne peut pas s'empêcher de lui en vouloir de me les faire subir. De me malmener comme ça, au rythme saccadé de ses angoisses et des rares répits qu'elles lui laissent. Je ne devrais pas avoir à vivre ça. Passer d'une hystérie d'amour à l'abandon le plus cru. Babé ne m'abandonnera jamais, elle. Ça fait longtemps qu'elle se l'est promis. La vie lui donne une fille. Elle peut être une mère mille fois meilleure que la mienne. Ce ne sera pas très difficile. Elle me serre encore plus fort. Elle me réchauffe. Je me calme.

J'attends patiemment que ma mère revienne de son abîme. Qu'elle me sourie de nouveau. Qu'elle ouvre les bras à sa petite loutre bleue. C'est parfois long. Mais elle revient toujours. Je le sais.

Et en attendant, j'ai Babé.

Octobre 1971

Malgré l'optimisme un peu naïf de Justine, les débuts de la maison Balaguère sont laborieux. Elle aurait pu s'y attendre, d'autant que M. Grandjean l'avait prévenue. Créer une entreprise et la faire tourner, «ce n'est pas aussi simple que piquer un ourlet». Justine connaît son métier, et son métier c'est la couture, la création. Diriger une maison comme celle dont elle rêve en est un autre. Il va falloir qu'elle l'apprenne. Elle commence à le comprendre.

Les quelques bonnes clientes dérobées à Francis Ridel ne suffisent pas. Ma mère a beau écrire des articles flatteurs dans *La Dépêche du Midi*, Élise faire preuve d'une abnégation admirable, Justine travailler comme une damnée, les podiums et la gloire ne sont pas encore en vue. Et les épinards de la rue d'Aubuisson sont de plus en plus maigres.

Puisqu'elle n'a plus de travail, Babé a accepté de s'occuper de la comptabilité. Ça enlève une belle épine du pied à Justine. D'abord parce qu'elle ne fait pas très bon ménage avec les chiffres et qu'elle est soulagée de ne pas avoir à s'occuper de toute la paperasse. Ensuite parce qu'elle voit dans cette occupation un moyen de sortir Babé de sa mélancolie. Petit à petit, chacune d'elles trouve sa place et son rôle, un peu bancal peut-être mais finalement à sa mesure. Justine à la création, ma mère à la communication, Babé à la gestion. Élise et Marie-Rose s'occupent du reste. Indispensables arpettes.

C'est dans cette ambiance à la fois survoltée et presque enfantine, ponctuée de désespoir quand on fait les comptes et de fous rires quand on refait les comptes, de larmes secrètes, d'angoisses terrifiantes et de silences nocturnes, de mélancolie ou d'euphorie, de hauts et de bas, que je grandis. Je passe autant de temps à sillonner les couloirs de *La Dépêche* qu'à ranger les bobines de fils chez Justine. Et entre l'effervescence des rédactions et la douce folie de la maison Balaguère, l'école me paraît bien terne. Mais je pousse. Pas trop mal. L'armée de femmes qui m'entoure fait tout ce qu'elle peut pour ça. Avec plus ou moins d'acharnement et de constance. Heureusement, il y a Babé. Oui, Babé. Parce que Justine est le plus souvent dans son atelier et qu'elle ne semble pas se préoccuper de la façon dont je suis élevée. Comme si elle faisait une confiance aveugle aux autres. Quant à Maman, elle creuse le fossé qui nous sépare. De plus en plus. Au gré de ses errances.

Parfois en haut. Parfois au fond. Épisodiquement au bord. Où je ne suis que la fille d'Angèle. Où je ne suis personne. Où je ne suis jamais Blanche. «Maman, tu veux bien me raconter une histoire?»

En haut : «Mais oui ma loutre adorée! Laquelle tu veux ce soir? Boucle d'Or? Le Petit Chaperon rouge? Ce que tu veux mon trésor d'amour!»

Au fond : «Pas maintenant, Blanche. Pas maintenant. Demain, peut-être.»

Au bord : «Va te coucher d'abord, chérie. Et lave-toi les dents.»

Je ne peux jamais prévoir. Et il faut parfois des semaines avant que je connaisse la fin de l'histoire.

Quand Marie-Rose vient me chercher à l'école et qu'on s'arrête sur un banc du Grand-Rond, je regarde le ciel et cherche dans les nuages quelles têtes peuvent bien avoir mon père et l'oncle Henri aujourd'hui. Tête de canard pour l'un, tête de chien pour l'autre, ça dépend de mon inspiration et du temps qu'il fait. Ce que je sais, c'est qu'ils ne ressemblent pas aux photos qui trônent sur les tables de nuit de la rue d'Aubuisson. C'est peut-être pour prouver cette différence flagrante que je commence à dessiner. Sur des coins de cahiers de maths au début, puis sur un vrai carnet de croquis, que Babé m'offrira, plus tard. Avec un ensemble de crayons de couleurs et des fusains rouges et noirs.

De ces trois femmes, qui me servent de mère à tour de rôle, selon les jours, les matières et l'état des fossés, je ne sais pas vraiment laquelle je préfère.

D'ailleurs, est-il question de préférence? J'adore ma mère, c'est une évidence. Plus encore quand elle m'abreuve de ses «je t'aime» convulsifs. Quand elle est n'est pas occupée à s'enterrer, elle est magnifique de beauté et d'énergie. Et cette image sublime m'est nécessaire. Elle m'aide à l'attendre. À me dire que ma mère travaille, qu'elle est brillante, qu'elle participe à la sortie de *La Dépêche du Midi*, qu'elle connaît tout de la mode et tout du monde entier. Qu'elle est le monde entier. Tant pis pour la fin des histoires que je ne connaîtrai pas.

Et Justine. Justine qui, lorsque je suis autorisée à m'enfermer avec elle dans l'atelier, me raconte l'histoire d'Élisa Lemonnier et les premières écoles professionnelles. Justine qui me dit comme elle aurait aimé avoir son bac. Et comme elle est fière de pouvoir voter. Lorsque je lui demande pourquoi elle n'a pas d'enfant, ce qui, sans me troubler vraiment, m'interpelle quand même un peu (elle n'a pas perdu de mari, elle), elle s'arrête de colorier, et son regard devient un peu flou. Mais elle sourit toujours pour m'expliquer qu'elle n'a pas vraiment le temps, qu'elle n'a pas trouvé l'amoureux idéal, celui qui lui donnerait l'envie d'un bébé, et puis qu'elle m'a, moi, et que ça lui suffit. Qu'elle n'est pas à plaindre, au contraire. «Regarde comme ma vie est bien remplie. La maison de couture, la famille, les amis. Besoin de rien d'autre.»

C'est drôle. Comme si l'admiration ne pouvait pas être totalement dénuée de crainte, parfois elle me fait peur. Surtout lorsqu'elle rate un croquis ou que son ourlet ne tombe pas juste et qu'elle s'emporte. Les murs de l'atelier se mettent à trembler et je voudrais me transformer en mannequin de bois, pour ne plus rien entendre. Heureusement, dans ces cas-là, il y a les jupes de Babé. Et les colères de Justine ne durent jamais longtemps. Je la bois des yeux et des oreilles. Elle est tellement fantastique de drôlerie et de sujets qui fâchent. Je vois bien que Babé et Maman ne sont pas vraiment d'accord avec elle, surtout quand elle parle de trucs de pilule ou d'un autre sujet avec des majuscules... IV... quelque chose dont je ne comprends pas très bien à quoi ça sert sinon à ne pas avoir de bébé quand on n'en veut pas. Ou qu'on n'a pas le temps d'en avoir ? Babé ne peut pas entendre ça sans filer s'enfermer dans la cuisine en claquant la porte. Même si je ne suis pas vraiment concernée, moi je trouve ça captivant. Peut-être parce que je ne suis pas censée écouter ces conversations-là.

C'est différent avec Babé. Ma Babé. Peut-être parce qu'elle ne me gronde jamais, contrairement à ma mère et à Justine. Elle ne faillit pas, Babé, et quelles que soient les circonstances, les bêtises que je fais ou pas, les vrais chagrins ou les chagrins truqués, ses jupes et ses bras sont là. Babé, qui a été à deux doigts de dérégler les rouages de cette famille de femmes en ayant sa propre vie, hors les nôtres, Babé est définitivement revenue au nid et rien ne pourrait plus l'en déloger. Justine l'a voulu ainsi et finalement c'est tant mieux. Peut-être qu'elle n'est pas si heureuse que ça et peut-être que cette vie avec nous est juste un pis-aller. Je ne sais pas. Elle n'en laisse rien paraître. Elle ne dit pas grand-chose de ce qu'elle ressent au fond. Babé regarde mais Babé se tait. Elle regarde et elle voit. Mais elle se tait. Babé connaît ses fractures et celles des autres. Celles de Justine. Celles d'Angèle. Et leurs solitudes. Sans doute estime-t-elle qu'il y a des terres tellement intimes qu'elles ne sauraient supporter d'intrusions. Même par celles avec qui on a toujours tout partagé. Il y a des endroits inaccessibles. Babé le sait, et c'est pour ça qu'elle se tait.

Son drame le plus entier est de ne pas avoir eu d'enfant. Mais elle aussi elle m'a, moi. Je crois qu'elle est vraiment la seule qui ne m'ait jamais oubliée. Moi qu'elle surveille comme le lait sur le feu, ce qui met souvent ma mère en pétard, trop couver cette enfant ce n'est pas lui rendre service, elle doit se préparer à affronter la vie, cette vie qui leur en a fait baver, à toutes, cette putain de vie qui leur a enlevé ceux qu'elles aimaient, et leur innocence et leurs illusions comme si elle leur faisait payer quelque chose d'infâme. Cette vie qui ne laisse aucun choix. Ou tant. Ou trop.

Là encore, Babé ne dit rien. Elle ne veut pas pénétrer dans l'espace verrouillé des souffrances d'Angèle. De toute façon, Angèle a dressé des barricades trop hautes. Ses silences sont impénétrables. Mais Babé pense quand même qu'il y a des choses dont ma mère ferait mieux de me préserver. Parce que je ne suis pas armée pour la suivre dans ses hauts et plonger l'instant d'après dans ses bas. Comme si j'étais accrochée à un élastique qui n'en finit pas de faire le yo-yo. Même si ça l'arrange qu'elle ne le fasse pas. Les blessures de l'enfance laissent aux adultes des cicatrices brûlantes. Tout dépend de la façon dont elles ont été soignées. Alors Babé continue de veiller, de protéger. De soigner. Et de se taire. Elle se l'est promis. Et c'est bien comme ça.

J'avale mon sandwich SNCF en moins de cinq minutes. Pourtant, je n'ai pas faim.

Qu'ai-je fait des blessures de mon enfance ? Comment m'en suis-je accommodée ? Et la femme sans âge assise en face de moi qui dort encore ? Et tous les anciens enfants qui peuplent le TGV Toulouse-Paris, quels adultes sont-ils devenus ? Ont-ils eu quelqu'un pour les soigner ?

Nous avons toutes attendu nos mères, vivantes ou mortes. Nous les avons toutes cherchées, en nous ou ailleurs. Nous les attendons et nous les cherchons encore.

N'est-ce pas, Violette ?

Et pourtant, que j'ai été aimée ! Je suis certaine que cette force inépuisable que ma mère, Justine et Babé ont héritée de Mémé, j'en ai eu ma part.

Je suis devenue mère à mon tour, malgré tout.

C'est peut-être ça le vrai miracle.

Août 1972

Ça fait au moins deux ans que Justine n'a pas pris de vacances. De vraies vacances, plus qu'un week-end à Saint-Lizier. Alors quand Ignacio, sa dernière conquête, un Espagnol pur jus, brun et macho à souhait, quand Ignacio lui propose un voyage à Bali, terre de toutes les couleurs, Justine accepte.

Angèle et Babé ne comprennent vraiment pas comment fonctionne la vie sentimentale de Justine, c'est un fait. Babé surtout, qui, malgré le masque de sérénité qu'elle s'évertue à afficher en toutes circonstances, se sent pour la première fois à des années-lumière de sa sœur. Angèle et elle ont connu tous les désordres qu'être amoureuse provoque. Elles en ont exploré toutes les futilités, tous les enthousiasmes, toutes les brûlures et toutes les caresses. Elles en ont épuisé toutes les ressources et tous les ressorts. En se sentant invincibles. Et amputées d'en être aujourd'hui privées. Même le départ d'Henri n'a pas réussi

173

à rendre Babé plus amère. Alors, forcément, elles se demandent ce que Justine peut bien attendre de ces relations aussi multiples que fugaces. Justine n'en attend rien. Elle pense que les femmes peuvent s'en sortir seules, et fait tout pour en être la preuve vivante. Son père, le premier homme, a été un bon modèle. Son père, en la plantant très tôt au milieu d'une tribu de femmes, en croyant qu'elle y pousserait mieux, a été le premier à enraciner chez elle cette idée que les femmes valent mieux que les hommes.

Finalement, Justine poursuit ce que Mémé Anna a commencé. Inconsciemment ou pas, elle reconstitue sa tribu autour d'elle. Sa Vigne à elle, c'est Angèle et Babé. Élise. Marie-Rose. Moi. Agglomérées. Indivisibles. Et la maison Balaguère comme point d'ancrage.

Au-delà de ce noyau, il y a Ignacio. Ignacio qui ne compte pas vraiment pour Justine mais qui l'amuse. Ignacio qui ne passera jamais les portes de son rempart mais il ne le demande pas. Ignacio, extrêmement séduisant, courtois et prévenant, qui veut donc l'emmener à Bali pour l'émerveiller. Soit.

Justine s'en serait d'autant plus voulu de ne pas l'accompagner qu'elle revient de ce voyage en Indonésie émerveillée et inspirée. Ce qu'elle a vu là-bas d'étoffes chatoyantes, de couleurs envoûtantes l'a définitivement convaincue de se lancer dans une collection aux tissus mélangés, aux couleurs chaudes. Des soies orange cuivré sur des taffetas rouge cramoisi. Des voiles pourpres et fuchsia. De l'or et de l'argent. Des perles et des pierres précieuses.

Ce voyage à Bali a été le dernier et le seul qu'elle a fait avec Ignacio, remplacé peu après leur retour par Dante, d'origine italienne cette fois. Mais c'est Ignacio qui va marquer le début de la reconnaissance de la maison Justine Balaguère, haute couture, Toulouse. Et elle en éprouvera pour lui une éternelle gratitude.

Justine rentre en France avec deux valises supplémentaires. À l'aéroport, elle croit même dépasser le poids maximal autorisé tant elles sont lourdes de tissus et d'accessoires chinés sur les marchés de Bali qu'elle a visités pendant deux semaines. Tout était si peu cher qu'elle aurait été idiote de ne pas acheter sur place ce dont elle aura besoin pour sa prochaine collection. M. Grandjean va être content.

Angèle et Babé regardent patiemment Justine, surexcitée, déballer les kilomètres de tissus et les multiples accessoires qui s'amoncellent au milieu de l'atelier. On dirait Maman quand elle est en haut. Elles l'écoutent raconter son voyage en se contentant de hocher la tête, le flot de ses paroles ne leur permettant pas d'en placer une. Puis le calme revient. Justine s'enferme pendant des semaines dans son minuscule atelier, qui donne sur la cour pavée de plus en plus fleurie grâce à Maman, pour dessiner la collection dont elle attend tout. La gloire ou la chute. Même moi je n'ai pas le droit d'aller la déranger, c'est dire si l'affaire est sérieuse.

Maman prépare déjà son article et envisage de lancer le chroniqueur de la rubrique «Événements mondains» sur le coup. Mais il faut doser les effets et Justine est à cran. Et quand Justine est à cran, ses superstitions pathologiques reprennent le dessus. Il faut donc avancer avec diplomatie.

Élise a été chargée de dégoter parmi ses copines suffragettes les plus jolies celles qui pourraient jouer les mannequins d'un soir. Une hérésie quand on milite contre la femme-objet. Mais il faut savoir remettre l'essentiel à sa juste place. On recrute même dans l'entourage de Marie-Rose, qui a accepté d'enlever ses tenues hippies pour faire les premiers essayages.

Bref, cette fois-ci on y croit.

Trois semaines avant le début des présentations de haute couture, collection printemps-été 1973, Justine a perdu sept kilos, ma mère m'engueule pour un oui pour un non, sans qu'elle soit pourtant ni en haut ni en bas, Babé engueule ma mère, et moi, je me planque sous tous les meubles que je trouve, comme si, avec un truc au-dessus de la tête, il ne pouvait décidément rien m'arriver. Terrier, mon terrier, mon refuge. Élise ne dort plus et pourrait même tomber enceinte par inadvertance si elle n'y prenait pas garde. C'est dire. Quant à Marie-Rose, elle envisage secrètement et sérieusement de partir en retraite spirituelle à Katmandou.

Mais entre deux crises d'hystérie collective, la ruche coud, repasse, essaie, défait, taffetise, envoilante, orne, entasse, ne baisse en aucun cas les bras. L'atelier de la rue de la Barutte se transforme peu à peu en un immense bric-à-brac bariolé, dont même les clientes les plus fidèles, à qui l'on a dit que la mode de cette année est au gris plomb, ne savent que penser.

Ne rien en penser, justement, et ne rien en dire. Garder le secret jusqu'au bout, jusqu'au jour du grand soir. Angèle n'a pas eu le droit de révéler quoi que ce soit de ce que Justine a préparé. À peine un mot sur l'inspiration «hindouiste», et encore. Dans un défilé qui s'annonce ultrasophistiqué, parler «souk» est trop risqué.

Mais le grand soir, c'est Versailles qui débarque au théâtre du Capitole. Justine a réquisitionné toutes les voitures disponibles pour embarquer sept valises de robes, autant de chaussures et son armée de dix mannequins. Maman, qui a gardé le coupé sport MGB GT rouge de mon père, n'a pu prendre que Babé et moi, quart-de-portion ratatiné à l'arrière.

Tout le monde se retrouve à l'entrée des artistes, rue Romiguières. On monte les valises au deuxième étage où attendent les coiffeurs et les maquilleuses. On ne s'arrête pas sur la tête qu'ils font en découvrant Marie-Rose. Et on s'habille. Les copines d'Élise ont une sacrée allure et les tenues baroques de Justine leur vont à merveille. Même les coiffeurs et les maquilleuses n'en reviennent pas. Tout cet exotisme, ces étoffes bariolées au milieu des dominantes grises des autres collections, ça éclabousse.

Et Justine qui doit passer après Francis Ridel. Les filles ne savent trop quoi en penser. Le maître baise la main de Justine, comme à son habitude, puis celle de ma mère, «si élégante», et celle de Babé. Il me tapote la joue, ce qui m'énerve profondément. Je suis grande maintenant. J'ai six ans. Mais il ne dit rien sur les robes de son ancienne première. Juste un «Bonne chance» qui sonne comme un avertissement.

La collection de Francis Ridel est éblouissante, toute de blanc et de gris déclinée, plomb, souris, perle, ardoise. D'immenses éclats d'argent à chaque mannequin qui entre en scène. Des rayons de lune. Irréels. Aériens. Fantomatiques. Mais après la lune, le soleil. Un sacré rendez-vous. C'est sans doute cette alliance surprise qui va rendre cette présentation unique. Et en faire le succès. Celui de Ridel comme celui de Justine.

Justine et ses rouges carmin, sang, garance, vermillon, ses roses magenta, ses oranges et ses jaunes ambre, ocre et fauve. Ses améthystes, ses citrines, ses opales de feu. Justine et ses immenses éclats d'or.

Haletante derrière le lourd rideau de velours, Justine n'en croit pas ses yeux et ses oreilles. Cette fois, c'est bien pour elle que les flashes crépitent et que les applaudissements retentissent. C'est bien pour elle, Justine la superstitieuse, Justine la sage petite paysanne de Montesquieu, Justine l'ouvrière, Justine la persévérante, Justine la tenace. Et quand Marie-Rose, véritable Pompadour, méconnaissable dans sa robe de mariée rose thé sertie de mille et une perles fines, vient la chercher pour l'emmener sur scène, Justine repense à ce fameux soir de sa première présentation chez Ridel, et au vœu qu'elle avait envoyé vers le ciel.

Décidément, oui, certains rêves sont tenaces.

« Merci les fées... »

À partir de ce soir-là, on mange moins d'épinards et de pommes de terre rue d'Aubuisson. Justine devient rapidement une référence à Toulouse et dans toute la région et Babé peut enfin mettre un frein à ses relations avec M. Grandjean, bientôt vingt ans de loyaux services au Crédit foncier. Au grand désespoir de celui-ci, qui n'a que ce prétexte financier pour alimenter son amour éperdu autant que platonique pour la magnifique Justine. De ses soupirs énamourés et de l'aide secrète qu'il a apportée bien souvent ces derniers mois, quand le creux de la vague se faisait dangereusement sentir, il sait qu'il ne ressortira rien. Comment cette femme si dorée, cette femme libre, sinon libérée (ça, ça le chiffonne bien un peu, M. Grandjean), prise dans un tourbillon de fêtes et de créations, comment cette femme-là pourrait-elle poser son regard éblouissant sur le terne banquier qu'il est ? Car il se prend aussi à devenir défaitiste et à ne plus voir de lui que l'ombre du conseiller ultracompétent qu'il a toujours pensé être. Et qu'il est bien souvent, il faut quand même le reconnaître. À quoi l'amour peut-il bien réduire. Encore une bonne raison pour Justine de penser ce qu'elle pense. M. Grandjean vit un étrange paradoxe. Ne pas souhaiter la réussite de celle qu'il adore, pour lui rester indispensable, et en même temps admettre que c'est bien cette réussite qui la rend si attirante à ses yeux. Lui, l'homme parfait et moyen dans toutes ses théories sur les femmes, lui qui ne supporte pas les discours ambiants sur la libération des mœurs, qui ne voit qu'excitées débraillées dans la foule revendicatrice défilant de plus en plus souvent dans les rues, lui, Georges Grandjean, vingt ans d'inamovibilité au Crédit foncier, n'en peut plus de désir pour l'une d'entre elles. Le crapaud épris de l'hirondelle. Terrifiant de s'en rendre compte et de n'avoir aucune arme pour lutter contre celles, de destruction massive, de Justine. Sa jeunesse, son charisme, son talent. Épris, il l'est, furieusement. Mais il est aussi douloureusement lucide sur les sentiments de Justine. Et il voit bien qu'il ne l'intéresse pas. Ça le rend fragile. Oh bien sûr, elle est aimable avec lui, et courtoise. Mais ce qui l'éprouve le plus, c'est cette ironie subtile qu'il sent dans ses propos lorsqu'elle s'adresse à lui et la distance qu'elle place obstinément entre eux. Comme s'il était évidemment inconcevable qu'un homme comme lui puisse la séduire.

Justine a compris. Bien sûr. Justine pourrait écrire un mode d'emploi universel sur le fonctionnement des hommes, somme toute assez binaire. Alors Georges Grandjean, le moins habile d'entre eux, elle l'a vu arriver de loin. Elle l'aime bien pourtant, elle ne le nie pas. Elle lui reconnaît de la compétence dans son domaine et elle sait qu'elle a de la chance qu'il gère ses finances. Mais qu'il soit amoureux d'elle lui paraît aussi drôle qu'absurde. Comme les manœuvres qu'il essaie si maladroitement de mettre en place pour la séduire. Sans parler de son âge. Rien ne la fait plus jubiler que les sourcils froncés de M. Grandjean quand elle lui montre ses dernières créations. Les bégaiements qui suivent, les silences soudains, les sourires idiots. Il en est presque attendrissant. C'est étrange quand même. Il aurait plutôt dû s'éprendre de Babé. Il n'est pas sûr qu'il aurait eu plus de succès mais, au moins, l'assortiment aurait été moins extravagant. L'âge n'a jamais été un problème pour sa sœur. Et ils ont des tas de choses en commun. Il faudra qu'elle lui en parle à l'occasion.

Cela dit, le reste du prêt est remboursé avant l'échéance et on respire mieux, du moins chez les Balaguère. Surtout Justine, que sa toute récente gloire rend un peu trop sûre d'elle. La confiance est un piège sournois.

C'est alors qu'elles travaillent avec acharnement sur la prochaine collection printemps-été qu'Élise et Justine entendent l'appel sur Europe n° 1. Bien sûr qu'elles ont suivi de près l'affaire de Marie-Claire, enceinte à seize ans d'un petit délinquant de bas étage qui la dénoncera à la police pour s'être fait avorter clandestinement. Elles et leurs camarades s'en sont largement fait l'écho à Toulouse, et ont même réussi à convaincre Angèle d'en tirer un article bouleversant autant qu'indigné. Quelle femme d'ailleurs ne se serait pas insurgée contre l'horreur vécue par cette jeune fille et par sa mère, et contre l'injustice qui entourait cette affaire depuis le début. Leur inculpation les a toutes remplies de fureur et a déclenché dans les rangs des moins militantes un élan de solidarité auquel même la placide Babé a adhéré. Quelque chose est décidément en marche.

Et parce qu'il est des combats qui ne peuvent pas se mener de loin, Élise décide de partir à Paris assister à la manifestation que le MLF organise quelques jours avant l'ouverture du procès. Elle veut absolument voir Gisèle Halimi, devenue sa énième héroïne après Élisa Lemonnier, Simone de Beauvoir, Françoise Sagan et Delphine Seyrig. Elle veut être de ce jour-là, de cette lutte-là. Ce qu'elle est depuis si longtemps, ses convictions profondes, tout ça n'aurait plus aucun sens à ses yeux si elle n'apportait pas concrètement son soutien à la cause que tant de femmes défendent, au péril de leur liberté.

Elle n'a aucun mal à convaincre Justine de l'accompagner. Évidemment. Pour une fois, la maison Balaguère passera après le reste. Justine non plus ne peut pas vivre cet événement de loin. Le souvenir de la table de cuisine est si proche. La collection printemps-été attendra un peu.

Ce qui ennuie Justine, c'est que Maman et Babé ne sont pas là. Maman a accepté de couvrir la visite de la reine Élisabeth d'Angleterre à Bordeaux et l'inauguration d'un musée consacré à Aliénor d'Aquitaine. Une telle visite, ça ne se refuse pas et la rubrique «Mode» ne saurait se passer de commentaires sur les chapeaux royaux. Maman traverse une période haute, ses ailes se sont redéployées après s'être abîmées encore. On ne compte plus ses escalades et ses atterrissages loupés. On souffle juste quand elle redevient Angèle la sublime. Mais si, dans ces moments-là, elle m'aime plus que de raison, je ne l'accompagne jamais dans ses déplacements professionnels. Babé, elle, est partie quelques jours à Saint-Lizier pour ravitailler le réfrigérateur en charcuterie en tout genre. Chacune son truc.

Marie-Rose et Justine sont censées me garder. Comme il n'est pas question de laisser Marie-Rose seule à Toulouse avec moi, et que Marie-Rose n'a aucune intention de me laisser seule avec Justine et Élise, il est donc décidé que tout ce petit monde montera ensemble à Paris. Car Marie-Rose aussi se sent concernée (nounou, certes, mais en minijupe). Bien évidemment, on ne dit rien à Angèle et à Babé. De toute façon, on ne peut rien leur dire, on ne peut pas les joindre (personne, et encore moins Justine que cette tranquillité repose, ne s'est encore décidé à faire installer le téléphone à Saint-Lizier). On se contente de griffonner un mot à la hâte, pour expliquer le pourquoi du comment, sans toutefois rentrer dans les détails. Avec un peu de chance, on sera revenues les premières. Et après tout, on ne part que vingt-quatre heures. Même pas. Douze.

Moi je suis aux anges.

C'est incroyable comme tout s'est fait très vite. Parce que le voyage en train serait trop long, Justine décide qu'on prendra l'avion. Avec le succès de la première collection Balaguère, on en a les moyens. Et depuis qu'Air France a mis en service ses nouveaux avions à réaction, le temps de vol pour Paris a largement diminué. Avec un peu de chance, on pourra même voyager à bord d'un Boeing 707. Nous n'avons pas de temps à perdre, n'arrête pas de claironner Élise, surexcitée.

Je garde de multiples images de ce premier voyage. Sortes de flashes multicolores au milieu de mes souvenirs d'enfant. Le plus puissant sans aucun doute. Un de ceux qui aident à bien enfouir les autres. Le taxi que nous prenons; Justine, Élise et Marie-Rose serrées les unes contre les autres, moi sur les genoux de Marie-Rose; la bonne humeur qui y règne et le regard du chauffeur dans le rétroviseur qui n'a pas l'air de tout comprendre aux chants partisans qu'Élise hurle à tue-tête. Surtout qu'ils l'empêchent d'écouter la voix suave de Mike Brant dans le poste de radio. Moi qui applaudis à tout rompre, trop jeune pour tout saisir de ce qui est en train de se passer, mais heureuse d'être de cette fête. L'aérogare de Toulouse-Blagnac, grouillant de jambes et de visages. Je m'accroche à la main de Marie-Rose pour ne pas tomber, et je trottine derrière son pas alerte, pressée de ne pas perdre celui plus pressé encore de Justine. Le comptoir d'Air France, et la jolie hôtesse au calot bleu marine qui me sourit.

Justine m'installe près du hublot pour que je puisse regarder la ville devenir petit à petit un minuscule point au milieu des étendues de champs et de rivières. Je me demande si on va toucher le soleil. Ou si je pourrais sortir de l'avion pour aller m'asseoir sur les nuages qui nous entourent. Avec Papa et l'oncle Henri. Mais ça ce n'est pas possible paraît-il. Je comprends que je ne suis pas dans un manège dont on peut descendre quand on veut. Et qu'il y a des zones d'ombre dans cette histoire de nuages...

Puis l'arrivée à Paris. Paris, qui ne représente rien pour moi mais dont je sens que ça représente quelque chose pour Justine et Élise. Quelque chose de très grand apparemment. Marie-Rose, elle, ne me lâche pas la main et me porte quand elle sent que mes jambes ne peuvent plus suivre. Ça arrivera souvent au cours de ce voyage.

On reprend un taxi pour rejoindre la ville. Toujours serrées les unes contre les autres et moi sur les genoux de Justine cette fois. On regarde par la vitre les voitures qui défilent. Il me semble qu'il y en a bien plus qu'à Toulouse et qu'elles vont bien plus vite. Je décide de compter toutes les voitures vertes. Quand on arrive à Paris, j'en suis à la moitié de deux fois dix. Il faut que je demande à Marie-Rose combien ça fait.

La manifestation doit partir de la place de la République. C'est Élise qui le dit. Il y a beaucoup de monde. Beaucoup de femmes. Quelques enfants aussi, juchés sur les épaules de leurs pères. Enfin, je suppose que ce sont leurs pères. Moi, le mien est mort. Il ne m'a donc jamais portée sur ses épaules. Justine et Élise s'étonnent qu'ils soient aussi nombreux. Mais je crois que ça les rassure et qu'elles s'en veulent un peu moins de m'avoir emmenée avec elles sans rien dire à Maman et à Babé.

La manifestation prend le départ. Justine et Élise nous tirent vers le début du cortège; elles veulent voir Gisèle Halimi, Simone de Beauvoir, Delphine Seyrig et Françoise Sagan. Marie-Rose me tient tellement fort la main qu'elle me fait mal. Elle ne s'en rend même pas compte. Elle n'a pas l'air très rassurée par cette foule grouillante et chantante. Il faut faire attention. Comme quand on traverse la rue à Toulouse. Elle regarde de tous les côtés pendant au moins cinq minutes. Pourtant elle sourit. Partout il y a des filles habillées comme elle et elle trouve ça épatant. Elle est moins «décalée» que d'habitude. Elle me montre toutes les minijupes et les jeans qui nous entourent et ses yeux sont comme mon jeu de billes : ronds et pleins de couleurs. Mais Marie-Rose, c'est mon ange gardien. Elle arrête tout d'un coup de regarder les autres filles et elle se reconcentre sur moi. Elle a peur de me perdre et de perdre Justine et Élise. Moi ça m'est égal. Je sais que Marie-Rose est là. Je ne risque rien. J'écoute tout. Je vois tout. J'en prends plein les yeux et la tête. Le bruit est assourdissant. Les gens chantent des chansons. Mais ceux du rang devant nous ne chantent pas les mêmes que ceux du rang de derrière. Je trouve ça marrant. Parfois ils arrêtent de chanter pour hurler. «La-révolution-ne-se-fera-pas-sans-les-femmes», «Contraception-avortement-libres-et-gratuits», «Nous-sommes-toutes-des-avortées», «Mariage-piège-à-cons». Tout le monde a le poing levé et tout le monde rit. C'est un joyeux tohu-bohu comme dirait Babé. J'ai l'impression d'être à la récré! Il y a plein de couleurs. Des ballons qui s'envolent. Et des millions de gens. Partout. Justine et Élise hurlent aussi. Ces mots bizarres que je ne comprends pas bien, «contraception», «avortement», «piège à cons». Moi, je retiens le rythme saccadé et je me mets aussi à hurler, dans l'oreille de Marie-Rose qui me regarde, épatée, mais avec le sourcil légèrement froncé. Marie-Rose qui se dit que l'on va sans doute entendre une tout autre musique au retour à Toulouse, surtout si je me mets à crier «Mariage piège à cons» dans les couloirs de la rue d'Aubuisson... Et qui me serre encore plus fort. À ce moment-là, Justine, dont je ne vois que le dos, la natte brune et le poing levé, se tourne vers nous, et elle m'envoie un sourire comme je n'en ai jamais reçu de personne. Il me semble, du haut de mes six ans, que Justine est, à cet instant précis, la plus heureuse des femmes de ce cortège. Son bonheur m'éclabousse d'un coup. Même aujourd'hui, je ne saurais pas expliquer pourquoi j'ai ressenti ça. Mais ce dont je suis sûre, c'est que ce jour-là, Justine devient, même

si elle l'était déjà un peu, ma véritable héroïne à moi.
Parce que je la trouve forte et belle. Parce qu'elle
ressemble à une guerrière. Parce que c'est à moi
qu'elle sourit. Parce que c'est grâce à elle que je suis
là aujourd'hui. Sorte d'aboutissement à l'éducation
commencée au fond de son atelier, quand elle me
parle d'Élisa Machinchose et d'IV... truc. Peu m'importe que, parce que Maman est partie à Bordeaux,
elle n'ait pas eu vraiment le choix de me prendre
avec elle. Je suis là. Avec Justine. Et je suis drôlement
fière.

On s'arrête devant un stand de merguez. Presque
le même que celui de la fête à Saint-Lizier. Il y a une
fumée incroyable et ça pue un peu. Mais j'adore les
sandwichs merguez avec du ketchup. On boit même
du Coca. C'est vraiment la fête. Tout d'un coup, on
voit les gens partir à toute vitesse vers une église.
Justine se lève pour les suivre et nous, on suit Justine
en courant. J'en perds un bout de ma merguez.
Marie-Rose m'empêche de la ramasser. Puis tout le
monde entre dans l'église. Il y a un mariage. Moi, je
me tords le cou pour essayer de voir la mariée mais
il y a trop de monde. Alors on ressort. Marie-Rose
ne veut pas que je retourne chercher mon bout de
merguez. Elle me prend dans ses bras. Je suis fatiguée. Elle appelle Justine et Élise pour qu'on se
repose quelques minutes. On s'assied sur le bord
d'un trottoir. J'ai mal aux pieds. Justine aussi. On
rit. Les gens nous passent devant en hurlant encore.
Tout le monde parle à tout le monde. À des incon-

nus. Même moi. D'habitude, je n'ai pas le droit.
Mais visiblement, aujourd'hui, ce n'est pas comme
d'habitude. On recommence à marcher. Après un
temps qui me paraît long comme un jour sans goû-
ter, on arrive place de la Nation. C'est la fin du parcours. Et la fin d'une journée épique. On mange et
boit de nouveau, assises par terre cette fois. Il fait un
peu froid mais pas trop. Justine et Élise resteraient
bien mais il faut repartir. L'heure du vol de retour
approche, c'est Marie-Rose qui le leur rappelle.
Marie-Rose qui, finalement, resterait bien aussi,
mais juste pour retarder le moment des explications.
On reprend un taxi pour l'aéroport. Je m'endors
dans les bras de Justine. Plus personne ne chante.
Moi aussi, je serais bien restée.

Je me réveille à peine quand Justine m'installe à ma
place et je ne vois pas le décollage, la ville qui rétrécit,
le soleil qui se couche, les nuages. J'entends juste l'air
d'une chanson, je ne sais plus laquelle, fredonné à
mon oreille par une voix familière. Puis plus rien.

On arrive très tard rue d'Aubuisson. La maison
est déserte. Maman et Babé ne sont pas rentrées. Un
répit bienvenu après cette longue journée. Justine
déchire le petit mot laissé sur la commode de l'entrée. Demain sera là bien assez tôt pour leur raconter l'épopée parisienne. Parce que Justine va
raconter, évidemment. Elle enjolivera sans doute
mais ne mentira pas.

Qui sait si elle n'aurait pas mieux fait ?

De toute façon, c'est moi qui vends la mèche. Sans le vouloir. J'ai six ans. Deux jours plus tard, au petit déjeuner. Le nez dans mon bol de chocolat chaud, je lâche, parce que je n'en peux plus de garder ça pour moi, que c'est drôlement chouette de prendre l'avion. Ultrarapide. Et que les hôtesses ont de très jolies robes. Un peu comme celles que fait Justine. Maman et Babé, assises en face de moi, ne réagissent pas tout de suite. Les brumes de la nuit ne sont pas encore complètement dissipées. Je ne vois pas Justine dans l'encadrement de la porte de la cuisine. Figée. J'ai le nez dans mon bol. Peut-être qu'après tout elle ne voulait rien raconter du tout. C'est notre regard à toutes les deux, j'en suis sûre, qui alerte Babé. Ses yeux se posent d'abord sur moi. Puis sur Justine. Qui se sert un café. Elle nous tourne le dos. Babé revient sur moi.

«Et comment sais-tu que les hôtesses de l'air ont de jolies robes, toi?»

J'ai beau n'avoir que six ans, je sens tout de suite que quelque chose cloche. Une tension glaciale, qui enveloppe Maman et la rend soudain si lointaine. Je regarde désespérément le dos de Justine. Elle met un temps fou à se retourner et à venir s'asseoir à côté de moi. D'un coup je me sens moins seule.

«Elle le sait parce que nous avons pris l'avion ensemble il y a deux jours...»

Justine me caresse les cheveux en souriant.

«Et c'est vrai que c'était drôlement chouette, n'est-ce pas ma chérie?»

Je suis prête à exploser de joie au souvenir de cette journée. À hurler tous les slogans entendus du matin au soir. Les lèvres serrées de Maman m'arrêtent immédiatement. Je refourre mon nez dans mon chocolat. Ne jamais se mêler des histoires de grandes, Babé me le répète suffisamment.

«Justine, tu peux être plus claire? siffle Maman.

— Écoutez, calmez-vous. Oui, je vais être plus claire, mais si vous continuez à faire cette tête, ça ne va pas être facile. Il n'y a rien de grave, tout le monde va bien, alors, s'il vous plaît, détendez-vous.

— Si tu précises que tout le monde va bien, c'est parce que tout le monde aurait pu aller mal? commence Babé, dont le seul signe d'énervement se manifeste à travers ses ongles qui pianotent la table de la cuisine.

— Non, non, c'est juste pour que vous ne vous fassiez pas un mauvais film à l'avance, c'est tout.»

Justine sent bien que ça ne sert à rien de tourner autour du pot plus longtemps. Maman et Babé ne sont visiblement pas d'humeur à supporter la nôtre, qui est quand même extrêmement bonne au surlendemain de notre fabuleuse journée à Paris. Alors, elle raconte tout, l'appel à la radio, l'excitation d'Élise, sa décision d'aller à la manif du MLF. Justine choisit ses mots. C'est le moment d'être la plus convaincante possible. Ça ne devrait pas être trop difficile. Tout est si précis dans sa mémoire. Ses doutes. Ses questions. Ses convictions. La table de cuisine sur laquelle elle s'est allongée, un petit matin clair, frigorifiée et terrorisée. Les odeurs du sang et du thé mélangées. Les huit jours de fausse grippe et d'infernales hémorragies. Non, elle n'était pas prête à avoir un enfant. C'est elle qui a eu raison. Et elle n'a laissé aucune place au regret. Mais il fallait être quand même sacrément convaincue pour vivre ça. Alors, elle explique, avec une force de vraie militante, qu'elle ne pouvait pas non plus rater ce rendez-vous, que c'était trop important pour elle, et pour toutes les femmes, et que c'est pour ça qu'elles sont toutes allées à Paris, ensemble.

«Toutes? interroge Babé, les yeux de plus en plus ronds.

— Eh oui, toutes! Élise, Blanche et moi... Et Marie-Rose bien sûr!

— Et Marie-Rose bien sûr... Et Blanche...»

Maman blêmit à vue d'œil.

«Justine, je pars quatre jours en voyage pour le travail, je te confie ma fille, et toi, pendant ce temps, tu l'emmènes à Paris, en avion, pour aller défiler avec des espèces d'amazones qui veulent pouvoir s'envoyer en l'air en toute tranquillité, c'est bien ça que tu es en train de nous dire?»

Je ne sais pas ce qui, à cet instant précis, agace le plus Justine. Que Maman, avec une froideur d'iceberg, l'attaque sur les motivations de ses copines féministes ou qu'elle remette en cause, en une phrase, sa capacité à s'occuper de moi une journée.

Et Babé qui en rajoute une louche.

«Mais enfin, Justine, tu es folle ou quoi? Tu te rends compte de ce que tu as fait? Alors quoi, on ne peut pas te laisser seule avec une enfant de six ans, c'est ça? Tu n'es pas capable de mettre tes... tes... délires féministes de côté pendant quatre pauvres malheureux jours, c'est trop te demander? Tu préfères traîner Blanche avec toi à... Paris, à Paris... Mais qui sait ce qui aurait pu lui arriver là-bas, mon Dieu...

— Mes délires féministes? Mes délires féministes! Mais qu'est-ce que c'est au juste pour vous un délire féministe? Faire en sorte qu'on n'avorte plus dans la clandestinité? À grands coups d'aspirations qui arrachent tout au passage, qui font du ventre des femmes un vrai champ de bataille d'où il ne ressortira peut-être plus rien? C'est ça pour vous, un délire féministe? Être abandonnée à son sort, se faire insulter, être une paria parce qu'on a choisi de ne pas avoir un enfant qu'on n'a ni voulu ni désiré? C'est un délire féministe que de ne plus vouloir se faire torturer les tripes sur une table de cuisine, toute seule parce qu'on sait que ceux qu'on aime le plus ne comprendraient pas? C'est un délire féministe que de vouloir être libre? C'est ça que vous pensez?»

Justine s'est levée. Elle est écarlate, tendue comme un arc, les poings serrés le long du corps. Ses narines se dilatent au rythme fou de sa respiration. Elle me fait presque peur. J'ai même failli partir. Les laisser à leurs malentendus. Je ne comprends rien à ce qu'elle dit mais là, je sens que Justine, ma Jeanne d'Arc, a besoin de soutien. Alors je reste. Face aux miettes de croissant qui flottent dans mon chocolat. Ce qui me rend triste, c'est la manière dont l'atmosphère de ce lendemain matin est en train de changer. Justine et moi étions si contentes. Je sens que ça ne va pas durer.

Ma mère est pétrifiée. Elle regarde Justine avec une telle intensité... Comme si elle comprenait enfin une chose très diffuse et très obscure. Comme si Justine venait d'ouvrir une porte close et d'allumer la lumière, tout d'un coup, sans prévenir.

Elles se sont regardées longtemps. Sans dire un mot. Moi, il me semble que quelque chose de terrible passe entre elles mais je ne sais pas quoi. Elles, apparemment oui. Et c'est finalement ma mère qui rompt le silence.

«Tu n'es vraiment qu'une irresponsable, Justine, et une grosse égoïste. Ça se voit que tu n'as pas d'enfant... Jamais plus je ne te confierai ma fille. Jamais plus.»

D'écarlate, Justine est devenue blême à son tour.

«Mais parlons-en de ta fille, Angèle! Parlons-en! Je suis une grosse égoïste, moi! Mais qu'est-ce que tu es toi, alors, hein? Une mère parfaite peut-être? Je ne pense qu'à mon boulot? Peut-être! Mais toi? Tu ne penses pas qu'à ça? En tout cas ce n'est pas ta fille qui t'empêche d'aller à droite et à gauche pour tes reportages! Et je ne te parle pas de tes autres absences... Ta fille, oui ta fille, Angèle! Pas la mienne! Ni celle de Babé!»

Je suis statufiée. Babé aussi. Maman se lève telle-ment vite que sa chaise tombe en arrière. Justine n'a même pas le temps de se protéger. Elle se prend une gifle phénoménale qui fait un clac assourdissant. J'ai tellement peur que c'est moi qui porte la main à ma joue. J'en ai presque mal. Je fonds en larmes. Babé se précipite vers moi et me prend dans ses bras.

« Vous êtes complètement folles toutes les deux ! Complètement folles ! Je ne veux pas que vous vous comportiez comme ça devant Blanche, vous avez compris ? Vous vous croyez où ? Fichez le camp, maintenant ! Et toi Angèle, il va falloir te reprendre... Tu entends ? Ça ne peut plus durer tout ça... »

Maman est tellement livide que je crois qu'elle va gifler Babé aussi.

« Laisse Blanche en dehors de ça, toi. Justine a rai-son au moins sur un point. Blanche n'est pas ta fille ! Elle n'est pas ta fille ! »

Maman sort de la cuisine, puis de l'appartement en claquant la porte. Elle claque toujours les portes quand elle est en colère. Ou malheureuse. Qu'est-ce qui ne va pas pouvoir durer comme ça ? Moi, je veux qu'elle reste en haut. Justine aussi s'en va. Sa joue est cramoisie et ses yeux presque aussi embués de larmes que les miens. Elle me regarde une dernière fois. J'ai l'impression qu'elle me demande pardon. Pardon d'avoir tout gâché. Pardon d'avoir échoué. Pardon pour cette scène ridicule et insensée. Puis elle me fait un clin d'œil. Et je revis. Oui. C'était une journée géniale, pas question de la regretter. Elle sera juste à nous deux. Rien qu'à nous deux.

Babé s'est rassise à la table. Ses mains sont posées à plat sur la nappe cirée. Ses yeux tournés vers la fenêtre. Il y a de la buée sur les carreaux. La pluie s'est mise à tomber. Elle veut retenir ses larmes, mais depuis qu'elle a cinq ans, elle n'y arrive pas. C'est chaque fois la même chose. Un vrai déluge. Même pour un rien. Mais aujourd'hui, ce n'est pas rien. Babé le sent. Et elle pleure. Je ne le supporte pas. Babé ne pleure jamais. Babé console. Sans un mot, je me suis agenouillée devant elle, j'ai entouré sa taille de mes bras et posé ma tête sur ses genoux, dans ses jupes. *Bonsoir Madame la Lune, bonsoir...* Babé a arrêté de pleurer et s'est mise à chanter.

Le jour même, Justine se remet au travail à l'atelier. Personne ne revient sur la colère du matin. Maman est partie à *La Dépêche* et Babé reste avec moi. Je ne suis peut-être pas sa fille mais c'est elle qui me console. Comme d'habitude. Seulement, la virée féministe laisse des traces. La collection printemps-été, abandonnée pour la manifestation, a pris du retard et Justine bâcle. Même pour rattraper deux pauvres petits jours. Ça ne lui est jamais arrivé. Elle est totalement déconcentrée. Elle s'en veut. Elle a raison. Le succès, cette fois, n'est pas au rendez-vous. Personne ne s'y trompe. Ni le métier ni la presse. La Deslandes doit jubiler. Justine sait qu'il est temps de faire un choix. Et elle sait lequel. Même si elle n'abandonne pas ses idées et reste une fidèle militante du mouvement féministe, elle met un frein à son activisme, au désespoir d'Élise. Elle vit ça de plus loin. Au travers des autres, d'Élise, plus que par elle-même. La vie de Justine c'est la couture, et la maison Balaguère. Il n'y a rien à redire là-dessus.

Elle a loupé sa deuxième collection, elle a déçu tout le monde, elle la première. Elle, la première. Qui s'est vue tout de suite plus grande qu'elle n'était encore. Pourtant elle savait qu'elle était attendue au tournant. Qu'un premier succès n'est rien s'il n'est pas confirmé par un second.

Maman et Babé voient bien ses tourments. Elles se sont un peu calmées et ont mis leurs reproches en veilleuse. Mais malgré tout ce qu'elles essaient de lui dire pour la rassurer, rien n'y fait.

«Oh ça va! Même vous, vous pensez que je n'ai que ce que je mérite! Que si je n'étais pas allée à Paris, AVEC BLANCHE, je n'en serais pas là...»

Ce dimanche midi, quelques semaines après la présentation de la collection ratée, M. Grandjean, que tout le monde appelle désormais Georges, sauf Justine, allez savoir pourquoi, est venu déjeuner avec nous. Ça lui arrive de plus en plus souvent, Babé préférant faire les comptes avec lui à la maison. L'ambiance lui semble bien un peu électrique, à Georges. «Les filles» ne sont pas comme d'habitude. Angèle et Babé surtout. Elles sont plus fermées. Plus distantes. Presque autant que Justine. Isolées les unes des autres comme jamais. Chacune dans son pré carré sans possibilité d'en franchir les frontières. Le nez dans son cassoulet, il souffre de voir Justine si seule, elle qui, habituellement, est le centre du monde. Il ne comprend pas tout des subtilités de cette ambiance colérique, car il ne comprend pas tout des combats féministes de Justine, mais ce qu'il sait, c'est qu'il ne supporte pas qu'on s'en prenne à elle et qu'on lui reproche quoi que ce soit. Alors il se jette à l'eau. Même si ça signifie avouer qu'il est au courant de tout. Car Justine avait fini par l'appeler pour savoir si la dépense occasionnée par les billets d'avion n'avait pas fait un trop gros trou dans ses finances. Justine ne se préoccupe pas de l'état de sa comptabilité, elle laisse ça à Babé. Mais une subite et surprenante inquiétude, là, l'avait poussée à téléphoner à son banquier. Si touché par cette confiance qu'elle lui accordait enfin, il n'avait pu s'empêcher de l'interroger sur son voyage. Justine était restée vague, mais pas suffisamment pour qu'il ne fasse pas le lien entre l'épopée parisienne et l'ambiance du jour.

« Angèle, je crois que vous êtes un peu sévère avec Justine. Après tout, elle est libre de penser ce qu'elle pense. Nous avons tous nos marottes, qui prennent parfois le pas sur l'essentiel. Il semblerait que tout se soit bien passé en réalité. Blanche est revenue saine et sauve de Paris, non ? »

J'ai bien cru que Maman allait avaler ses haricots de travers.

«Écoutez, Georges, je vous aime beaucoup et vous êtes un ami précieux. Mais là, voyez-vous, il s'agit d'une affaire de famille et je vous serais reconnaissante de ne pas vous en mêler... Si j'estime, en tant que mère, qu'il était inconscient d'emmener une enfant de six ans à une manifestation du MLF à Paris, je suis en droit de le reprocher à Justine.

— Bien sûr, bien sûr... Je ne voulais pas remettre votre autorité maternelle en question, ce n'est pas ce que je voulais dire... Je pensais juste que la prochaine collection serait malgré tout réussie, je fais confiance à Justine...»

Et là, le regard énamouré que Georges a lancé à Justine! Même moi je l'ai vu!

«Et puis, financièrement, si vous avez quelques petits soucis, vous savez que je suis là...

— Merci Georges, dit Babé en lui posant la main sur le bras. Nous savons toutes que nous pouvons compter sur vous et c'est un véritable soulagement. N'est-ce pas Justine?»

Justine a le nez dans sa salade. Justine est au bord des larmes. L'affection débordante de M. Grandjean n'enlève pas le poids qu'elle a sur le cœur. Pourtant, c'est la première fois qu'elle le trouve aussi sympathique. Les sentiments extravagants qu'il lui porte l'agacent mais sa sollicitude la touche, aujourd'hui plus que d'habitude. Aujourd'hui, il est le seul, avec moi, mais ce n'est pas pareil, à ne pas être contre elle. Et à le lui dire, maladroitement peut-être, mais peu importe. Aujourd'hui, elle est heureuse qu'il fasse partie de sa vie. Justine le regarde comme si c'était la première fois qu'elle le voyait. Il n'est pas si laid que ça finalement. Il faudrait juste qu'il rase cette affreuse moustache et qu'il choisisse d'autres couleurs pour ses nœuds papillon. Leurs regards se croisent. Elle n'a jamais remarqué qu'il a de si beaux yeux. Bleu nocturne, proche du violet. Elle lui sourit, en espérant qu'il comprend qu'elle le remercie. Même si les années passées à soigneusement éviter les contacts affectifs qu'il voulait établir entre eux l'ont trop éloignée de lui. Et peut-être lui d'elle. Mais Georges lui sourit aussi. Il a compris.

Elle quitte la table un peu rassurée. Elle n'a pas un regard pour Angèle et Babé. En passant derrière M. Grandjean, elle hésite, puis pose une main sur son épaule. Un geste furtif qui le fige dans une attitude béate. J'ai droit à mon clin d'œil. Les choses ne sont donc pas si graves.

«Je n'ai besoin de personne», murmure-t-elle quand même, sans conviction, en sortant de la cuisine.

«Menteuse», lance Babé.

«Menteuse, et injuste en plus», ajoute-t-elle plus bas.

Le repas se termine presque en silence. M. Grandjean n'essaie même plus de combler les blancs. Il ne pense qu'à la main de Justine posée sur son épaule.

Maman trie les petits bouts d'ail de sa salade frisée et les range méticuleusement sur le bord de son assiette. Elle n'aime pas l'ail. Et ne comprend pas pourquoi Babé en met toujours dans la salade. Ni pourquoi Justine quitte invariablement la table quand il y a un malaise. Mais elle est en haut et garde ses reproches pour elle.

Babé regarde Georges et ses yeux éperdus d'espoir réveillé. Ça fait longtemps qu'elle a remarqué à quel point ils sont beaux. Et qu'il ne devrait pas les cacher derrière ces grosses lunettes en écaille sombre. Elle devrait le lui dire. Elle pourrait. Ils se connaissent bien maintenant. L'image d'Henri vient s'interposer entre elle et Georges. Henri si beau dans son uniforme de lieutenant. Henri si fort. Henri qui lui manque tant.

«Allez, Georges. Il est temps de faire les comptes», dit Babé en se levant.

Georges sort de sa rêverie à regret. Les comptes, c'est vrai oui, les comptes...

Je reste seule avec Maman. On n'a plus reparlé de toute cette histoire pendant longtemps.

Juste Justine et moi, au fond de l'atelier, en cachette.

Marie-Claire et sa mère ont été acquittées.

Après ça, Justine s'est remise au travail avec un acharnement nouveau. Presque inhumain. Et la vie a repris son cours. Avec un silence de plus.

Janvier 1974

Quelques collections plus tard, et la déconvenue de la collection «MLF» digérée, une clientèle de plus en plus nombreuse se presse à l'atelier. On envisage même un agrandissement des locaux. Georges réapparaît dans le paysage comptable de Babé, pour autre chose que les comptes mensuels. Et du même coup, dans le décor de Justine. Et ça, ça le rend bienheureux.

Georges Grandjean qui ne sait plus quel subterfuge utiliser pour se faire remarquer de Justine. Il n'a pas oublié ce fameux déjeuner et la sortie de Justine. «Je n'ai besoin de personne.» Pourtant, il n'a pas rêvé. Ce jour-là, elle a été plus proche de lui que de ses propres sœurs. Que ne ferait-il pas pour elle. Elle a besoin de lui, c'est évident. Il le lui a prouvé, d'ailleurs. Mais il a compris aussi, après ce dimanche-là, que l'évocation de la «deuxième» collection, la «maudite», qui, s'il n'avait pas été là pour sauver les meubles, avouons-le, aurait pu sonner la fin de la maison Balaguère, cette évocation donc, n'était pas un bon moyen de séduire Justine.

Pauvre Georges. Et s'il se confiait à Babé? Après tout, ils se connaissent bien maintenant. Elle a l'air si posée, si réfléchie. Qui mieux qu'elle connaît Justine. S'il osait, il le ferait. Mais voilà, il n'ose pas. Il ne sait pas faire ça. On ne lui a pas appris. Et puis, la pudeur... Si seulement Babé comprenait sa situation sans qu'il ait à la lui expliquer.

Assis derrière le bureau en merisier de Babé, Georges réfléchit. Sans s'apercevoir qu'il dessine en même temps de minuscules papillons sur la page lignée du livre de comptes. Babé interrompt ses calculs. Georges n'a jamais gribouillé sur le registre en cuir bordeaux. Ce registre précieux qu'il dorlote comme un nouveau-né.

«Vous allez bien, Georges?»

Georges sursaute. Bien sûr qu'il va bien. Pourquoi? Ses yeux tombent sur les papillons.

«Pardon, Élisabeth... Je... je réfléchissais... Excusez-moi... Reprenons, voulez-vous?»

Babé regarde Georges. Et les yeux violets. Et les mains fines. Et la bouche pulpeuse cachée sous la vilaine moustache. Elle rougit. Il est le seul au monde à l'appeler Élisabeth et chaque fois ça lui fait pareil. Un long frisson du bout des pieds au sommet du crâne. Il n'a jamais voulu l'appeler Babé. Par respect, dit-il. Parce qu'il n'est pas de la famille. Pas de la famille. Babé pense au contraire qu'il a mérité plus que personne d'y entrer, dans cette famille, et de l'appeler par son surnom. Pourtant, elle aime l'idée de n'être Élisabeth que pour lui. Même Henri ne l'a jamais appelée que Babé.

«Georges, qu'est-ce qui ne va pas?

— Mais rien, Élisabeth, je vous assure... Rien...»

Babé sourit. Les hommes sont des enfants.

«C'est Justine, n'est-ce pas?»

Justine la féministe. Justine la volage. Justine la célibataire. Justine qui joue avec les hommes. Justine qui joue avec Georges et qui lui brise le cœur.

Georges est interloqué. Ainsi, Babé a deviné. Il n'a pas besoin de parler. Elle sait. Elle sait ses tourments incessants, ses espoirs malmenés, ses chaos. Il pose sa main sur la sienne en silence, rempli de reconnaissance. Merci Élisabeth. Merci de m'éviter le ridicule de cet aveu. Vous allez m'aider maintenant. Vous connaissez si bien Justine.

Babé entend tout ça alors que Georges n'a pas ouvert la bouche. Indispensable Babé. Qui ne dit rien mais qui sait tout.

La vie est mal faite. Les sentiments, n'en parlons pas. Babé aime silencieusement Georges qui aime silencieusement Justine qui n'aime ouvertement pas Georges. Mais Babé s'est juré après le départ d'Henri que plus jamais elle ne serait la femme d'un autre. Pour de multiples raisons qu'elle ne veut pas forcément s'expliquer. C'est comme ça. Ils n'ont d'ailleurs jamais divorcé. Henri ne le lui a jamais demandé. De toute façon, Henri n'a jamais donné de nouvelles après son départ. Mais Justine. Justine, elle, peut aimer Georges. Justine n'a pas d'homme dans sa vie. Justine pourrait enfin ouvrir les yeux et voir que Georges est un homme formidable, patient, attentif, séduisant (s'il soigne deux-trois petits détails), compétent, fidèle et honnête. Justine devrait arrêter de croire à ses théories ineptes et s'intéresser un peu à Georges. C'est quand même incroyable qu'elle ne se rende pas compte à quel point il leur est indispensable. Tout pourrait être si évident.

Et toute à la simplicité de ce raisonnement, Babé promet à Georges de parler à Justine.

Justine la têtue. Justine l'écervelée. Justine l'aveugle. Justine qui ne voit même pas la chance qu'elle a d'être aimée de Georges.

Justine regarde Babé comme une extraterrestre lorsque, au petit-déjeuner, sa sœur se met à lui vanter les mérites de M. Grandjean. Babé lui glisse, innocemment, que c'est un homme comme lui qu'il lui faudrait pour l'aider à diriger la maison de couture. Après tout, il est séduisant, Georges. Et Babé en rajoute une louche en disant à Justine, de plus en plus interloquée mais de plus en plus amusée, qu'elle est vraiment dure avec cet homme, qu'elle pourrait faire un effort et se ranger.

«Mais enfin, bon sang, tu ne vois pas qu'il est fou de toi!»

Justine pose son bol de thé et se met alors à parler à Babé comme si elle avait cinq ans. Comme elle lui aurait expliqué, le plus gentiment du monde, que le

Père Noël n'existe pas. Comme si Georges était un chien et elle un chat. On n'a jamais vu un chien avec un chat, Babé. Elle aime bien Georges et elle apprécie ce qu'il fait pour elle. Mais l'aimer? Non, sans blague, Babé, tu plaisantes! Franchement, tu me vois avec Georges Grandjean?

Non, honnêtement, Babé ne voit pas Justine avec Georges, parce que c'est elle qu'elle voit avec lui. Mais ça, elle peut à peine se l'avouer à elle-même. Ce n'est pas une raison. Qu'est-ce que Justine peut être têtue. Et inconstante. Elle change d'amant tous les trois mois, elle pourrait bien caser Georges quelque part au milieu, non? Ça marcherait peut-être. Pauvre Georges. Elle n'aurait pas dû lui promettre de parler à Justine. Il n'y a décidément rien à tirer de cet oiseau des îles. Qu'est-ce qu'elle va bien pouvoir lui dire maintenant?

«Mais toi Babé? Tu n'en pincerais pas un peu pour Georges?»

Perfide Justine.

«Tu devrais peut-être tenter ta chance? Je vous verrais bien ensemble, moi! Bon, il n'est pas tout jeune, mais tu préfères les hommes plus vieux que toi, non? Sans blague, tu devrais y penser!»

Comme s'il suffisait d'oser se le dire. Comme si les promesses que l'on s'est faites un jour pouvaient être bafouées de la sorte. Cette pauvre Justine ne comprend rien à rien. Babé sort de la cuisine en levant les yeux au ciel, sans voir ceux, malicieux, de sa sœur.

Non. Babé ne dirait rien de tout ce galimatias à Georges.

Ma mère va bien. Et quand elle va bien, elle est prête à tout, pétrie d'une énergie cosmique et épuisante, autant pour elle que pour nous. Et là, elle s'est mis dans la tête de nous faire déménager. Parce qu'il est temps de passer à autre chose. De monter d'un étage. Justine et Babé ne trouvent rien à redire au nouveau projet de Maman. De toute façon, elles savent qu'il est vain d'essayer de la stopper quand elle est en haut. Et puis, pour une fois, elle n'a pas tort. Bien que débordée par ses rubriques «Mode» et «Événements mondains», Maman se met donc à rechercher activement un nouvel endroit où transporter la maison Justine Balaguère, haute couture, Toulouse, et tout son petit monde. Craignant de ne pas avoir suffisamment convaincu ses sœurs, elle répète vingt fois par jour que l'appartement de la rue d'Aubuisson est devenu trop étroit, surtout depuis que j'y entasse toutes mes copines de classe. Car, en bonne fille unique, j'en ai des tas. L'idéal serait donc de trouver deux appartements dans le même immeuble. Et on reprend rendez-vous avec M. Grandjean. Et on recommence les calculs. Mais on a un apport autrement plus important que la première fois et M. Grandjean sait que lorsque «les filles» veulent quelque chose, «les filles» l'obtiennent. Il ne devrait peut-être plus les appeler «les filles», d'ailleurs. Ça fait maintenant un moment qu'elles ne le sont plus. Mais le premier rendez-vous qu'il avait fixé à Justine au Crédit foncier, où elles étaient venues toutes les trois, lui semble encore si proche.

En peu de temps (rien ne lui résiste quand elle est en haut), Maman les trouve, ses deux appartements dans le même immeuble. Rue Saint-Antoine du T, entre la place Wilson et la place Saint-Georges, là où elles avaient voulu s'installer avant de revoir leur rêve à la baisse. Cent cinquante mètres carrés de surface pour Balaguère au premier étage, cent vingt mètres carrés au troisième pour la troupe de midinettes. Et une chambre pour chacune d'entre nous. Fini la cohabitation Justine-Babé et ma minuscule chambre-atelier-foutoir-de-Justine.

«Mais alors, je ne dormirai plus avec Justine?» se désole Babé.

Elles ne quittent pas la rue d'Aubuisson de gaieté de cœur. Cet appartement a vu tant de choses, les premiers échecs, les premiers succès, tant de rires, de colères et de chagrins, d'espoirs, de morts et de vie. Mes premiers pas. Mes premiers mots. Les hauts et les bas. Elles ont le sentiment d'y laisser une part d'elles-mêmes et de ce qui pouvait encore avoir une senteur de jeunesse. Grandir et grandir toujours.

Alors non, Babé ne dormira pas toute seule dans sa belle chambre. Parce qu'elle a fini de le vouloir, grandir.

Parce qu'on ne peut pas tout bousculer comme ça.

Maman achète deux lits jumeaux. Le 140 a fait son temps.

Et la belle chambre de Babé devient une annexe de la mienne. Évidemment.

Mars 1978

Trois mères. Pour moi toute seule. Trois mères vivantes. Malgré tout. Virevoltantes. Énergisantes. Polluantes. Ultraprésentes.

Une chance? Allez savoir... Ça dépend des jours. Du plus loin que remontent mes souvenirs, il y a trois visages penchés sur moi. Un blond, un brun, un auburn. Sur mon lit, sur mes premiers pas, sur mes devoirs, sur ma vie. Une série de mains fraîches sur mon front les nuits de fièvre. Quelques notes de comptine. *Bonsoir Madame la Lune, bonsoir... C'est votre ami Gerbault qui vient vous voir...* Et ce curieux, subtil sentiment d'absence aussi. Une loutre bleue tantôt suraimée tantôt seule dans son terrier. Une main douce dans mes cheveux. Une odeur de camomille.

Je ressemble à mon père, personne ne le nie. C'est ce qui fait que ma mère me rejette ou ne voit que moi. Ça dépend à quel niveau du fossé elle se trouve.

Moi, je ne connais du visage de mon père que la grande photo accrochée dans sa chambre. Cet homme svelte et blond, cigarette à la bouche, assis sur le capot d'un coupé MGB GT rouge, une main dans la poche, désinvolte, cet homme, c'est mon père. Je le sais. Comme je ne le sais pas. Je ne l'ai jamais touché. Jamais vu «en vrai». Jamais embrassé. Je n'ai jamais senti son odeur. Celle de son parfum. De sa peau. Celle de ses cigarettes. Mais je le trouve le plus beau du monde. Sans doute moi aussi je serais tombée amoureuse de lui. J'ai posé beaucoup de questions à Maman et, parce que j'ai su bien choisir le niveau du fossé pour le faire, j'ai eu toutes les réponses qu'il fallait pour faire de ce père un véritable héros. Intouchable et lointain. Dont on n'a toujours pensé que du bien. Forcément.

Pourtant, au fond, je n'aime pas cette perfection. C'est venu petit à petit, au gré des errances d'Angèle. Quand elle va bien, ça va. J'ai ma place à côté du héros. Elle me parle de lui et me dit combien me retrouver en lui l'apaise et l'enchante. Que grâce à moi, il n'a pas complètement disparu. Que je suis leur miracle. Mais quand elle redescend, quand elle est au plus profond de son abîme, je n'existe plus. Mon père reprend tout l'espace. Ma mère ne peut plus me regarder. Elle ne peut plus me toucher. La ressemblance lui devient insupportable. Et elle me renvoie dans mon terrier de loutre abandonnée.

Je ne suis jamais Blanche. Tantôt la fille de mon père, tantôt celle de ma mère. Mais jamais Blanche.

J'aurais pu la détester pour ça. J'ai trouvé plus juste (plus justifiable?) de détester mon père. S'il n'était pas mort, il n'y aurait pas eu de fossé.

Je n'en ai jamais rien avoué. Honteuse moi-même, je sais bien que personne ne comprendrait. De toute façon, à qui pourrais-je en parler?

Si seulement je pouvais ne ressembler à personne.

De mes premières années et de celles qui ont suivi, c'est ça que je retiens, au milieu des souvenirs. Les va-et-vient de ma mère dans et hors de ma vie. Mes propres va-et-vient dans celle de mon père. Des cauchemars d'enfant malade, des mains fraîches sur le front et des baisers très doux. L'histoire racontée chaque soir par Babé où le monstre Mounicotte finit sur le gril. Une belle chute dans l'escalier de l'immeuble de la rue d'Aubuisson et les cris de Justine qui s'en est voulu des années de m'avoir lâché la main. L'insupportable Adrien, mon camarade de nounou, qui me tire les cheveux et que Marie-Rose sermonne beaucoup trop gentiment. Mon premier jour d'école. Ma mère, Justine et Babé qui n'arrivent pas à partir même après que j'ai disparu dans ma nouvelle classe avec ma nouvelle maîtresse. J'ai beaucoup pleuré. Je veux continuer à aller chez Marie-Rose. Tant pis pour Adrien.

Une odeur tenace d'humidité et de renfermé. L'odeur du terrier.

Et une certaine journée à Paris.

J'aime aller retrouver Maman à *La Dépêche*. La voir derrière son bureau, s'agiter, griffonner, discu-

ter. Ça veut dire qu'elle va bien. Quand j'arrive, elle
se lève et vient vers moi presque en courant. Elle me
serre dans ses bras toujours aussi fort. Puis elle
m'amène faire le tour des bureaux, elle me fait dire
bonjour à tout le monde, en clamant trop fort que je
suis sa fille, même si tout le monde le sait depuis
longtemps, et qu'elle ne m'a pas trop mal réussie.
Elle me fait tourner sur moi-même pour montrer la
dernière robe que m'a confectionnée Justine. Ça
m'ennuie un peu mais Maman a l'air de tellement y
tenir que je me laisse faire sans rien dire. Je crois que
ce qu'elle préfère, c'est quand on la félicite d'avoir
une fille si mignonne. Puis elle retourne travailler. Je
suis libre. Je peux courir dans les couloirs, faire semblant de téléphoner. Je fouille dans les armoires et
les tiroirs. Ici, je suis chez moi. Grâce à ma mère, et
à mon père aussi. C'est un peu comme si j'y étais
née. Je fais ce que je veux. J'attends. Je furète,
j'écoute, je farfouille, je dessine, je me cache sous les
bureaux quand M. Bonzom apparaît en haut de l'escalier avec son gros cigare. M. Bonzom me fait un
peu peur. Il est si grand. Et quand il baisse la tête
pour me dire, de sa voix rocailleuse : «Mmmm, alors
mon petit, mmmm? Comment vas-tu aujourd'hui,
mmmm?», il me fait penser à Mounicotte. Allez
savoir. Mais je ne veux pas partir. C'est comme à
Guignol. J'attends que quelque chose se passe, j'espère, je ne suis jamais déçue. J'adore la salle des
rotatives. C'est mon grand-père Paul qui m'y a
emmenée la première fois. Il m'a tout expliqué, je

n'ai pas retenu grand-chose mais cette effervescence me fascine. Je ne sais pas trop à quoi tout ce bruit peut bien servir. Ce que je sais, c'est qu'au bout de la chaîne le journal sort bien plié, encore chaud et odorant d'encre. Et dans ce journal, il y a un peu ma mère. Une histoire de famille en quelque sorte.

Ce n'est pas mal non plus dans l'atelier de Justine. Marie-Rose et moi on s'y arrête tous les soirs quand on ne va pas rue Alsace-Lorraine. Je goûte dans la petite cuisine avec Babé et parfois même j'y fais mes devoirs. Avec Babé. Babé qui sait presque tout et qui s'est décrétée depuis longtemps «superviseuse des devoirs de Blanche puisque personne d'autre qu'elle n'a de temps à consacrer à cette enfant». Babé toujours disponible pour raconter des histoires et faire réciter les leçons. Toujours là pour panser les plaies, bénignes ou profondes.

Une fois mes devoirs terminés, j'ai le droit d'aller dans l'atelier de Justine. Et comme mille petits rituels qui se perpétuent, encore et encore des histoires de famille, je range les bobines de fil par couleurs, les boutons par grosseurs, je ramasse les aiguilles pour les tendre ensuite à Justine (qui se les met bien sûr dans la bouche). Ce que j'aime par-dessus tout, c'est la regarder monter, petit à petit, une nouvelle robe sur le mannequin de bois. D'abord le croquis, le coloriage, les couleurs au pastel. Puis la toile, le choix du tissu et des ornements. La coupe, précise, nette. Justine ne se trompe jamais. Le faufilage et l'assemblage. La vieille Singer à pédale qui répond à

Justine comme si elles ne faisaient qu'une. Elle la gardera longtemps, ne se décidant que très tard à opter pour un modèle plus moderne. La robe, enfin. Parfaite.

Non, Justine ne s'est plus jamais trompée, depuis cette journée mémorable à Paris où elle m'a emmenée avec elle pour la manifestation du MLF. C'est encore mon souvenir le plus marquant. C'est aussi celui qu'on évoque le moins dans la famille. À cause d'une énorme colère et d'une collection ratée. Le plus beau jour de ma vie à moi.

Avec ma mère qui me met sa Remington dans les mains à cinq ans, Justine qui m'apprend à coudre à sept (et à réfléchir sur la condition des femmes bien avant) et Babé qui se charge de tout le reste, je bénéficie d'une éducation complète quoique marginale. Mes camarades de classe font de la danse, du piano ou du cheval. Moi, je tape parfaitement à la machine, je suis bonne en calcul mental et en dessin, je sais faire des boutonnières, le point de croix et je peux distinguer le rouge vermillon du rouge garance. Sans parler de tous les mots savants que je connais (car je sais maintenant ce que veut dire IVG, au grand dam de mon institutrice qui se demande parfois comment je suis élevée). Babé pense qu'avec un bagage pareil, je pourrai choisir le métier que je veux. À huit ans, je veux être grand reporter de guerre. À dix, j'hésite entre dessinatrice de mode, médecin ou nounou. À douze, je décrète que lorsque Justine sera vieille, je la remplacerai. Après être passée par la phase boulangère. Parce que je trouve quand même épatant d'avoir autant de bonbons à sa disposition à n'importe quelle heure du jour et de la nuit. Surtout les grands cornets surprise et les roudoudous. L'effet est à peu près le même chez la papetière. Papiers de couleurs, stylos à bille, à encre, colle Cléopâtre. Tout pour moi n'importe quand. Ce que je voudrais par-dessus tout, c'est me faire enfermer aux Nouvelles Galeries et, toute la nuit, profiter des trésors immenses que le grand magasin offre à mes rêves de petite fille. Juste une fois. Pour voir. Pour voir ce que ça fait d'avoir des cadeaux en dehors de Noël et de son anniversaire.

Le TGV va de plus en plus vite. Je vois à peine passer la gare d'Angoulême. Mes oreilles se bouchent. J'ai presque tout relu. En me rendant compte pour la première fois à quel point j'ai mis de moi dans les souvenirs de ma mère. Comme si je voulais décidément me fondre en elle, jusqu'à devenir elle. Pour balayer ce sentiment confus que j'avais de n'avoir pas su trouver l'équilibre entre ses trop et ses pas assez. Pour qu'elle me voie telle que je suis. Pour qu'elle sache qui je suis.

Et pour que Violette me voie et sache aussi.

J'ai envie d'un café. Mais je n'aime pas marcher dans le TGV. Ça me rend malade.

La femme assise en face de moi dort toujours. Je suis épatée. Elle n'a même pas changé de position. Juste sa bouche qui s'est légèrement entrouverte. Elle n'a pourtant plus l'âge d'avoir fait la fête toute la nuit. Mais il y a des tas d'autres raisons pour passer des nuits blanches. Ou pour dormir sans fin.

Je reprends ma lecture. Les kilomètres filent et me rapprochent inexorablement de Violette.

J'espère n'avoir rien oublié de ce que je peux lui dire de nous.

Août 1979

J'aime bien le collège. C'est finalement mon seul espace de vraie liberté, hors de ma nuée de femmes. Mais je ne m'y rends encore qu'accompagnée de Marie-Rose ou de Babé. Et je commence à avoir de sérieuses envies d'autonomie. Ce n'est pas que Marie-Rose me gêne. Toutes mes copines la connaissent et l'aiment bien. Il faut dire que Marie-Rose, bien qu'elle ait maintenant dépassé la trentaine, fait bien dix ans de moins que son âge. Et elle est plus une grande sœur qu'une nounou. N'empêche. Valentine, ma meilleure amie, va déjà seule au Petit Collège. Alors pour mon passage en quatrième, je dois essayer de faire comprendre à ma mère et à mes tantes que la place du Capitole et le parvis des Jacobins ne sont pas si loin, et que Valentine passe devant la maison pour aller à Fermat, et qu'on peut faire le trajet ensemble, et qu'une fille qui a assisté à sa première manifestation à six ans peut bien aller au collège toute seule, et...

Je leur sers ce grand monologue émancipateur à table, un soir de juillet. Entre les tomates en salade et l'omelette au jambon. En fait, je crois que Maman, Justine et Babé n'ont pas encore très bien assimilé que j'ai grandi. Que j'ai presque treize ans. Que je deviens une jeune fille. On arrête de saucer le pain dans la sauce vinaigrette.

L'évocation de la manif n'était peut-être pas une bonne idée.

«Ben quoi? Vous faisiez quoi, vous, à mon âge?»

Et hop, bond en arrière.

Maman, tu faisais quoi toi à treize ans?

Angèle allait encore à l'école de Montesquieu et c'était si près de la Vigne que Mémé n'avait pas besoin de l'accompagner. Elle se contentait de la regarder partir sur le petit chemin de terre. Pour la dernière année. Parce que l'année suivante, elle s'en allait définitivement à Toulouse vivre sa vie. Personne ne l'accompagnait chez Pigier parce que personne n'était là pour le faire. Elle y allait seule.

Ah! Tu vois! Et toi Justine?

À treize ans Justine avait déjà perdu sa mère, sa grand-mère vieillissait et elle allait à l'école d'apprentissage de Foix en car, toute seule parce que personne non plus ne pouvait l'accompagner là-bas. Et elle est la seule à me sourire quand je parle de la manifestation du MLF.

Je jubile.

Et toi Babé?

Babé ricane. Babé allait à l'école avec ses copines faire les quatre cents coups. Babé rentrait toujours plus tard parce qu'elle était presque tous les soirs punie. Puis Mémé est morte et elle est devenue grande. Bon, elle avait quatorze ans, mais ça ne l'empêchait pas d'avoir encore peur de Mounicotte.

Alors, comment convaincre ces trois femmes dont l'argument majeur est qu'elles n'ont pas eu le choix, qu'elles ont été bien obligées de se débrouiller seules mais que si elles l'avaient eu, ce choix, elles auraient préféré qu'on les accompagne à l'école? Préféré que leurs mères veillent sur elles.

Quelle mauvaise foi. Comme si vouloir aller seule au collège, c'était remettre en cause leur attention maternelle à toutes les trois. Devant ce rideau de fermeté, je m'énerve.

«Franchement, je me demande parfois ce qu'il vaut mieux. Ne pas avoir de mère ou en avoir une tripotée.»

Le teint soudain livide de Maman me rappelle brutalement celui qu'elle a eu, un jour, dans la cuisine de la rue d'Aubuisson, et de la gifle incroyable qui avait suivi. Pourtant, cette fois, je n'ai pas peur.

«Ben quoi, c'est vrai. Quand vous vous y mettez toutes les trois, vous n'avez pas idée de ce que ça fait...»

Non, elles n'ont pas idée. Bien sûr, elles n'ont pas idée. Babé me regarde comme si je venais de l'insulter. Comme si la Blanche qui se tenait devant elle ne pouvait pas être celle qu'elle a si souvent câlinée, protégée, élevée. Elle porte sa main à sa joue, comme moi autrefois. Les gifles de mots sont parfois bien plus douloureuses que les gifles de mains.

Justine ne dit rien.

Et moi je ne comprends pas. Obsédée par mon premier combat d'adolescence, je ne vois pas le désastre que mes propos provoquent. J'insiste et j'enfonce le clou.

« Je suis sûre que Papa aurait dit oui, lui. »

La gifle, c'est moi qui me la suis prise, cette fois. Évidemment, Babé se précipite vers moi. Mais je la repousse. Je suis grande maintenant. Et en colère. Et je veux aller seule au collège. Je ravale mes larmes.

« Vous êtes injustes ! Qui m'a raconté depuis que je suis gamine que c'est votre émancipation précoce qui vous a donné plus de force et d'opiniâtreté qu'aux autres ? Ce n'est pas vous peut-être ? Que personne ne vous a surveillées comme le lait sur le feu, à part Mémé d'accord, et que c'est grâce à ça que vous avez réussi votre vie, toutes les trois ?

— Blanche, ma chérie, ce n'est pas pareil, on n'a pas eu le choix, nous..., avance Justine, dont le calme ne m'atteint pas.

— Et alors ? De toute façon, ce n'est jamais pareil avec vous ! Et puis, qu'est-ce que ça change ? Ça n'a rien à voir. Pourquoi le choix empêcherait que je grandisse ? Mais c'est ça que vous ne supportez pas ! Que je grandisse !

— ...

— J'ai treize ans à la fin. Et je vous dis qu'aller seule au collège à la rentrée, si on compare à tout ce que vous avez vécu toutes les trois, c'est le Manège enchanté.»

J'ai encore la main sur ma joue. Je suis debout et tremblante. Je fais face à mes mères en me demandant comment elles peuvent être si obtuses. Moi qui les trouve si modernes d'habitude. Maman est en colère. Maman va repartir dans ses délires hystériques. Maman ne va plus savoir comment se dépêtrer de ses théories invraisemblables sur l'abandon. Ça m'énerve encore plus. Babé et Justine ne bougent pas un cil. Je lève les yeux au ciel et je me précipite vers ma chambre en claquant la porte. Parce que moi aussi, je sais faire ça.

Je les ai laissées toutes les trois silencieuses, le bout de pain suspendu au-dessus de leur assiette. Chacune dans ses pensées. Fallait-il accepter ce que je demandais ou pas? Fallait-il essayer de se raisonner? Fallait-il voir la vérité en face? Fallait-il faire preuve d'autorité?

Justine milite déjà pour que Maman et Babé acceptent ma demande. Ça fait bien longtemps qu'elle a compris que je ne suis plus une enfant. Peut-être le croyait-elle déjà alors que j'avais à peine six ans. Elle n'est pas indifférente mais elle pense qu'on n'arrête pas le cours du temps. Quelles que soient les circonstances. Et j'ai raison, dit-elle. Face à ce qu'elles ont vécu toutes les trois, aller seule au collège à treize ans, ce n'est quand même pas une affaire. Il faut bien commencer à s'habituer au fait que je ne resterai pas éternellement là, au milieu d'elles.

Babé la regarde éberluée.

«Pas éternellement là? Mais comment peux-tu dire ça? Blanche n'a que treize ans.

— Oui, puis elle en aura seize, et puis dix-huit, et puis vingt... Et un jour, elle filera, comme nous l'avons fait avant elle.

— Justine, tu dis n'importe quoi! Oui, n'importe quoi! Ose dire que tu ne rêves pas qu'elle te succède à l'atelier! Tu as assez vanté ses talents de dessinatrice! Et toi qui as tout fait pour nous attacher à toi, toi, tu dis que Blanche partira un jour? Mais ma pauvre Justine, tu ne crois pas toi-même à ce que tu dis!»

Babé a les arguments qu'elle peut. C'est plus facile pour elle de mettre son propre refus de me voir partir un jour sur le dos de Justine. Elle n'a pas complètement tort mais des trois, Babé est sans doute celle qui se résout le moins à l'envisager. Peut-être parce que des trois, c'est elle qui se sent le plus ma mère. Et qui ne peut admettre sans angoisse et sans mauvaise foi que je puisse un jour me séparer d'elle.

Angèle écoute en silence Justine et Babé se chamailler sur mon avenir. Elle ne sait pas qui a raison et encore moins qui a tort. Mais ces discussions qui l'excluent presque de son rôle à elle la troublent profondément. Si elle est honnête, elle doit me comprendre. Après tout, je ne fais ni plus ni moins que ce qu'elle a fait elle-même il y a longtemps. Elle n'a pas eu le choix, d'accord. Mais aurait-elle supporté que quelqu'un, fût-ce sa mère, vienne s'interposer entre elle et ses désirs? Elle ne sait plus. Sa mère est maintenant trop loin. Elle a fini de l'espérer. Mais elle n'a rien oublié. En haut, elle est aussi lucide qu'elle peut être évaporée quand elle est en bas. En bas, elle détruit tout du puzzle de sa vie. Elle envoie tout valser en hurlant. Déchirant tout autour d'elle. Tout se mélange et plus rien ne s'assemble. Dans un chaos sans nom dont elle sort assommée. Mais en haut, en haut, tout se remboîte parfaitement. Les pièces ont à nouveau un sens et elle peut tout expliquer. Tout redevient cohérent. Il n'y a rien d'autre dans sa vie que des départs, des fuites et des absences intolérables.

Pourtant elle n'est pas malhonnête non plus de ressentir une curieuse démangeaison à l'endroit du cordon ombilical. De se demander ce qui est le mieux pour moi. Trop de liberté. Ou pas assez. Ce qu'elle a fait de moi en m'entraînant dans l'escalier de son fossé. Mais ce qui la fait trancher, ce n'est pas moi. Ce sont les échanges sans fin de Justine et de Babé. Justine et Babé qui prennent décidément trop de place. Justine et Babé toujours entre Maman et moi.

«Blanche ira seule au collège à la rentrée.»

Justine et Babé s'arrêtent net dans leur débat, stérile il faut bien le dire. Elles regardent Angèle et ses

sourcils froncés. Angèle qui ne sait jamais mieux
s'affirmer que lorsqu'elle se sent désavouée.

« Quoi ? Je suis sa mère, non ? Donc, c'est moi qui
décide. Et j'ai décidé. Que ça vous plaise ou non. »

Le chapitre est clos. Justine et Babé connaissent
trop bien Angèle pour ne pas savoir que le moment
n'est plus à la contre-argumentation.

De toute façon, Justine était pour. Babé, elle, se
renfrogne. Elle considère la décision d'Angèle
comme une attaque personnelle, involontaire ou
pas. Ce n'est pas la première fois qu'Angèle prend le
contre-pied de Babé quand il s'agit de moi.
Brutalement, Angèle remet les évidences à leur
place. Et Babé à la sienne. En sachant très bien à
quel point elle est blessante. L'attachement qu'elle
éprouve pour Babé n'y change rien. Encore moins la
petite voix de sa conscience qui lui murmure à
l'oreille qu'elle est incroyablement injuste. Mais elle
n'est pas prête à reconnaître ses manques. Certains
endroits sont trop étroits pour trois. Même pour
deux. Je suis souvent au centre de ces endroits-là.

Planquée derrière la porte de ma chambre, j'ai
tout entendu. Mais je ne veux pas me préoccuper de
ce que je perçois de souffrance dans le silence de
Babé. Ma Babé qui prend les coups sans rien dire.
Babé qui capitule. Babé pour qui là, à cet instant
précis, je ressens la plus forte des tendresses. Je
trouve ma mère abusivement dure mais c'est elle qui
me donne la victoire. Il n'y a que ça qui compte
aujourd'hui. Les fossés qui me séparent d'elles, au

jour de cette première rébellion contre l'autorité maternelle que rien ne les a préparées à vivre, je m'en contrefiche.

L'autre difficulté est d'expliquer mon émancipation nouvelle à Marie-Rose. Et du même coup l'arrêt de son contrat, que l'on pensait éternel. Si Marie-Rose a bien vu que je changeais et que j'avais moins besoin d'elle, elle n'imaginait pas quitter cette famille un jour. Cette famille qui est devenue la sienne. D'ailleurs, ça fait bien longtemps qu'elle ne s'occupe plus que de moi. Et qu'elle habite autant rue Saint-Antoine du T que chez elle.

Mais moi non plus je n'ai pas vraiment réalisé que mes treize ans vont marquer la fin de l'ère Marie-Rose. Entre ange gardien et grande sœur fidèle. Ah non, ça c'est trop dur. Et j'aurais presque renoncé à ma première victoire si Babé, résignée, merveilleuse Babé, n'avait pas imaginé que Marie-Rose pourrait rester en tant qu'hôtesse d'accueil-standardiste-secrétaire de la maison Justine Balaguère.

«Marie-Rose hôtesse d'accueil???»

Marie-Rose, pour peu qu'elle enlève ses pattes d'eph bariolés et ses espadrilles usées, ferait une très honnête hôtesse d'accueil.

Et comme Marie-Rose est prête à tout pour rester, il n'est pas difficile de la convaincre de troquer ses frusques contre un tailleur haute couture. De toute façon, c'est juste pour la journée.

Le 8 septembre, je pars au collège le cœur léger, mon nouveau sac US en bandoulière, fière d'avoir réussi, non sans égratignures, mon premier round d'adolescente. Et pour l'occasion, j'adresse un salut malicieux aux trois têtes de nuages qui passent dans le ciel. «Merci les mecs!»

Mars 1981

C'est à Fermat que j'obtiens mes meilleurs résultats. Ma soudaine et toute neuve liberté me donne des ailes. J'en suis la première étonnée. Moi qui ai plutôt végété jusque-là, qui préfère de loin la salle de rédaction de *La Dépêche* et l'atelier de Justine à l'école, je me prends d'un goût aussi inexplicable que subit pour les études. Même Babé n'arrive pas à suivre. C'est dire. Je suis douée en presque tout. Sauf en latin, ma bête noire. Mais je vais réussir à convaincre ma mère et mes tantes qu'il vaut mieux que j'arrête. Deuxième victoire. Mes notes font baisser ma moyenne générale. C'est idiot. En plus, en seconde, c'est une option. Et puis à quoi peut donc bien me servir une langue morte. «L'érudition, Blanche, l'érudition», me dit mon professeur sur un ton de prêtre en chaire. L'érudition, je n'en ai que faire. Ce n'est pas mon objectif. Je n'aime que les auteurs du XIXe, du XXe, les polars et *La Dépêche du midi.* J'ai quinze ans. Ce n'est pas un âge pour être sage. Même si, pourtant, tout le monde me trouve assez sérieuse. Sans doute l'éducation secrète de Justine qui m'a plongée très tôt dans ses combats d'avant-garde...

Ma meilleure amie, Valentine, ma frangine, mon demi-double, avec qui je suis passée du Petit Collège au lycée, est à l'époque bien plus préoccupée par les garçons et l'apprentissage du *french kiss*, les boums et la mode. Elle a du mal à comprendre ce que je peux bien trouver de passionnant dans mes bouquins. À la limite, Valentine peut se laisser prendre par les intrigues de Barbara Cartland mais Martin du Gard ou Beauvoir, elle trouve ça d'un ennui. Elle a beau me présenter tous les garçons qu'elle connaît (et que je connais aussi, forcément), tous les copains de son frère aîné Julien, rien ne me déconcentre. Mais ça me fait rire. Elle ne sait même pas qui est Élisa Lemonnier.

J'adore Valentine et ses tentatives de débauche.

«Valentine, arrête. Tu sais bien que les mecs ne m'intéressent pas. D'ailleurs je me demande ce que tu leur trouves avec leurs bagues aux dents, leurs boutons et leur rire débile...»

Je sais que Valentine me trouve intello parfois. Et quelle jubilation elle éprouve ce soir de novembre quand elle voit mon regard vaciller. Le coup de foudre, elle en est sûre (ça lui est déjà arrivé au moins quatre fois depuis notre entrée en seconde). C'est à la soirée d'anniversaire de notre copine Odile. Un monde fou, presque tout le lycée. Les parents d'Odile lui ont laissé le grand appartement de la rue Bayard, quartier libre et musique à fond. Jusqu'à 1 heure pas plus. Après on rentre.

Je ne me fais pas prier. J'adore danser. Ce n'est pas incompatible avec la lecture et l'étude. Et j'ai de qui tenir. Je fais même un effort et, dans une sorte d'opération métamorphose à la Marie-Rose, je quitte mes éternels jeans pour une jupe en mousseline de soie fluide à petites fleurs, évidemment faite par Justine. Et un tee-shirt blanc. Mais pas question de changer mes baskets pour une paire de talons qui me rendraient encore plus grande. Je le suis déjà assez. Ah, pour ça, je ne tiens pas de mes Dalton préférés. Justine, 1,62 m, Maman, 1,55 m, et Babé, 1,50 m. Blanche, 1,74 m. Je ressemble à mon père et je n'y peux rien. Babé dit que j'ai de l'allure. Même si le sac US dépareille un peu. Elle fait la moue. J'aime bien me baisser pour la prendre dans mes bras. C'est elle qui a la tête dans mes jupes maintenant. Ça nous fait rire.

Valentine n'a pas complètement tort en voyant Guillaume entrer dans le salon. Ce n'est pas le coup de foudre, enfin, je ne crois pas, mais je suis troublée, ça c'est certain.

Guillaume, terminale C3 à Fermat, frère d'Odile, bientôt dix-huit ans. Demi d'ouverture de l'équipe de rugby du lycée. Plus de bagues aux dents depuis longtemps, plus de boutons et un rire clair et sonore. Guillaume, avenir tout tracé, déjà inscrit en fac de médecine, et grand lecteur de Balzac. Perfide Valentine qui me susurre à l'oreille ce trop parfait curriculum vitae. C'est vrai qu'il n'est pas mal. Je le reconnais.

«Allez, Blanche, invite-le à danser un slow! Vas-y!»

Le groupe Scorpions hurle «I'm Still Loving You», puissance maximale.

«Ce n'est pas plutôt lui qui devrait m'inviter?

— Ce que tu peux être vieux jeu, Blanche! Avec une tante comme la tienne, j'avoue que je ne comprends pas! Regarde, il te regarde, je suis sûre qu'il n'attend que ça!»

Qui de moi ou de Guillaume s'est avancé le premier, je ne m'en souviens plus (Valentine certainement) et on s'en fiche un peu. À prudente distance au début, puis de plus en plus serrés à mesure que la musique s'intensifie. «I'm Still Loving Youuuuuu». Moi dans le cou de Guillaume, les bras enroulés autour de sa nuque. Guillaume dans mes cheveux, respirant une odeur entêtante d'ambre et de patchouli. Mélange limite écœurant que seule Justine supporte. Et Valentine qui jubile, comme si elle avait accompli l'exploit du siècle en me sortant de ma torpeur. Elle sait que je suis déjà «sortie» avec un garçon. Adrien, l'insupportable Adrien, avec qui j'ai grandi et qui m'a tout fait subir, des tortures capillaires aux premiers jeux du docteur. «Je te montre mon zizi et tu me montres le tien, d'accord?» Tu parles. Mais du même coup, j'ai su assez tôt comment rouler une pelle. Ce qui la première fois ne m'a franchement pas emballée. Pour tout dire, j'ai même trouvé ça dégoûtant. J'ai d'ailleurs peu renouvelé l'expérience depuis.

Mais Valentine fait confiance à Guillaume pour me faire rattraper le temps perdu. Et le reste aussi. Ça tombe bien qu'il ait presque dix-huit ans.

À partir de ce soir-là, Guillaume et moi on ne se quitte plus. Il commence par me ramener chez moi à 1 heure du matin après la boum d'Odile. Et bientôt, je me demande pourquoi j'ai fait des pieds et des mains pour aller seule en classe deux ans plus tôt. Puisque Guillaume vient me chercher et me raccompagne chaque jour.

Je ne couche pas avec lui tout de suite. Je me suis toujours dit que je coucherais avec un garçon quand je serais amoureuse. Comme je ne l'ai jamais été, je ne sais pas ce que l'on ressent. J'ai bien une vague idée, germée au contact de ma mère et de Babé. Je suppose que ça doit être un sentiment tellement puissant qu'il peut vous empêcher de vivre bien et même de vivre tout court. Qu'il emporte tout sur son passage. Y compris l'amour qu'on pourrait donner à d'autres. Je suppose tout ça. Et tout ça, je ne le ressens pas pour Guillaume. Alors je ne couche pas avec lui tout de suite. Et puis il y a ces histoires de pilule dont il va falloir parler à ma mère. Spontanément, c'est à Justine que j'en parlerais. Comme je lui demanderais bien si on peut coucher sans être vraiment amoureuse, pour qu'elle me rassure en me disant que oui. Mais il me semble plus honnête d'en parler d'abord à Maman. Marie-Rose et Babé m'ont bien expliqué comment ça doit se passer pour que je sois la plus heureuse possible. L'amour avant tout, Blanche, les sentiments. La curiosité c'est bien mais ça ne suffit pas. Mais j'ai aussi en tête les théories de Justine sur la question et les mots «liberté», «choix», «contraception»... Et la vision de ses relations, aussi multiples qu'éphémères, qui ont l'air de rendre Justine tout à fait joyeuse.

C'est donc avec ma mère que j'ai la conversation la plus sérieuse sur le sujet. Même si j'ai hésité, craignant un instant d'être encore renvoyée dans mon terrier. Mais non. Pas cette fois. Elle est en haut. J'ai une place à côté d'elle. Nous parlons sereinement. Maman n'a pas vraiment suivi les convenances et a été plutôt en avance sur les mœurs de son époque. Elle me raconte sa première fois, avec mon père bien sûr, son premier et seul amoureux. La patience. La douceur. La complicité. L'immense amour.

Je ne suis pas sûre d'aimer Guillaume comme ça mais j'ai quand même bien envie d'essayer. Alors. Alors, parce que de toute façon, elle n'aurait pas pu me retenir, Maman me laisse filer dans les bras de Guillaume. Comme elle m'a laissée filer seule au collège il n'y a pas si longtemps que ça. Justine a raison, on n'arrête le cours de rien.

Moi, je n'aurais pas imaginé être projetée d'un coup, comme ça, en l'espace de quelques heures, dans un autre monde que celui de l'enfance. Simplement parce que j'ai couché avec un garçon. Et pourtant. Le premier matin qui suit ma première nuit avec Guillaume, j'ai l'impression que tout se lit sur mon visage, dans le moindre de mes mouvements. Comme si mon corps mais aussi mon esprit avaient perdu dans la nuit leur vieille peau de bébé pour endosser celle d'une femme. Que les voisins, les profs, les copines, tous devinent ce qui s'est passé. J'en tire une certaine fierté, oui, celle d'être devenue une autre, une grande. Mais ça me gêne terriblement aussi. J'ai l'impression de me promener à poil. Et que dire des regards de ma mère, de Justine et de Babé. Qui savent, bien sûr, puisque l'appartement de la rue Saint-Antoine du T nous accueille Guillaume et moi. Que dire des silences de Maman, de Justine et de Babé. Des silences qui parlent, même s'ils ne signifient pas forcément la même chose pour les unes et pour les autres. Les petits sourires de Maman, de Justine et de Babé. Les deux ensembles que nous formions jusqu'à présent, un pour moi toute seule et mon enfance, un pour elles et leurs vies de femmes, ces deux ensembles se rassemblent. La page est tournée une fois de plus. On grandit encore. Pour ne pas dire qu'on vieillit.

Guillaume cohabite ainsi chez nous pendant plusieurs mois. Il déjeune avec «son harem» trois à quatre fois par semaine et presque tous les weekends. Il bûche ses cours dans ce qui aurait dû être la chambre de Babé pendant que je révise mon bac dans la mienne. Maman, Justine et Babé l'aiment bien. Maman le trouve drôle. Justine le trouve beau mais un rien macho. Babé le trouve sérieux quoiqu'un peu austère. Et ce que chacune pense de lui, il le pense de chacune d'elles. Justine, macho! Mmmh... Il n'y a pas que du faux.

Fréquenter Guillaume ne m'empêche pas de travailler. Le bac approche et je veux l'avoir. Pendant trois mois, je ne sors presque pas de ma chambre ou de la cuisine de l'atelier. Malgré la confiance de Babé, je doute de tout. Et pourtant, je le décroche haut la main, mention bien. On fête ça dignement rue Saint-Antoine du T. J'invite Valentine, reçue de justesse mais reçue, et d'autres amis de Fermat. Guillaume et quelques-uns de ses copains de médecine. Ces joyeuses ambiances rappellent à Maman, à Justine et à Babé la légèreté de leurs soirées au Florida avec Charles. Et quand elles me voient lancer mes chaussures à l'autre bout de la pièce en milieu de soirée, elles éclatent de rire. Même si ça les rend un peu nostalgiques aussi. Voir danser le couple que je forme avec Guillaume rappelle à Maman et à Babé qu'elles aussi ont eu un amoureux un jour. Justine, elle, me fait des clins d'œil. Elle sait que je ne suis pas vraiment amoureuse et qu'il y aura sans doute d'autres Guillaume dans ma vie. En attendant, ça fait un homme dans la tribu. Il y avait bien longtemps. C'est à ça qu'elles pensent toutes les trois. Même si ça ne nous a pas empêchées de vivre. Qu'il n'y ait pas d'homme à la maison.

Justine a définitivement renoncé à établir une liste de ses amants. Ils entrent et quittent sa vie, au rythme de ses collections. Elle ne s'attache à aucun. Je la soupçonne de s'être fait avorter au moins une fois.

Après des années de solitude, Maman a rencontré quelqu'un, qu'elle voit depuis quelque temps, un Italien, Giovanni, qui travaille pour la rubrique «Politique internationale» du journal, mais qu'elle n'a encore présenté à personne. Elle l'a forcément connu «en haut». Quand elle est belle et fantasque. Quand elle aime à la folie. Je me demande s'il a un terrier lui aussi.

Quant à Babé, elle regrette parfois de ne pas avoir tenté sa chance avec Georges. Mais Georges n'a d'yeux que pour Justine et Babé est absurdement fidèle à Henri, l'oiseau des îles. La vie est mal faite.

Et peut-être qu'à cause de ça, peut-être parce que j'ai grandi sans hommes auprès de moi, parce que j'ai vu ma mère et mes tantes se débrouiller seules et vivre bien, en tout cas il me semble, parce que j'ai tout entendu des discours de Justine sur la liberté, seul vrai bouclier contre l'abandon, peut-être qu'à cause de tout ça, je ne suis pas très malheureuse quand Guillaume me quitte pour une étudiante en médecine. Ni très étonnée. Il a dû finir par sentir qu'il n'était pas l'homme de ma vie. D'ailleurs, qu'est-ce que c'est, l'homme d'une vie? Un héros, que la mort fige éternellement dans une perfection inatteignable? Un pantin, remplaçable à volonté?

Guillaume n'est pas un héros. Je n'aurais surtout pas voulu qu'il le soit. Un seul me suffit. D'autant qu'ils ne sont jamais parfaits. Il n'est pas non plus un pantin. Je ne l'aime pas mais c'est un type bien. C'est mieux qu'il me quitte avant que je ne le fasse. Une fois n'est pas coutume. Ça m'aurait ennuyée de le faire souffrir.

Je pleure un peu dans les jupes de Babé, mais plus par orgueil. L'étudiante en médecine est jolie et je suis vexée de n'avoir rien vu venir.

Quant à Justine, elle me pince la joue en rentrant de l'atelier. «Ma fille, un de perdu, dix de retrouvés.» Ça dépend pourquoi...

Octobre 1986

Pour faire plaisir à ma mère et à Babé, je m'inscris en prépa HEC. Justine me voyait davantage dans un métier artistique mais elle sait que son avis ne pèse pas lourd face à celui d'Angèle et de Babé. Elle ne s'est pas approprié cette part-là de mon éducation. Elle n'a pas voulu donner raison à Babé en admettant qu'elle me verrait bien prendre sa suite. Elle se contente de ronchonner au fond de son atelier. Mais quand, au bout de six mois, je décrète que, décidément, les études de commerce ne sont pas faites pour moi et qu'à la rentrée je vais m'inscrire aux Beaux-Arts, Justine explose de joie et de fierté. D'abord elle pense que j'ai un vrai talent pour le dessin et que c'est un sacrilège que d'aller le gâcher dans une école pour carriéristes et, ensuite, elle veut assurer la relève de la maison Balaguère. Avec mon inscription aux Beaux-Arts, elle peut l'espérer.

241

Elle n'est pas mécontente non plus de constater l'influence, discrète mais prépondérante, qu'elle a sur moi malgré tout. Elle avait raison. Et Babé aussi. Je termine donc mon année de prépa et j'intègre les Beaux-Arts, moins pour y apprendre un métier, je laisse ce soin à Justine, que pour y perfectionner mon dessin.

À vingt ans, je partage ma vie entre mes cours et l'atelier de Justine, quelques virées le jeudi soir avec Valentine dans les bars de la place Saint-Georges, et des week-ends en solitaire à Saint-Lizier. On a gardé la maison de Barthélemy sur la place de l'Église, et j'y passe toutes mes vacances depuis que je suis née. J'y ai des amis, des souvenirs, des accroches indéfectibles. J'aime ouvrir mes volets le matin sur la chaîne des Pyrénées, dont la pointe est à peine éclairée de soleil, promesse d'une belle journée. J'aime les promenades dans la campagne rousse. Elles me rappellent celles que je faisais avec Babé quand j'étais petite, puis adolescente et puis les autres, quand toute la famille se réunit ici. Aujourd'hui encore. Parfois, je pousse jusqu'à Montesquieu, voir ce qu'il reste de la Vigne, pas grand-chose à vrai dire de la petite maison de pierre et de l'enfance de mes trois mères. Il n'y a qu'au cimetière que rien ne bouge. Je m'assieds sur le coin de la tombe de Mémé, en regardant celle de Clémentine, juste en face, et je fume une cigarette en attendant que le soleil se couche. Je pense à l'enterrement de Papé Paul, ma première rencontre avec la mort, mon premier vrai jour de tristesse, ma première prise de conscience de la fragilité de celles que je croyais encore indestructibles. À la proximité qui a été la nôtre ce jour-là. À ce qu'elles ont commencé à me dire d'elles et de nous. De leur vie ici. Avant les hauts et les bas. Et c'est ici précisément que je sens le plus tout ce que ces femmes m'ont donné. Un sens de la terre. Des odeurs. Des couleurs. Une certaine idée de l'espoir. Le sens des racines. Savoir d'où l'on vient. Pour savoir où l'on va. Laisser le temps s'écouler tranquillement. Doucement. Ne pas trop regretter. Aimer la vie. Coûte que coûte. Malgré les attentes interminables, les désirs inassouvis et les espoirs enfuis.

Quand je reviens de Saint-Lizier, je suis régénérée, renouvelée. J'ai une pêche d'enfer, je suis prête à tout. Puis quelques jours de nouveau dans les bruits toulousains, dans le quotidien, et je retrouve mes habitudes. Les cours, l'atelier, les bars, Valentine, les copains, Marie-Rose, Maman, Justine et Babé.

Je reste deux ans aux Beaux-Arts. Le temps d'apprendre l'essentiel des techniques graphiques, de perfectionner mon sens des couleurs. Justine me dit que j'en sais déjà beaucoup et que le reste, je l'apprendrai à l'atelier. Que la plupart des grands couturiers n'ont pas fait d'école, qu'ils ont appris sur le tas chez d'autres grands couturiers. Comme Ridel. Comme elle. Que j'ai cette chance-là, d'avoir l'atelier de Justine Balaguère à ma disposition.

Et que, si je le veux, je dessinerai la prochaine collection automne-hiver avec elle.

Juin 1987

En dix-sept ans, la maison de couture Justine Balaguère a triplé son chiffre d'affaires, emploie dix personnes à plein temps (dont Marie-Rose, irremplaçable hôtesse d'accueil-standardiste-secrétaire en tailleur haute couture), compte une cinquantaine de clientes fidèles dont chacune possède son propre mannequin à ses mensurations exactes et la même vendeuse. Je me suis rapidement rendu compte de l'enjeu et de la confiance que Justine place en moi. Créer ma propre collection, c'est dire au monde entier que je suis capable d'assurer la relève. Que je lui ressemble. Bien plus que je ne le crois. Bien plus que tout le monde ne le croit. Je suis aux anges et en enfer. Maman aussi. Justine aussi. Babé aussi.

On se serait cru revenu aux temps de Francis Ridel, de Justine travaillant comme une damnée, des heures d'essayage et de frustration quand les robes ne tombaient pas correctement. Ce temps lointain où tout le monde s'y collait, pleurait, riait, s'engueulait. Ce temps où je regardais ce remue-ménage sans broncher, habituée que j'étais depuis toujours à vivre dans cette ruche.

Moi, j'aime ça. Ça ne me dépayse pas. Et je n'ai jamais trop aimé les changements. J'ai eu ma dose avec Maman.

Ma mère s'est recollée devant sa machine à écrire pour préparer un article tonitruant. Justine supervise mes dessins, conseille, refuse, trop banale cette robe, trop lourde, approuve. Babé veille sur moi, comme d'habitude, me fait du thé au jasmin, vide les cendriers, «tu fumes trop ma chérie», achète des cigarettes par cartouches. Elle ne se demande pas si je vais réussir mon baptême de styliste, elle est sûre du talent de sa petite. Si Justine m'a confié la collection, ce n'est pas pour rien. Mais elle trouve que je ne dors pas assez et ça l'inquiète. Parce que, fatiguée, je ne suis bonne à rien. Petite, si je n'avais pas mon content de sommeil, je pleurais pour un rien. Et ça n'a pas beaucoup changé. En même temps, Babé sait bien comme ça fonctionne. Justine a passé mille nuits blanches sur ses modèles. On ne fait pas marcher une maison de couture en se roulant les pouces. La tradition se perpétue. Babé ne peut que s'en réjouir. Tant pis pour le sommeil. Et pour les cigarettes.

De son voyage en Indonésie, Justine a gardé un goût profond pour les couleurs vives dont elle a fait la marque de sa maison. Je n'essaie pas de changer quoi que ce soit à ça dans la collection que je veux présenter. D'ailleurs, moi aussi, j'ai un penchant pour les tissus chatoyants. Mais dans une époque classique et assez monotone, je veux tenter le baroque, esprit XVIIIe siècle, lourds manteaux de brocart or, robes de soie sauvage cuivre et dentelles blanches, escarpins et bottines en velours assortis. Du rouge grenat ou tomette, du violet lie de vin. Justine dit qu'il y a dans mes dessins un je-ne-sais-quoi qui lui rappelle sa première collection au musée du Capitole, celle de l'or contre l'argent de Ridel. La patte Justine Balaguère. Que je respecte autant que possible en y ajoutant ma touche à moi. Mon peu de goût finalement pour mon époque et une mode actuelle peu originale. Mon attrait pour la magnificence et la lumière. Celle du bout du terrier. Des robes immettables, en gros. Mais c'est beau quand même. Et on n'attend rien d'autre.

« Tu ne veux pas te marier, Blanche ?

— ...

— Quoi ? Tu ne te verrais pas entrer dans Saint-Sernin avec une robe de mariée pareille, Haendel en marche nuptiale ? Et ton mari, tel Louis XV, canne à la main et perruque poudrée !

— Babé, tu te moques de mes modèles ! Ça ne te plaît pas ? »

Babé s'en veut tout de suite. Elle s'en veut d'autant plus qu'elle aussi, un jour, a voulu une robe de mariée improbable. Et qu'elle l'a eue.

«Bien sûr que si, ça me plaît, ma chérie, tu le sais bien. Je te voyais juste entrer à l'église avec... cette robe immense... lourde... et...»

J'enfouis ma tête dans les jupes de Babé. Mes épaules se soulèvent de plus en plus fort.

«Pardon, ma chérie, pardon, ne pleure pas... Excuse-moi, tu sais bien que je suis ta première admiratrice, Blanche, regarde-moi, tu le sais.»

Et moi, je ris, je ris, et je ris encore de voir Babé, ma tendre et drôle Babé, s'enferrer dans de plates excuses, et de la vision de mon entrée à l'église dans cette robe importable au son austère d'Haendel.

«Tu n'es qu'une affreuse chipie, Blanche!»

Et Babé rit avec moi. Jusqu'à ce que nos côtes n'en puissent plus.

Importable ou pas, ma collection automne-hiver recueille un certain succès. Et quand Justine vient me chercher pour saluer l'assistance, je ne suis pas peu fière. Du travail accompli et de cette ascendance extraordinaire dont je suis issue, de ce trio de femmes incroyables qui m'ont amenée là. Aussi sûrement que le jour se lève tous les matins. Maman et ses contrastes. Justine et ses combats. Babé et sa patience. Marie-Rose et ses «Vas-y fonce, ce que tu prends, c'est de l'acquis, on ne peut pas te le reprendre». Elle se trompe sans doute Marie-Rose, parce qu'on peut toujours perdre ce qu'on a obtenu, même chèrement. Mais ce n'est pas grave, ça fait du bien à entendre.

Tout le monde vient voir la présentation, Valentine en tête bien sûr, M. Grandjean (qui fait un peu partie de la famille, quoi qu'il en dise, mais qui ne vient pas pour moi, bien sûr...), M. Bonzom et son gros cigare, M. Braband, qui commence à être hors d'âge et dont le dentier ne tient pas très bien. Même Guillaume que sa copine étudiante en médecine a absolument voulu traîner au défilé. Mais je m'en fiche royalement de Guillaume et de sa copine étudiante en médecine. Je suis polie, je leur parle au moins trois minutes et je prétexte ma mère à voir pour les planter là, un peu vexés que la vedette du soir ne fasse pas davantage attention à eux.

Comme il se doit depuis les débuts de la maison Balaguère, on fête mon succès aux Douze Lampions, devenu restaurant fétiche et cantine. On rit énormément. Justine, qui ne se fait plus de souci pour l'avenir de sa maison, est complètement ronde. Babé n'est guère plus en forme. Après quelques pas de danse titubants, elles sont retournées s'asseoir à la table avec les autres.

Je cherche ma mère. Elle n'est pas dans la salle à manger. Elle est assise dans un coin de la salle qui fait bar et piste de danse à la fois. Celle d'où Justine et Babé sont revenues, instables. En lui faisant signe de les rejoindre. Mais Maman ne bouge pas. Elle éteint une cigarette et en rallume une autre immédiatement. Je vois ses mains trembler à la flamme de l'allumette qui vacille. Valentine me chuchote une bêtise à l'oreille. Elle rit. Moi, je suis figée. Mes yeux

ne quittent pas les mains de ma mère et son visage
atone. Quelque chose ne va pas. L'odeur d'humidité
et de renfermé m'envahit. Le terrier n'est pas loin. Il
m'appelle. Tout d'un coup, Maman se dresse de sa
chaise et se dirige en courant vers la piste de danse.
J'entends son rire suraigu qui couvre la musique.
Elle se met alors à tourner, tourner, tourner encore,
pieds nus, les bras levés au ciel, dans une sorte de
ronde convulsive. Les autres danseurs l'ont entourée
et tapent dans leurs mains en chantant. De plus en
plus fort. De plus en vite. Et Maman continue de
tournoyer en riant. Le bruit qu'ils font est assourdissant et semble rendre ma mère encore plus hysté-
rique. Je suis immobile, tétanisée par la peur. Je n'ai
jamais vu ma mère comme ça. Même en haut, elle
ne va pas plus loin qu'un entrain parfois démesuré
mais plus fatigant qu'inquiétant. En bas, c'est encore
autre chose. En bas, elle ne bouge plus, ne parle
plus, ne vit plus. En bas, je suis dans mon terrier et je
ne vois rien. Mon terrier. Havre de paix. Valentine
suit mon regard. Son sourire s'efface. Elle me
regarde. Me prend la main. Je lui souffle d'aller
chercher Justine et Babé. Seulement Justine et Babé.
Je ne veux pas que les autres la voient comme ça.
M. Bonzom. M. Grandjean. Tous les autres.
　Je n'ai pas bougé d'un centimètre quand j'ai vu
ma mère tomber. Je n'ai pas bougé davantage
lorsque les cris des danseurs ont cessé, remplacés par
un silence odieux. Ni quand Justine et Babé se sont
précipitées vers elle pour la ramasser. La ramasser.

C'est le seul mot qui me soit venu à l'esprit. Pas relever ou redresser. Ramasser. Parce que ma mère n'était rien d'autre, là, à cet instant, qu'un vieux chiffon informe et sans vie. Justine et Babé ont emmené Maman dans les toilettes. Je les y ai suivies, mécanique, sans un mot. En plantant Valentine en haut de l'escalier d'un regard. Justine et Babé ont assis Maman sur la cuvette, elles lui ont mouillé le visage et les mains, elles l'ont fait respirer à fond. Son rimmel noir coulait misérablement sur ses joues. Son chemisier et sa jupe étaient couverts de poussière. Ses collants filés à plusieurs endroits. Je suis restée dans l'encadrement de la porte à regarder cette femme qui est ma mère, comme si je la voyais pour la première fois. Réalisant d'un coup, ce soir où la joie de mon succès était immense, l'immensité de sa solitude et de son chagrin. Mesurant au nombre de trous sur ses jambes et aux sillons de son rimmel l'étendue du fossé, du haut jusqu'en bas et combien le bas était profond. Aussi profond que le fond de mon terrier où j'aurais bien voulu me réfugier.

Appuyée contre la porte des toilettes, je me mets à pleurer. Justine et Babé, brouillées par mes larmes, entourent Maman d'une attention et d'une tendresse infinies et je voudrais qu'elles m'entourent aussi. J'ai envie de hurler, de frapper ma mère alors que je ne l'ai jamais sentie aussi malheureuse. Pourquoi ce soir justement ? Pourquoi ce soir ? Maman se remet debout, elle s'avance vers le lavabo. Elle se lave les mains. Elle relève la tête. Je regarde son visage, juste devant le mien, dans le miroir qui nous fait face. Pour la première fois, je remarque à quel point ils sont identiques. Aussi blancs l'un que l'autre. Le mien dévasté par la peur. Le sien par la tristesse. Et la même immense solitude. Je ne ressemble pas à mon père. En tout cas, pas ce soir.

On est rentrées à la maison en silence, Maman et Babé en taxi, Justine et moi dans le coupé MGB GT rouge de mon père. On a laissé tout le monde en plan aux Douze Lampions, sans donner aucune explication mais il nous a semblé que ce n'était pas nécessaire. Il m'a surtout semblé que tout le monde en savait bien plus que moi. Babé a aidé Maman à se coucher puis elle nous a rejointes dans la cuisine. Nous sommes épuisées, défaites. J'ai l'impression que l'ombre de Mounicotte flotte au-dessus de nous. Je l'entends presque ricaner. Justine prépare de la tisane. Elle dit que ça nous fera du bien. Babé acquiesce. Je ne vois pas comment une tisane pourrait me réparer mais je ne dis rien. Je n'ai pas envie de parler. Je finis par quitter la cuisine.

Assise sur mon lit, dans le noir, je pleure comme une Madeleine. Il me semble que c'est le seul moyen que j'ai pour déverser ma rancune, ma fureur et mon chagrin. Pour les faire sortir de moi. Je redeviens d'un coup la petite loutre bleue abandonnée au fond de son terrier. Il n'y a plus de défilé. Il n'y a plus de succès. Il n'y a plus de lumières. Il n'y a plus non plus la douleur et la solitude de ma mère. Il n'y a que les miennes.

Je me mets à tout lui reprocher, du comportement le plus insignifiant aux attitudes les plus dures. De s'être volontairement enfermée à double tour avec ses démons, de n'avoir rien fait pour les dompter, au moins les apprivoiser. De s'être laissé malmener, martyriser par eux. De n'avoir pas su m'expliquer les hauts et les bas. D'avoir laissé ses angoisses me malmener et me martyriser de la même façon. Un coup les baisers, un coup le terrier. Au milieu presque rien. Débrouille-toi pour comprendre. D'avoir soigneusement tailladé son visage de mère, un côté pur et sublime, l'autre hideux, en me laissant m'arranger de ces deux faces. Je ne veux pas qu'elle s'abîme. Je ne veux pas qu'elle se blesse, qu'elle se griffe. Et je ne veux pas l'abîmer, la blesser, la griffer en ne sachant pas quel côté de la photo est le plus vrai.

J'ai cinq ans de nouveau. Je veux être le centre du monde. De son monde. Rester au sommet avec elle. Me noyer sous ses baisers. Mon trésor. Ma chérie. Ma petite loutre bleue d'amour. Ce soir, je ne suis rien de tout ça. Ce soir, nous sommes en bas du bas. Ce soir de mon premier vrai point de rupture, je hais aussi mon père, ce père inconnu et absent qui m'a toujours volé ma mère, qui a toujours eu plus de place que moi dans sa vie, en haut, en bas, peu importe, qui a toujours empêché qu'elle soit complètement à moi, qui m'a toujours empêchée d'arriver

complètement à elle. Si seulement il était encore là.
Mais comment un mort peut-il avoir plus de force
que moi qui suis vivante ? VIVANTE. Maman, je suis
vivante, je suis là, je suis ta fille, ta fille...

J'en suis là de ce flot de pensées incohérentes,
issues d'un cerveau de cinq ans et de plus de vingt en
même temps quand Babé vient me prendre dans ses
bras. Je ne l'ai pas entendue entrer mais j'ai senti son
parfum, reconnaissable entre mille, ce parfum léger
et fruité qui flotte invariablement dans l'air quand
j'ai peur. Je me laisse bercer, comme quand j'étais
petite. Je me fonds dans ses jupes et je pleure de plus
belle. Je pourrais presque la laisser me moucher. Et
comme d'habitude quand je suis blottie contre elle,
je m'apaise. Je l'écoute me dire que je ne dois pas en
vouloir à ma mère. Que je suis grande maintenant,
que je peux comprendre. Que sa dépression ne lui
laisse pas beaucoup de répit. Que les événements
heureux n'y changent rien. Au contraire peut-être.
Elle est toujours à fleur de peau, sur le fil, et même le
bonheur peut la déséquilibrer, surtout quand il est si
intense, comme ce soir, et qu'il ravive l'absence de
Charles. Elle ne guérira pas de ça.

« Mais une dépression, ça se soigne, que je sache.
Il y a des médicaments, des thérapies...

— C'est bien plus compliqué, ma chérie... Ton
oncle Henri a su assez vite que c'était plus grave que
ça. À l'époque, ta mère ne voulait pas voir de psychiatre et c'est ton oncle qui la soignait. Il a fait ce
qu'il a pu. On a tenu comme ça jusqu'au départ

d'Henri. Après, ta mère n'a plus voulu entendre parler de médecin. Elle a juste continué à prendre les médicaments que ton oncle lui prescrivait...
— Elle est comme ça depuis quand?»
Il me semblait à moi que c'était depuis si longtemps.
Babé a souri tristement. Comme si elle hésitait à aller plus loin, si peu sûre de l'effet que ce qu'elle allait dire aurait sur moi...
«Les troubles sont apparus quand tu es née... C'est vrai... Je ne voudrais pas avoir à te raconter ça... C'est si difficile... Ton père venait de mourir et ça, ça l'avait anéantie, brisée. Tu ne peux pas imaginer. Si tu l'avais connue quand elle est arrivée à Toulouse, les yeux brillants d'excitation, affamée de vie et d'ambition... Et quand elle a rencontré ton père, tout ça s'est démultiplié. Elle était si vivante... Si vivante et si forte...»
Babé s'est tue quelques instants. Laissant les souvenirs remonter à elle. À moi.
«Ils étaient si formidables tous les deux, si énergiques, si amoureux. Charles était si heureux quand ta mère lui a dit qu'elle était enceinte... Ils t'attendaient comme le messie, si, si, je t'assure! Mais ils ont eu si peu de temps... Ton père est mort trois mois plus tard et tout a basculé. Justine et moi on pensait que, avec toi, elle allait s'en sortir. Que tu l'aiderais à remonter la pente. Qu'elle se concentrerait sur toi et que tu comblerais le vide laissé par la mort de ton père. Que tu la sortirais de ses sables

mouvants. On le croyait vraiment. On s'est trompées...Elle n'a laissé personne l'aider. Le jour où tu es née, elle s'est isolée un peu plus. De nous, et de toi aussi...»

Babé se tait. Je la sens perdue. Partagée entre la nécessité de me dire la vérité et celle de me protéger. J'ai conscience qu'elle ne me dit pas tout, parce que ce serait trop difficile pour elle et pour moi. Je dois sans doute comprendre entre les lignes, dans ses silences et ses soupirs que ma mère est tombée malade à la minute où je suis venue au monde. Que si la mort de mon père a préparé le terrain et que si c'est sans doute bien plus compliqué que ça, c'est bien ma naissance qui a enclenché le processus infernal. Et Babé ne peut pas me dire ça.

Des images me reviennent en mémoire. Des pantins multicolores et une ombre sur mon visage. Une drôle de sensation d'oppression. Un carnage dans ma chambre et des Barbie qui volent. Un terrier. Mais aussi des baisers brûlants, des bras qui me serrent à m'étouffer. Des éclats de rire tonitruants, des rondes folles.

Je ne comprenais pas. Mais je ressentais tout.

Je me redresse. La fureur revient. Après tout, Justine et Babé aussi ont été malheureuses, ont perdu leur centre du monde, le centre de leur monde. Elles n'ont pas sombré pour autant.

Et moi, je ne suis pas responsable de l'état de ma mère. Je ne peux pas être responsable de ça. Je ne veux pas.

«Ma chérie, ma chérie, bien sûr que non tu n'es pas responsable de tout ça. Bien sûr que non. Personne ne dit ça, personne. Et personne ne le pense. Je sais que tu es en colère contre ta mère. Mais tu dois essayer de la comprendre. Il le faut. Tu sais, elle semble forte comme ça, mais elle est fragile. La plus fragile de nous trois sans doute...Tout le monde ne réagit pas de la même façon face au chagrin. Ou à l'abandon. Ta mère a été beaucoup abandonnée. Justine a eu son métier, ses conquêtes, le MLF! Moi je t'ai eue toi, mon vrai petit miracle tout blond...»

Elle se tait, consciente une fois de plus que ce n'est pas elle qui aurait dû m'avoir pour s'accrocher à la vie.

Ce soir, Angèle n'est pas en état de le lui reprocher.

Je me serre encore plus contre Babé. En silence. Il n'y a plus rien à dire.

La nuit dans les bras de Babé n'a pas atténué ma colère. Même si j'ai tout entendu de ce qu'elle m'a dit. Même si je comprends que ma mère ne peut pas grand-chose à son état, qu'elle n'en est pas responsable. Qu'elle ne l'a pas choisi. Mais elle aurait pu choisir de se soigner. C'est ça qui me met en rage. Qu'elle ne se soigne pas ou si mal. Et que personne ne l'aide.

Même pas moi, qui passe les jours suivants enfermée dans l'atelier de Justine à gribouiller des croquis qui ne valent pas un clou, en refusant de la voir. En

257

pleurant pour un rien. Babé s'inquiète. Justine s'interroge. Puis, n'en pouvant plus devant ces accès inédits de larmes, incompréhensibles après ma réussite, elle m'interroge, moi. Et je lâche tout, je vomis ma rancune et ma fureur dans un flot de paroles dont Justine a toutes les peines du monde à comprendre le sens. Sans oublier d'ajouter combien je les trouve lâches, Babé et elle, de n'avoir pas obligé Maman à se soigner. De l'avoir laissée se débattre toute seule avec ses angoisses. De l'avoir abandonnée, elles aussi. Comme Augustine. Comme Charles. D'avoir permis la crise, la honte, de la soirée aux Douze Lampions. Justine tombe des nues et encaisse le coup.

Justine. Justine tombe toujours des nues mais jamais la tête ne lui tombe des épaules. Après. Extraordinaire Justine qui voit la vie comme un patron, brouillon d'abord, puis au fur et à mesure qu'on s'acharne sur lui, le brouillon prend forme, se dirige dans la direction qu'on lui donne, se précise, s'affine pour ressembler au point près à ce qu'on a voulu qu'il soit. Parce qu'on y a mis toutes ses forces.

Il ne lui faut pas longtemps pour se relever de ce knock-out. Pourtant, elle est abasourdie. Elle se reproche d'abord de n'avoir rien vu, ou rien voulu voir de l'état de Maman, de s'être laissé persuader que les médicaments d'Henri étaient suffisants et que pour le reste, eh bien, c'était comme ça, la vie, ses hauts, ses bas, trop concentrée qu'elle est parfois sur sa vie à elle, son atelier, ses collections. Si seulement Henri, avant de partir, lui avait expliqué que c'était plus grave que ça. Elle n'en veut pourtant à personne. Elle non plus n'a pas toujours tout dit. Elle est peut-être aveugle mais pas insensible. Et s'il y a bien quelqu'un qui comprend, c'est elle. Malgré ses airs libérés et parfois lointains, ne s'est-elle pas attachée à construire un rempart autour d'elles, un rempart solide mais dont elle connaît les failles. Des failles, il y en a dans tous les murs, aussi hauts et épais soient-ils. Ce qui compte, c'est de cimenter les trous quand ils apparaissent. Et ça, elle sait faire.

Alors elle prend les choses en main. Dans sa liste d'amoureux multiples, il y a un psychiatre. Il faut bien que ça serve à quelque chose. Et d'avoir une multitude d'ex et de connaître un psy. Elle va l'appeler. À charge pour Babé de parler à Maman et de la convaincre. De lui expliquer que la crise de l'autre soir est la plus violente qu'elle ait jamais eue et qu'elles ont eu peur pour elle. Qu'elle ne peut pas continuer comme ça. Que les médicaments ne suffisent visiblement plus à la soulager.

Maman écoute Babé, les yeux rivés au sol de la cuisine. Maman est revenue au milieu et on peut l'atteindre. Et Maman sait tout ça. Maman sait ce qu'elle a fait l'autre soir et combien elle m'a blessée. Ce n'est pas l'inquiétude de Justine et de Babé qu'elle entend. C'est mon enfermement. C'est mon terrier qu'elle voit enfin. Ce sont mes croquis déchirés. Ma rage et l'intensité que je mets à dire que je suis mauvaise et nulle et inutile. Comme elle quand elle est en bas. Maman réalise que je pourrais me

259

retrouver au bord du fossé à mon tour si personne n'y prend garde. Si elle n'y prend pas garde. Connaître la joie des sommets et les blessures de la chute. Elle sait bien tout ce que l'on transmet de non-dits et tout ce que l'on oblige ses enfants à reproduire dans ce que l'on est ou ce que l'on n'est pas. En se dédouanant comme on peut. En espérant qu'ils auront plus de courage pour se défaire des malédictions. Mais ce n'est pas forcément vrai. Et Maman n'a pas besoin des tendres supplications de Babé pour admettre qu'il est peut-être temps de combler le fossé. Et le terrier.

Ma culpabilité à moi est au moins égale à la sienne. Je la regarde enfin, droit dans les yeux, en essayant de balayer de mon regard la moindre trace de rancœur et de dureté. Je ne sais pas si j'y parviens. Les débuts sont difficiles. Maman et moi nous tenons à distance. Incapables encore de savoir quels pas nous sommes prêtes à faire l'une vers l'autre.

Et Justine l'accompagne voir son ami psychiatre. Elle lui a tout expliqué et à quel stade de la maladie il arrive. Justine est encore la seule à parler de maladie. Justine n'a jamais eu peur des mots. Ni de celui-là, ni de ceux que le psy nous assène, lors de l'unique rendez-vous où il nous reçoit toutes, en marge du premier de Maman. Épisodes dépressifs ou maniaques, troubles obsessionnels, comorbidité, psychotropes, pulsions suicidaires. Nous ne le reverrons plus. En le souhaitant presque, tant notre culpabilité a trouvé dans sa bouche toutes les raisons d'exister. Nous savons maintenant quoi faire pour aider Maman sinon à aller mieux, au moins à aller. Avant de quitter son cabinet, il m'a retenue un instant et glissé tranquillement qu'il ne serait peut-être pas inutile que je voie un de ses confrères. Sur le coup, je n'ai pas compris ce qu'il voulait dire. L'idée a ensuite fait son chemin. Les hauts et les bas sont transmissibles. Comme tout le reste. Jusqu'à ce qu'on décide qu'ils ne le sont plus. À moi de voir.

Nous n'avons plus parlé du docteur Rouzaud qu'entre nous, de temps en temps, dans la cuisine, sans Maman. Ce qui se passe dans son cabinet n'appartient qu'à elle et elle n'a rien lâché là-dessus. Elle le voit trois fois par semaine. Je suppose que ça se passe bien parce qu'à ce rythme-là et connaissant ma mère, elle aurait déjà tout envoyé promener si elle ne l'avait pas apprécié. Mais non. Elle fait preuve d'une constance tenace. Si, au début, elle y allait visiblement par obligation, petit à petit, elle semble se réjouir de ces rendez-vous. Elle se maquille et s'habille avec soin, redevient coquette. Je me demande même ce qu'en pense Giovanni. Mais un psy n'est pas un homme, d'après Justine.

« Pourtant avec toi, c'est bien ce qu'il a été, non ?

— Oui mais moi, ce n'était pas mon médecin. »

Fin de la discussion.

Début du long chemin de la stabilité.

Je veux le croire. En essayant de ne pas trop me laisser aller à la facilité, celle, si pernicieuse, qui nous a toutes aveuglées jusqu'ici.

Janvier 1988

J'apprécie Giovanni. Je sais que Maman ne l'aimera jamais autant qu'elle a aimé mon père mais depuis qu'elle est avec lui, je la trouve presque épanouie. Les secrets qui se dénouent enfin sur le divan du docteur Rouzaud y sont sans doute pour quelque chose. Les doses massives de psychotropes aussi. Et donc peut-être bien Giovanni. À défaut de croire à la force de notre soutien, nous qui avons pourtant bien intégré les recommandations du psy, je crois au sien. Il faut bien que je m'accroche à quelque chose. C'est sans doute pour ça que j'aime bien Giovanni. On n'a cependant parlé de rien ensemble. Je veux dire de la maladie de Maman. Les tabous ont la dent dure. Je croyais que dans cette famille anormalement émancipée, il ne pouvait pas y en avoir. Je me trompais. La première à ne presque jamais évoquer les troubles de Maman étant moi. Honteuse malgré tout. Je n'ai pas envie de parler du terrier.

Giovanni parle bien français, avec ce sublime accent grâce auquel, je suppose, il a séduit Maman. Il a un air de Robert De Niro jeune. Les yeux bleus. Un gros nez. «Ma quand yé mé mouche yé la impressione de serrer la main de oun copaine.» Phrase culte que Babé ne peut pas entendre sans crier pitié pour ses zygomatiques. Depuis qu'ils se fréquentent, Maman sort davantage et travaille moins. De toute façon, elle a définitivement renoncé à faire une grande carrière. Elle y a renoncé à la mort de Papa. Sans lui, à quoi bon. Je peux comprendre qu'elle se refuse à admettre que ses hauts et ses bas conjugués sont bien plus responsables de ça qu'autre chose. Et puis, c'est Justine la gloire de la famille. Peut-être une raison de plus pour se laisser aller et s'enfermer. Elle en a été jalouse parfois. Maladivement dans les périodes basses. Raisonnablement autrement. Sa place d'aînée de cette tribu de femmes lui a fait croire que c'était à elle d'ètre la meilleure. En tout. Pour Augustine, si un jour elle revenait. En bas, elle se demande ce que Justine a de plus qu'elle. En haut, elle s'en veut de penser de telles inepties. Ça lui arrive souvent autour de l'anniversaire de la mort de Papa, où, quel que soit son état, elle déteste tout le monde, à commencer bien sûr par celles qu'elle aime le plus. Qu'elle soit en haut, en bas, ou même au milieu. Malgré les médicaments et le docteur Rouzaud. Quand elle est comme ça, j'ai peur qu'elle ne retombe. Atrocement peur. Irraisonnablement peur. Même si je sais que le

264

trou n'est plus si profond et que la chute est moins rude. Et qu'il n'y a plus eu de bas si bas que ce soir de ma première collection.

Je suis fière d'elle, de cet équilibre fragile qu'elle essaie coûte que coûte de préserver. De ce qu'elle fait au journal. Je la trouve aussi belle que lorsqu'elle était férocement en haut. Élégante et vive. Jamais une faute de goût. Pétillante. Drôle, si drôle. Faisant le pitre pour un rien. Surtout depuis Giovanni. Elle réussit le pari presque irréalisable de maintenir son état dans ce qu'il a toujours eu de plus séduisant. Celui que j'ai tant adoré. Celui des baisers fous et des loutres bleues d'amour. En plus doux. En plus paisible. Mais pas en moins fort.

Giovanni ne dort pas rue Saint-Antoine du T. C'est Maman qui va dormir chez Giovanni. La chambre de la rue Saint-Antoine du T reste un sanctuaire où seul mon père continue, éternellement, d'avoir des droits. Même s'il n'y a jamais couché. C'est comme ça. Et personne n'y trouve à redire. Même Giovanni paraît s'en satisfaire. De toute façon, il n'a pas le choix. Il aime Maman.

Pourtant, il ne comprend pas bien le fonctionnement amoureux de notre tribu d'arpettes. Justine semble s'épanouir à merveille dans des bras aussi musclés qu'éphémères. Babé voue au célibat un culte inébranlable. Angèle n'est pas complètement à lui. Et moi je n'ai pas d'amoureux. Enfin, d'amoureux officiel, comme on doit en avoir à vingt-deux ans. Il faut dire qu'il est quand même très italien.

«Ma tou né veux pas de bambino?

— Je ne sais pas... je suis encore jeune tu sais!

— Ma tou as vingt-dé z'ans! Cé n'est pas jeuné pour faire oun bambino? É oun femme sans bambino, c'est pas vraiment oun femme!»

Justine et Babé ont apprécié.

«Peut-être que je veux avoir un enfant, mais en tout cas je ne veux pas de mari!

— Santa Maria, ragazza, et comment tou fais pour avoir l'enfant alors?

— Mais tu viens de quelle planète Giovanni? Tu sais, aujourd'hui, les femmes peuvent avoir des enfants toutes seules. Elles sont libres de ça. *Elle a fait un bébééé toute seullle, elle aaaaa fait un bébéééé toute seuleuuuu!!*»

Ça me traverse bien l'esprit de temps en temps, de faire un bébé toute seule. Au moins, c'est moi qui l'aurais décidé. Pas de risque que le père disparaisse pour une raison ou pour une autre. De toute façon, vu la tournure que prend ma vie sentimentale, un vrai fiasco (enfin, pour Maman et Babé), je n'aurai peut-être pas le choix. Je suis incapable de m'attacher à un homme. Trop dur, trop mou du genou, trop ambitieux, trop lâche, trop coureur de jupons, trop sangsue, trop beau, pas assez. Pas un qui ne convienne, pas un qui ne reste. Pas un surtout qui ne surclasse mon père, héros magnifique, mort avant qu'on ait pu lui trouver des défauts. Ça, je le pense quand je suis de bonne humeur. Parce que des défauts, je n'ai aucune difficulté à lui en trouver à mon père, et notamment un énorme, celui d'être particulièrement envahissant. Et je n'oublie pas la promesse que je me suis faite de ne jamais aimer un homme autant que ma mère l'a aimé.

Mais un enfant. Un enfant, on ne l'aime pas trop, même si on l'aime mal. Un enfant c'est autre chose. Un enfant c'est une façon de ne pas mourir tout à fait.

Et, bien malgré moi, c'est Giovanni qui éveille en moi ce désir-là. Que ce soit un homme semble après tout assez normal. Que ce soit celui de ma mère un peu moins. Mais des hommes dans mon entourage, il n'y en a pas non plus des tonnes.

Est-ce que vingt-deux ans est un bon âge ? Un peu jeune peut-être. Giovanni, lui, trouve ça presque limite. Il exagère un peu Giovanni. Il est trop italien décidément. Ce qu'il faut, c'est de l'énergie et une horloge biologique en plein état de marche. À peine plus jeune que Maman à ma naissance.

Le déclic final vient un jeudi, soir de sortie avec Valentine. Valentine qui a depuis longtemps abandonné l'idée de me caser. Valentine fiancée jusqu'aux dents avec un copain de promo Sup de co (qu'elle a poursuivie, elle ; Sup de co, pas son fiancé. Quoique...). Je repère au bar un garçon très séduisant, brun, cheveux courts, yeux très noirs, assez grand, fin, félin, la trentaine finissante, alliance à l'annulaire gauche. Un homme marié, parfait. Facile à séduire, surtout quand on a vingt-deux ans. Facile à quitter. Les hommes mariés sont rarement contre une aventure extraconjugale avec une jeunesse, surtout à l'approche de la quarantaine. Les hommes mariés quittent rarement leur femme, surtout à l'approche de la quarantaine. À de rares exceptions près. Mais je ne suis pas tombée sur une exception. Je ne l'aurais pas voulu.

Olivier et moi couchons ensemble le soir de notre rencontre. Justine m'a bien appris à ne pas m'embarrasser de principes inutiles. Olivier est un amant attentif, prévenant et performant. On se retrouve dans un petit hôtel de la rue Lapeyrouse environ trois fois par semaine. Et les jeudis soir au Florida ou au Mandala. Valentine juge mon projet totalement inconscient mais j'ai une valise d'arguments à lui opposer. Et elle sera bien contente d'être marraine.

Quatre mois s'écoulent avant que je tombe enceinte. Quatre mois formidables je l'avoue, sensuels, drôles et même tendres. Mais le soir du test de grossesse, je quitte Olivier. Sans heurts et presque sans explications. Comme prévu. Sans un grain de sable dans le rouage parfaitement huilé de cette histoire. Comme prévu. Comme je le disais, je ne suis pas tombée sur une exception. Et je fais donc en sorte de ne plus revoir Olivier. Surtout quand j'apprends que sa femme aussi est enceinte. Un argument de plus. De toute façon, mes sorties du jeudi soir seront bientôt limitées.

Pour le moment, seule Marie-Rose est dans la confidence. Marie-Rose la grande sœur, qui vient avec moi à la pharmacie acheter le test de grossesse.

Marie-Rose qui m'accompagne chez le gynécologue et faire ma prise de sang. Marie-Rose aussi embarrassée que moi à l'idée d'annoncer la nouvelle à ma mère, à Justine et à Babé.

À table. Ça se fera forcément à table. Dans la cuisine. Tout s'est toujours tout dit dans la cuisine à la maison. Dimanche. Va pour dimanche.

Ce dimanche-là, un silence de plomb flotte au-dessus du poulet pommes de terre farcies.

On ne peut pas dire que Maman et Justine accueillent la nouvelle avec joie. En tout cas, elles ne le montrent pas. Seule Babé se réjouit sincèrement et immédiatement. Babé sait se réjouir de tout. Ou presque. C'est sa façon à elle de combattre le chagrin, comme quand elle chantait à tue-tête pour passer devant Mounicotte.

Ce n'est pas tant que je sois enceinte qui bouleverse ma mère, mais que je sois enceinte seule, et en l'ayant choisi. Mais je ne peux pas comprendre ce qu'elle ressent, elle ne me l'a jamais dit. Elle réserve ça au docteur Rouzaud. À moi, elle n'a pas expliqué à quel point m'attendre seule avait été un calvaire, à quel point elle en avait voulu à la terre entière de lui avoir enlevé mon père à cet instant précis. À quel point elle m'en avait voulu, à moi, d'être là quand Charles n'y était plus. Non, elle ne peut pas concevoir que je choisisse d'avoir un enfant sans père. Mais ça non plus elle ne me le dit pas. Parce qu'à force de se taire, on ne sait plus rien dire à personne.

Je ne sais même pas si elle en a parlé à Justine et Babé. Et peu m'importe. Ce que je voudrais, c'est pouvoir lui expliquer mes raisons, qu'elle me donne cette opportunité-là, parce que des raisons j'en ai, la première étant de me prouver que moi, je peux être une vraie mère. Que je ne veux pas prendre le risque d'aimer un homme plus que mon enfant. Que je ne veux pas qu'un homme me vole à mon enfant.

Justine, elle, pense que je vais bientôt entrer en esclavage. Elle connaît celui de la maison de couture. Les sacrifices quotidiens qu'il implique. Un enfant, c'est forcément un de trop. Un esclavage ou un sacrifice, c'est selon. À quoi a-t-elle renoncé, elle?

Bien sûr qu'elles ont vécu sans hommes. Maman et Babé en tout cas. Et ceux de Justine n'ont jamais mis les pieds à la maison. Alors quand Babé, avec toute la sagesse et la lucidité dont elle est capable, leur explique qu'elles auraient pu refaire leurs vies, me donner un vrai foyer et un autre père (Georges? Giovanni?) et que ça, elles ne l'ont pas voulu, par leur seule volonté, il leur faut bien admettre qu'elles ont peut-être leur part dans mon choix aujourd'hui. Moi qui ai grandi entourée de femmes exclusivement, et qui n'ai eu d'autre modèle que celui-là, je pense forcément qu'élever un enfant seule est normal. Elles en sont la preuve vivante. Et moi aussi.

Maman ne répond rien, une fois de plus, enfermée dans ses contradictions, en lutte perpétuelle avec des démons tellement proches encore. L'équilibre trébuchant. Le sable mouvant. Décidément, l'arrivée d'un enfant ne l'aura jamais comblée. J'aurais tant voulu pourtant.

Je ne me moque pas de ce qu'elles pensent. Loin de là. Je n'aime pas les décevoir. Surtout ma mère. Mais pour la première fois, j'accepte l'idée de ne pas être en parfaite harmonie avec elles. Je peux encore leur demander des conseils. Je ne me sens plus tenue de les suivre. Elles n'ont pas toujours fait ce qu'elles ont voulu. Moi si. En tout cas aujourd'hui.

Je vis un enfer les trois premiers mois de ma grossesse. Encore une histoire de famille. La tête inlassablement penchée au-dessus de la cuvette des toilettes, je finis par me demander si j'ai eu raison de vouloir cet enfant. Je suis incapable de rien faire, je ne dessine presque plus et je m'en veux de laisser Justine en plan. Mais Justine en a vu d'autres et ne se fait pas de souci pour la maison Balaguère. Du moins pas pour le moment. Elle n'est pas encore hors circuit. Non. Par contre elle s'inquiète pour moi. «La petite n'a décidément pas bonne mine et ne mange presque plus rien.» Ma seule envie, quand mes nausées me laissent un peu en paix, ce sont d'énormes sandwichs au pâté avec des cornichons. Qu'à cela ne tienne. On fait une virée à Saint-Lizier pour faire le plein à la charcuterie Dedieu et on remplit les placards de la cuisine de la rue Saint-Antoine du T. Assez rapidement, Maman, Justine et Babé ne peuvent plus sentir l'odeur du pâté, ni celle des cornichons.

Heureusement, au bout de trois mois, je retrouve un semblant de forme et je reprends une alimentation presque normale. Et je retrouve toute ma place à l'atelier. Parce que c'est de circonstance, Justine et moi décidons d'inclure dans la prochaine collection trois tenues de grossesse. Après tout, ce n'est pas parce qu'on est enceinte qu'on ne peut pas être élégante. Légères et fluides, tons lumineux pour relever un teint pas vraiment éclatant. On ne se demande pas à quel mannequin on va faire appel. Je les présenterai.

Et je les présente. À six mois de grossesse. J'ai coupé mes cheveux très court (les brosser était devenu difficile), je suis relativement mince ou grosse (ça dépend de quel côté on me regarde), je défile, fière comme le jour de mon premier trajet pour le collège sans chaperon. Fière comme le soir de ma première collection. D'ailleurs, cette fierté, je la porte en bandoulière pendant huit mois. Hormis les quelques doutes qui m'ont assaillie pendant mes séjours fréquents aux toilettes, jamais je n'ai regretté ma décision. Au fur et à mesure que je me transforme – phénomène extravagant que celui de voir son ventre grossir si naturellement –, je prends une conscience aiguë de l'être que je porte en moi. Je le sens bouger, presque respirer. Il me prend toute mon énergie mais j'en ai à lui revendre. Participer à cette ronde infatigable et immuable qui consiste à se reproduire me fascine. Comment Justine a-t-elle pu laisser passer ça ? Comment Maman n'a-t-elle pas su se laisser guider par ça ? Comme je comprends le chagrin et la frustration de Babé. Que la nature puisse tendre la peau de mon ventre comme un ballon sans qu'il éclate, qu'elle puisse ainsi donner à chaque être vivant la possibilité de ne pas s'éteindre me comble d'un ravissement extatique. Presque idiot. Mais je m'en fiche pas mal de trimballer un air benêt. Les mains posées sur mon gros ventre, j'attends paisiblement de voir la tête qu'aura mon enfant. En attendant l'échéance, Maman discute toute seule dans sa chambre (on ne sait pas trop ce qui se passe, elle ne veut pas en parler), Justine coud le petit trousseau et Babé tricote. Le tout en écoutant Mozart, parce que Mozart, paraît-il, c'est une bonne musique à écouter quand on est enceinte.

Et je me laisse materner. Je suis parfois si fatiguée que je ne vois aucun inconvénient à ce que le trio de futures grand-mères s'occupe de tout, prenne toutes les initiatives, même celles où j'aurais bien donné mon avis, la couleur de la chambre du bébé par exemple, qu'on installera dans celle qui n'a jamais été la chambre de Babé. Mais finalement, il n'y a pas de gros points de désaccord. Alors je les laisse faire, amusée de les voir tournoyer autour de moi, aux mille petits soins. Je me laisse aller dans ce cocon moelleux et douillet que s'évertuent à me procurer mes petites mères. En me disant que j'ai une chance folle de les avoir toutes les trois. Je sais, je n'ai pas toujours dit ça. Mais oui, toutes les trois. Parce que Maman aussi est là, présente comme rarement elle l'a été. Comme si elle comprenait soudain que cet enfant que je porte est aussi une façon de lui dire à quel point je l'aime, elle. Et comme nous allons l'aimer encore, mon enfant et moi. Qu'il n'y a pas de fatalité. Que l'on peut venir à bout de tout. J'en suis bouleversée.

Le bébé n'attend pas la date prévue pour arriver. Les eaux filent et les contractions minutées débarquent un mois avant terme. Un matin de novembre. Emmenée pied au plancher par ma mère dans le coupé sport MGB GT rouge à la clinique de Lagrave, je crois bien accoucher dans la voiture. Justine et Babé, réveillées en fanfare et prêtes en vingt minutes, suivent en bus. Elles arrivent à temps pour me voir partir en salle de travail. J'y reste quinze heures, je refuse la péridurale parce que j'ai peur de l'énorme aiguille, je hurle comme un cochon qu'on mène à l'abattoir, insulte tout le personnel, regrette tout ce que j'ai pensé du bonheur de cette grossesse, trouve inhumaine et archaïque la condition des femmes et exaspérant le flegme des sages-femmes (qui en ont vu d'autres). Ah! elles ont encore du boulot les féministes!

Mais quand on me met mon bébé dans les bras, tout violacé et sanguinolent, très très laid en fait, quand j'entends pour la première fois le son de sa petite voix, ce premier cri tant attendu, quand je sens sur ma peau la peau de Violette, j'oublie tout le reste. C'est vraiment le plus beau jour de ma vie.

Parce que j'ai accouché d'une fille. Évidemment.

De toute façon, personne n'a imaginé une seconde qu'il pourrait en être autrement. Et d'ailleurs, personne n'a cherché de prénoms de garçon.

Novembre 1988

Violette et moi rentrons rue Saint-Antoine du T
six jours plus tard. Il faudra envisager d'acheter une
voiture plus confortable que le coupé sport MGB
GT, peu adapté pour transporter couffin et poussette. Parce que c'est Maman qui est venue nous
chercher. Maman dont les traits n'ont jamais été
aussi doux que lorsque je lui ai mis Violette dans les
bras. Cette fois, elle l'a gardée contre elle. Bercée
doucement, comme je ne me souviens pas avoir été
bercée un jour. Mais je ne veux pas penser à ça.
Cette page, je veux la tourner, définitivement. Et
croire que, avec ma fille, ma mère va enfin tordre le
cou aux démons.

Justine, Babé et Marie-Rose ont déjà ouvert la
porte et attendent en trépignant sur le palier. Marie-
Rose en tête, qui voit dans l'arrivée de Violette un
moyen d'échapper aux tailleurs haute couture. Non
pas qu'elle n'aime pas son métier chez Justine

Balaguère. Elle aurait fait n'importe quoi pour ne pas s'éloigner de la famille et de moi. Mais élever des enfants est quand même bien plus dans ses cordes. Et les enfants se moquent bien qu'on s'occupe d'eux en espadrilles ou en talons hauts.

Bien sûr, tout est prêt pour nous accueillir. C'était déjà vrai avant mon départ précipité pour la maternité, ça l'est encore plus au retour. On pousse sans trop se poser de questions depuis des lustres, mais on a aussi un sens inné du nécessaire. Il ne manque donc rien rue Saint-Antoine du T. Pas une parure de drap, pas une turbulette, pas une montagne de bodies et de pyjamas, pas une avalanche d'ours et de peluches en tout genre. La cuisine n'est pas en reste avec sa batterie de biberons, de robot mixeur, de tétines et de stérilisateur (qu'on abandonnera assez vite pour lui préférer une fabrique d'anticorps plus naturelle).

Et les abeilles besogneuses recommencent la ronde des nuits blanches, parfois à tour de rôle, le plus souvent ensemble, le rituel des mains sur le front, une, puis deux, puis trois, puis quatre, les jours de fièvre. On remplace le sirop Delabarre par un petit collier de perles d'ambre, un remède du tonnerre selon Marie-Rose, que Violette porte pendant plusieurs mois. C'est peu efficace. Mais très joli. On teste le porte-bébé en écharpe. Et quand j'ai peur que ma fille ne s'étouffe vraiment, on ressort le bon vieux landau bleu marine de la cave, celui qui m'a trimballée dans toutes les rues de Toulouse et sur tous les chemins de Saint-Lizier. Il est immense et d'une maniabilité toute relative, mais il a fait ses preuves et Violette a l'air de s'y trouver bien. L'antiquité sert pendant six mois puis il retourne à la cave, remplacé par une poussette ultramoderne Mac Laren sans permis.

Même si rien ne me choque à ce que nous soyons automatiquement quatre autour de ma fille, je décide, seule, que Violette ira à la crèche dès que je recommencerai à travailler à plein temps à l'atelier. J'en trouve une tout à fait remarquable à deux pas de la maison et je suis ravie. Je pense que Violette sera mieux entourée d'enfants de son âge plutôt que de sa horde de femmes, qui, bien que jeunes encore, ont largement passé l'âge d'empiler des cubes de couleurs. Je ne veux pas pour ma fille ce qui a été mon univers à moi, entre machines à écrire ou à coudre et bobines de fil. Je ne regrette pourtant rien de tout ça, et encore moins les soins attentifs de Babé. Mais quelques ombres planent sur mon enfance. Des fantômes de solitude et d'absence que rien ni personne n'ont réussi à combattre. Je ne peux pas leur dire ça. Je ne peux pas dire ça à Maman au moment précis où elle semble avoir retrouvé au plus profond d'elle-même des trésors de tendresse enfouis depuis si longtemps. Même si je regrette un peu qu'elle n'ait pas su les dénicher avant. Alors je trouve une explication quelque peu vaseuse sur l'éducation des enfants qui a changé et sur une originalité, celle avec laquelle j'ai été élevée, qui n'est plus de mise.

J'ai fait Violette toute seule. C'est largement suffisant pour se démarquer. Il est temps de rentrer dans le rang en adoptant les mécanismes de l'éducation moderne.

De ce nouveau monologue, absurde, que je sers à ma mère et à mes tantes comme d'habitude à table, entre le fromage et la croustade aux poires, Maman, Justine et Babé ressortent désespérées. Dépassées. Totalement frustrées. Ce n'est pas la première fois que je me rebelle mais là, c'est le pompon. Elles prennent mes grandes théories sur l'épanouissement de Violette comme une atteinte personnelle à ce qu'elles sont, à ce qu'elles m'ont donné. Un vilain reproche sur ce qu'elles ont cru être le meilleur pour moi. Maman, elle, est persuadée que je me venge d'elle et de ses absences en ne la laissant pas s'occuper de Violette. Ça, je l'apprendrai plus tard, parce qu'encore une fois, ce jour-là, elle ne m'a rien dit.

Une crèche. Où Violette va attraper tous les virus de la terre c'est certain, et qui sait ce que les enfants, si cruels entre eux, seront capables de lui faire. Seigneur Marie Joseph. Elles n'imaginaient pas que je puisse être aussi dure. Aussi inflexible. Parce que malgré toutes les perspectives dantesques que toutes les trois, à l'unisson, elles me font entrevoir, rien ne me fait changer d'avis. Violette ira à la crèche. Fin de la discussion.

Quant à Marie-Rose, tous ses espoirs d'abandonner enfin les tenues dans lesquelles elle se sent aussi à l'aise qu'un lapin avec des bretelles s'envolent définitivement.

Et Violette va à la crèche. Et Violette est souvent enrhumée mais Violette est d'humeur égale, nez bouché ou pas. Et elle est éveillée. Et Marie-Rose va la chercher à 17 heures pour la ramener à l'atelier. Alors, tout le monde s'habitue. De toute façon, tout le monde n'a pas le choix. On trouve encore particulièrement cruel d'inscrire Violette à la maternelle dès l'âge de trois ans. Elle est si petite. La lever aux aurores pour déjà lui infliger une journée d'apprentissage et de pression, oui, de pression, quelle folie. Elle a bien le temps, non?

Non. Aujourd'hui, les enfants vont à l'école à trois ans. Vous ne voudriez pas qu'elle soit en retard?

Non.

Bon. Et à ça aussi, on s'habitue.

Ce qui ne change pas pour Violette, c'est l'attention de Babé. Qui se remet sans scrupules aucun à surveiller sa «petite-fille» comme le lait sur le feu. Ne m'en déplaise, à moi qui, cette fois, n'ai pas voix au chapitre. Qu'a-t-elle pressenti ma subtile Babé?

«Tu ne t'en es jamais plainte toi, si? Alors, laisse-moi m'occuper d'elle. De toute façon, tu as du travail.»

Il ne faut pas exagérer non plus, oh!

Babé s'institue donc de nouveau «superviseuse des devoirs de Violette puisque personne d'autre qu'elle n'a de temps à consacrer à cette enfant dans cette satanée maison». Il lui faut bien s'adapter aux nouveaux programmes scolaires, qui en vingt ans ont au moins changé cent fois, mais Babé est d'une patience à toute épreuve. Et maintenant, Maman est là pour l'épauler. Ce dont tout le monde se réjouit. Merci docteur Rouzaud. Il n'y a que moi qui ai parfois du mal à ne pas me laisser emporter par le doute, encore et toujours le doute, chef des Mounicotte. Lorsque ma mère s'occupe de ma fille, quand elle la tient dans ses bras ou par la main, quand elles partent seules je ne sais où, je suis envahie de sentiments épouvantables, un mélange de peur irrationnelle qu'il arrive quelque chose à Violette, qu'elle tombe de trop haut et se fasse mal, et de fatigue immense quand je me raisonne en me disant que je dois apprendre à lui faire confiance à nouveau. Que si je n'y parviens pas alors c'est moi qui vais tout gâcher. Je vois bien que ma mère essaie de garder le cap. Je dois essayer aussi. Je dois grandir.

Juin 2003

Malgré la crèche et l'école à trois ans, Violette bénéficie à son tour d'une épatante liberté. Il faut dire que je suis très occupée. Ça me rappelle d'ailleurs quelque chose, ce serait malhonnête de ne pas le reconnaître. Et je vais finir par apprendre ce que c'est que de reproduire. Que ce soit à l'atelier ou dans les rédactions de *La Dépêche*, où sa grand-mère l'emmène tous les mercredis, Violette a le droit de faire presque tout, avec une surveillance minimale. Babé et Maman ne capitulent que lorsqu'elle veut s'inscrire au club d'équitation de Muret. Les maths et la méthode globale, passe encore, mais le cheval, ce n'est vraiment pas leur truc. Marie-Rose prend le relais. Enfin, Marie-Rose se met au poney. Puis au cheval. Quand Violette veut un poisson rouge, deux très exactement, Bouton et Pression (fatalement), on dit oui. Quand elle ramène du club hippique un chaton errant, noir de crasse, noir tout court en fait, et infesté de puces, en argumentant (elle a sept ans) que ce serait trop cruel de l'abandonner à son triste sort, qu'il va mourir si on ne le prend pas à la maison, qu'il faut le soigner, qu'elle s'en occupera, promis juré, on dit oui. On emmène le chat chez le vétérinaire, qui ne donne pas cher de son avenir, on le nourrit au biberon puis aux croquettes Royal Canin les plus chères et on le baptise Toulouse (pas comme la ville, comme l'Aristochat). Et tout le monde s'y attache. Évidemment. Du coup, pour remercier tout le monde de cet accueil chaleureux, de l'immense affection dont il a très vite été entouré et des délicieuses gamelles de croquettes hors de prix, Toulouse, magnifique gouttière à poils longs et noirs comme l'ébène, vivra dix-huit ans.

Et comme il fallait lui trouver de la compagnie, Comédie, européenne écaille de tortue, suivie de près par Nuage, maine coon black smoke de huit kilos, rejoignent bientôt la maison.

«Ah non, pas d'oiseaux. Ça suffit. Et puis les oiseaux, c'est mieux en liberté. Tu ne te rends pas compte, avec trois chats! Violette, c'est non!»

«Va pour un chien... Mais pas trop gros. Et puis, je te préviens, c'est toi qui le sortiras.»

Bobine arrive donc à son tour rue Saint-Antoine du T et on décide d'arrêter là la ménagerie. Parce qu'en fait de petit chien, Violette réussit à convaincre la famille que les golden retriever sont les plus gentils chiens du monde, surtout avec les enfants, les chats et les poissons rouges.

Fort heureusement, le coupé sport MGB GT rouge a été depuis longtemps complété par un break. À sept ans donc, c'est-à-dire à l'arrivée de Toulouse à la maison, Violette décide qu'elle sera vétérinaire. À dix, elle veut encore être vétérinaire, à douze aussi, à quinze toujours et elle n'a pas dévié d'un iota. Finalement, à chaque génération de cette lignée de filles, il se transmet au moins quelque chose. L'opiniâtreté. C'est peut-être plus subtil pour Violette. Mais à vivre dans une ruche, entourée d'abeilles, de chats, de chiens et de poissons rouges, comment s'étonner que la cause animale devienne son centre d'intérêt majeur.

Violette passe son temps libre au club d'équitation, soigne les chats, sort la chienne, nourrit les poissons. Elle a même réussi à en faire acheter deux à sa grand-mère pour les mettre au milieu de la salle de rédaction de *La Dépêche*. Chapô et Virgule en sont devenus les mascottes. Et tout le monde suit à la lettre les recommandations de Violette en matière de nourriture et d'attention. Elle est studieuse. Plus scientifique que littéraire. Son professeur de biologie lui a expliqué que pour devenir vétérinaire, il ne suffit pas d'aimer les animaux. Qu'il faut aussi un bon dossier scolaire. C'est ce qu'elle nous explique à son tour, tout en soufflant consciencieusement les bougies de son douzième anniversaire. Et que les maths, c'est bien plus important que tout le reste. Pourtant, elle écoute sagement sa grand-mère lui expliquer comment se fabrique un quotidien, et Justine comment tailler une toile. Comme si elle savait qu'elle ne couperait pas à un certain nombre d'enseignements dont les femmes qui l'entourent sont si fières. Même si ses choix à elle sont faits depuis longtemps. N'a-t-elle pas répondu à Justine, qui avait tâté le terrain quelques mois plus tôt en lui demandant si elle était sûre qu'elle ne préférerait pas prendre des cours de dessin plutôt que passer son temps au club hippique :

«Mais Juju, ça me servirait à quoi de faire du dessin?»

Éventuellement à nous succéder un jour, à ta mère et à moi, s'était ravalé Justine, dépitée.

Violette est solitaire, préférant de loin la compagnie de ses animaux à celle de ses camarades de classe. Après avoir essayé plusieurs fois d'organiser des goûters d'anniversaire, où elle finissait invariablement l'après-midi seule, enfermée dans sa chambre avec Bobine et les chats, j'ai laissé tomber. Ma fille n'a aucun goût pour la pêche au canard ou les chasses au trésor.

Elle trace sa route. Sans trop se poser de questions. Du moins, je le crois. Elle est fidèle à ses désirs d'enfant, sûre de ses choix. Elle fait ce qu'il faut pour ça. Nous sommes toutes fières d'elle, même si cette détermination nous inquiète un peu aussi. Violette est forte. Sans doute la plus forte de nous toutes. Têtue. Et impénétrable. Il m'arrive parfois de penser, lorsque je la regarde, que je ne la connais pas. Qu'elle est à l'opposé de moi, de ce que je suis. De ce que nous sommes. Une sorte d'électron libre sur lequel nous n'avons finalement que peu de prise. Elle n'obéit vraiment qu'à Babé, ce qui a le don d'horripiler ma mère. Et moi, aussi. Là encore, le constat est évident des situations qui se reproduisent d'une génération à l'autre. Le choix des enfants qui vont vers ceux qui savent les accueillir. Qui ont toujours du temps pour ça. La place de Babé dans cette ronde-là. Qui n'a de cesse de prouver à la terre entière qu'elle est une bonne mère. Nous l'avons bien compris. Si bien qu'on aimerait que ça cesse. Mais comme moi avant elle, Violette a choisi. Pourtant, je ne comprends pas. Et je ne m'en satisfais pas. À mon tour de ressentir la hargne de ma mère de se voir supplantée dans le cœur de son enfant. Avec toute la mauvaise foi du monde pour lutter contre la réalité des faits. L'absence doit être comblée. Mais je ne suis pas absente ! Et les silences rompus. Mais je ne suis pas silencieuse ! Coûte que coûte. Quoi qu'il en coûte. C'est à Babé que revient cette tâche encore et encore. Le pire, c'est que ni ma mère ni moi ne sommes prêtes à reconnaître que nous avons tout fait pour qu'il en soit ainsi. Non, c'est faux. Je ne suis pas comme ma mère. Je ne suis pas tantôt en haut, tantôt en bas. Débordante d'amour un jour, inexistante le lendemain. Violette est ma loutre bleue d'amour trois cent soixante-cinq jours par an. Plus s'il le faut, jamais moins. Pas juste quand ça me chante. Pas quand mon humeur le décide. Jamais je n'ai laissé ma fille au fond d'un terrier.

Qu'est-ce que je ne vois pas en me cachant derrière sa pugnacité ? En m'imaginant qu'il n'y a pas de failles à sa force de caractère. Elle est une adolescente comme les autres. Comme je l'ai été. À la différence que ses actes de rébellion se concentrent plutôt sur le fond que sur la forme. Elle n'a pas eu à nous demander l'autorisation d'aller seule au collège. Cet acquis a fait d'emblée partie de son bagage éducatif. Mais que de discussions sans fin avec Justine sur l'émancipation des femmes et sur la liberté des mœurs. Justine, bouillonnante, qui défend ses théories avec la même ferveur qu'à vingt-cinq ans. Face à Violette qui ne se départ jamais de son calme, ce qui exacerbe encore plus la fougue de sa grand-tante. Justine se demande comment Blanche, manifestante féministe dès l'âge de six ans et mère célibataire, peut avoir engendré une descendance aussi frileuse et conservatrice. Elle, entrée en résistance parce que c'était une évidence, ne comprend pas qu'on puisse balayer ainsi tant d'efforts et revenir sur les victoires obtenues, parfois au péril de la liberté même. Car Violette n'a rien contre le couple et la fidélité. Au contraire. Elle trouve ça rassurant. Structurant. Un homme, une femme, des enfants, une famille qui se construit jour après jour et qui dure toute la vie, elle ne voit là rien d'anormal ou de «vieux-jeu». Je me demande parfois où elle va chercher ses évidences, son assurance. Tout ce qu'elle fait et tout ce qu'elle est me semble si différent de ce que nous sommes. De ce que je suis. Comme elle construit son parcours professionnel, elle se trace une ligne de vie dont rien ne paraît pouvoir la faire dévier. Ni son histoire ni ses héritages. Celui que nous essayons de lui transmettre, moi la première. Qui est pourtant si rempli de doutes et de blancs que je trouve incroyable que ma fille revendique tant de certitudes.

Finalement, il n'y a qu'Angèle et Babé pour adhérer aux thèses de Violette. Si proches de celles qu'elles avaient choisies pour elles au début de leurs vies. Moi, je perçois l'accusation. En s'opposant à Justine, mon éternel modèle, c'est à moi que Violette s'adresse. Ce sont mes choix qu'elle conteste et qu'elle critique. Pourquoi ? Mais pourquoi ?

Parce qu'il n'y a au fond qu'une seule véritable question pour Violette. La seule à laquelle les années qui passent et le contexte générationnel ne répondent pas. Pourquoi elle n'a pas de père. Et pourquoi, contrairement aux tables de nuit de ses grand-mères (sauf celle de Justine, mais Justine n'est pas un modèle pour Violette), il n'y a aucune photo d'homme sur la mienne. En bonne scientifique qu'elle devient, elle sait qu'il y a des explications à tout. Vers l'âge de dix ans, elle commence par questionner sa grand-mère, qui lui oppose un silence assourdissant. Ma mère ne peut pas lui expliquer à quel point elle m'en a voulu de ma décision de faire un enfant seule. De toute façon, elle n'en connaît pas les raisons, elle ne me les a jamais demandées. Et puis, aujourd'hui, elle remercie le ciel chaque jour de la présence de sa petite-fille. À douze ans, Violette essaie avec Justine qui n'en dit pas davantage, bien que ce ne soit pas l'envie qui lui manque. Seule Babé prend un air grave pour lui répondre que ce n'est pas à elle de lui expliquer les secrets de sa naissance mais à sa mère, et qu'il est peut-être encore un peu tôt. Babé sait pourtant qu'il n'est jamais trop tôt pour dire la vérité à un enfant. Surtout quand il ne l'est presque plus. Violette se construit et ne pourra bientôt plus rien entendre sans éprouver le besoin de tout justifier. De tout analyser. De tout contredire. Mais Babé ne se voit pas s'aventurer sur ce terrain-là. Elle est le socle, c'est vrai. Et elle veille à ce qu'il soit inébranlable. Mais ce n'est pas à elle seule que doit revenir la construction des murs. «Pour une fois, Blanche, tu dois assumer tes choix.» Babé a peur. Babé voit se reproduire le cycle infernal. Je n'ai pas eu de père. Violette non plus. Et alors quoi?

«Qu'est-ce que tu veux que je lui dise? Que j'ai rencontré son père dans un bar, que je voulais un enfant et que j'ai pisté un étalon pour me le faire faire et qu'une fois l'affaire réglée j'ai largué l'animal? C'est ça que tu veux que je lui dise?

— Mais c'est la vérité, non? s'énerve Babé qui ne s'énerve jamais. Tu n'as qu'à broder. Dire que tu étais très amoureuse de son père mais qu'il était marié et que lorsque tu as appris que tu étais enceinte, tu n'as pas eu le cœur de te faire avorter de l'enfant d'un homme que tu aimais si fort! Je ne sais pas, moi! Ce que je sais, c'est que tu ne peux pas laisser ta fille avec autant d'incertitudes. Ce n'est pas juste. Tu n'es pas juste, Blanche. Et tu as la mémoire courte. Il me semble que ce que te demande ta fille, tu l'as demandé à ta mère aussi. Et aujourd'hui, tu te comportes exactement comme elle.»

J'ai claqué la porte. C'est une habitude chez moi. Quand je n'ai pas d'arguments de défense, je pars en claquant la porte. Je déteste Babé quand elle me contredit. Je ne comprends pas qu'elle le fasse. Je ne comprends pas pourquoi je suis la seule dans cette satanée maison à penser que tout ça n'a pas d'importance. J'ai élevé Violette seule et je l'ai bien élevée. Elle a été entourée de plus d'amour que nous n'en avons jamais eu les unes et les autres. Moi non plus je n'ai pas eu de père. Mais ce n'est pas de là que sont venus mes manques. Et je l'ai aimée plus que tout. Elle le sait, Violette, que je l'ai aimée plus que tout et que je l'aimerai toujours plus que tout.

Qu'est-ce qu'un père aurait pu lui apporter de plus?

Juillet 2007

Être vétérinaire implique pour Violette de partir à Paris. Après ses deux années de prépa, je pensais naïvement qu'elle ferait l'école vétérinaire de Toulouse... Mais elle veut intégrer Maisons-Alfort, parce que c'est là que vont les meilleurs. Ce que j'ai autant de mal à admettre que Maman, Justine et Babé ont eu du mal à intégrer la crèche puis la maternelle à trois ans. Paris semble tellement loin. Et Violette a à peine dix-neuf ans. On ne va pas recommencer à demander ce que chacune faisait à dix-neuf ans, hein?

Vous aviez déjà toutes un métier et, pour certaines, un mari.

Oui, mais pas à Paris. Et moi, à dix-neuf ans, j'étais à la maison, avec vous.

«Paris c'est en France, ce n'est pas le bout du monde, une heure d'avion, bientôt quatre heures trente en train, ça va. Je reviendrai tous les week-ends.»

Tous les week-ends, tu parles.

Ça faisait tant d'années que ma mère, Justine et Babé n'avaient plus vécu pareil déchirement. Elles ont retrouvé depuis ce temps un équilibre, une routine rassurante et elles n'ont jamais imaginé devoir vivre autrement. Maman surtout. Violette a réussi ça. Moi, j'ai contribué à cette stabilité en choisissant de prendre la suite de l'atelier, de ne pas briser les liens, d'assurer la continuité, en cimentant le mur à mon tour. Elles ont toutes retrouvé le goût de rire, pour un oui pour un non, cette affection profonde pour une vie dont elles ont su atténuer la brutalité.

Maman a retrouvé avec Giovanni le sens du partage et de la complicité. Ils ont envie de vieillir ensemble. Elle ne travaille plus à *La Dépêche* depuis longtemps, elle a laissé les rubriques «Mode» et «Événements mondains» à plus jeune qu'elle. Elle fait encore quelques piges pour le journal et ça lui suffit. La plupart du temps pour les collections de la maison Balaguère. Je trouve qu'elle a plutôt bien mené sa barque depuis Montesquieu. Malgré les hauts et les bas. Les déséquilibres. Les fils coupés. Je vois sa vie sur ses traits et je la trouve encore plus belle qu'avant. Justine aussi je l'admire. Ce n'est pas nouveau. Justine est allée au bout de ses envies et de ses ambitions et pense que ça vaut toutes les histoires d'amour du monde. Elle continue à coudre et à suivre mes travaux. De moins en moins et de plus en plus loin, me semble-t-il. Comme si elle aussi pensait qu'il était temps de passer la main. Et Babé.

Indispensable Babé. Elle est tous les ciments de toutes les fissures de notre rempart. Le pilier de notre famille, cette famille qu'elle adore et qui le lui rend bien. Mounicotte ne hante plus ses nuits depuis bien longtemps. Il est encore accroché dans sa chambre et il lui arrive même de lui tirer les moustaches en louchant avant d'aller se coucher. Elle a quelques regrets, comme les autres, mais au fond, elle paraît heureuse. En paix en tout cas.

Alors, forcément, on pensait que ça durerait éternellement. Que rien ne viendrait plus troubler le mécanisme de cette machine maintenant bien huilée. Qu'on vivrait toutes ensembles, toute la vie.

Je repense à ce jour où j'ai décidé d'avoir Violette. Au choix que j'ai fait de l'élever sans père. Sans père qui lui vole sa mère. À cette première décision que j'ai prise et qui tranchait avec ce qui avait été la vie de mes mères. Qui auraient pu et certainement voulu avoir des vies «normales», un vrai foyer, une famille comme les autres. Mais pour qui rester ensemble a toujours été une évidence. Surtout pour Justine. Justine qui a, coûte que coûte, réussi à nous souder les unes aux autres. À jamais. Pour ne pas être seules. C'est sans doute à ce moment-là que j'ai fait de ma fille un être un peu à part puis, plus tard, en ne l'élevant pas tout à fait comme je l'ai été. Malgré moi, je l'ai sans doute rendue moins dépendante de nous, moins ancrée à notre noyau, moins immergée dans une tradition inconsciente de non-rupture. Satanée crèche et satanée école à trois ans.

Et moi non plus, je ne voulais pas être seule. Vieillir seule. Partir seule, abandonnée dans un mouroir sordide. Parce que c'est ce qui me guettait si je n'avais pas eu Violette. Je voulais quelqu'un pour moi toute seule. Quelqu'un que je m'attacherais. Qui ne m'abandonnerait pas. Se pourrait-il que je n'aie pas réussi ça ? Que, finalement, cet homme qui est le père de ma fille, par son absence, m'empêche d'arriver jusqu'à elle. Et elle jusqu'à moi. Que j'aie reproduit exactement le schéma dans lequel j'ai grandi. Que je n'aie pas pensé à tout. Pas tout anticipé. Je crois encore qu'en n'aimant pas l'homme que j'ai choisi pour père, tout mon amour s'est porté sur ma fille. Je ne peux pas m'être trompée. Parce que oui, tout l'amour que je suis capable d'éprouver, je le lui ai donné et le lui donne encore et le lui donnerai toujours. Je me suis peut-être trompée, si. Je n'ai pas vu les tourments de ma propre fille, trop engluée que j'étais dans les miens. Aveugle j'ai été, sans doute. Et elle me le dit. Comme elle me dit que c'est à cause de moi qu'elle part. Je ne comprends pas ? Moi ? Moi qui ai foncé tête baissée, il y a dix-neuf ans, sans demander à personne d'approuver ou de désapprouver ma décision. Sans imaginer une seconde l'influence qu'aurait ce choix sur la vie de mon enfant. Ce départ me brise le cœur, je suis obligée de l'admettre. Violette ne me laisse pas le choix. Elle est entrée dans ma chambre ce soir-là avec cet air buté que je lui connais si bien et que j'aime tant. Cet air qui fait de ma fille une guerrière. Ma nouvelle Jeanne d'Arc. Mais la rage de Violette, ce soir-là, parce que l'air buté est aussi rageur, est tournée contre moi. Le terrier...

«Je ne t'ai jamais posé de questions, Maman, ni sur ta vie, ni sur tes choix, ni sur mon père... Pourtant tu sais à quel point il y a des choses que j'ai besoin de savoir. Tu n'es pas venue vers moi pour en parler. Et moi, je crois que je n'ai pas osé.» Elle éclate de rire. «Quand j'ai vu dans quel état mes questions mettaient Mina, Justine et Babé, je me suis dit qu'il ne valait mieux pas que je t'en parle la première, que tu finirais bien par le faire... Mais tu n'es pas venue. Et ça, je ne comprends pas. Maman, je pars à Paris. Est-ce que tu vas me laisser m'en aller sans me dire d'où je viens, qui je suis? Toi tu sais tout de toi, de ta mère, de ton père, de ta vie. Moi je ne connais que la moitié de la mienne. Je suis bancale, Maman. Je sens qu'il y a tellement de trous dans mon histoire que je suppose qu'il y en a aussi dans les vôtres. Mais je veux savoir. Tu dois me le dire, tu le dois, tu me le dois. Merde, je suis ta fille après tout! Qui est mon père, Maman?»

Bancale, ma fille? Bancale? Toi qui depuis si longtemps sais ce que tu feras de ta vie, toi qui n'as pas changé d'idée, qui fais ce que tu t'étais promis à sept ans? Et qui nous as eues, toutes, rien que pour toi! Bancale?

Je regarde Violette comme si elle m'était devenue étrangère.

«Oui, il y a des trous béants dans nos vies, des attentes insupportables qui n'en finissent pas. Mais ça c'est vrai pour Angèle, Justine, Babé, moi. Moi, je t'ai tout donné, Violette, et tu as tout pris. Il n'y a pas de trous dans ta vie, pas d'attentes, pas de manques. Je n'ai jamais laissé de fossé se creuser entre nous.»

Tous ces fossés que j'ai passé ma vie à essayer de combler, et qui semblaient vouloir se rouvrir en même temps.

J'aurais pu lui dire que je n'ai pas aimé son père, que je l'ai choisi parce qu'il était beau et surtout parce qu'il était marié, que je ne voulais pas d'homme dans ma vie. J'aurais pu lui dire que je ne voulais personne entre elle et moi, un homme que j'aurais eu peur d'aimer plus qu'elle, un père qu'elle aurait pu aimer plus que moi. J'aurais pu lui dire qu'elle a été ce que j'ai désiré le plus au monde, que je la voulais toute à moi, et que je n'ai jamais regretté le choix de l'avoir eue, même aujourd'hui en la regardant partir, déçue et malheureuse. Que je l'aime plus que tout. Que c'est ça qui compte.

Je n'ai rien dit. Je l'ai laissée me détester sans rien dire.

«Pas de fossé entre nous? Pas de fossé entre nous? Je ne pensais pas que tu pouvais être aveugle et égoïste à ce point, Maman! Oh, je sais bien tout ce que tu reproches à Mina. Mais tu es comme elle et tu ne t'en rends même pas compte. Et vous me faites chier, toutes! Je n'en peux plus de vos histoires, de vos secrets, de votre foutue façon de rire pour ne pas vous avouer que vous avez envie de chialer. Je ne suis pas comme vous! Je ne suis pas comme toi, tu comprends ça? Non tu ne comprends pas! Si tu comprenais tu me dirais la vérité! Tu es en train de tout gâcher, Maman! Parce que tu te fous de tout! Tu t'es toujours foutue de tout! Je ne veux plus jamais te voir!»

Elle a quitté la chambre en claquant la porte.

Mai 2012

Pendant cinq ans, Violette vadrouille entre Paris et Toulouse. C'est vrai que ce n'est pas le bout du monde. Elle n'a pas mis sa menace de ne plus me voir à exécution mais c'est sans doute encore pire. Voir ma fille et sentir le fossé qui s'est irrémédiablement creusé entre nous m'est insupportable. Moi qui croyais en avoir fini avec ça. Sa froideur est d'autant plus perceptible qu'elle est, avec sa grand-mère et ses tantes, d'une gentillesse infinie. Quand elle revient, j'ai l'impression d'être une paria dans ma propre maison. Et j'ai beau faire comme si de rien n'était, sa présence rue Saint-Antoine du T rend l'atmosphère étrange en même temps que d'une lourdeur pesante. Heureuse et légère quand Maman, Justine et Babé sont dans les parages. Distante et glaciale quand elles n'y sont pas. Mais Violette s'arrange pour ne pas être seule avec moi. Et moi, je ne fais rien pour changer ça. Je retiens juste mes larmes quand je les entends rire devant les macarons de Ladurée que Violette ne manque pas de leur rapporter, larmes qui finissent par couler quand elles rient de plus belle à l'évocation de leur tour de taille, que Maman, Justine et Babé ont définitivement arrêté de mesurer. D'habitude, je ris de ça avec elles. Quand Violette est là, je me retrouve une fois de plus au fond de mon terrier.

J'ai acheté un ordinateur avec webcam intégrée en pensant que cela m'aiderait à retisser le lien. Que la distance serait atténuée. Idée saugrenue que la technique pourrait pallier mes manques. Ce n'est pas à moi qu'elle sert le plus. Parce que là encore, même si je suis là et que Violette me voit, ce n'est pas à moi qu'elle parle. Mais tout le monde fait comme si. Mes petites mères ne comprennent pas très bien le fonctionnement de cet outil et comment le phénomène est possible mais elles s'en moquent. Ce qui compte c'est de voir Violette sur l'écran et de l'entendre raconter sa vie. Ses études, difficiles mais passionnantes. Sa rencontre avec Raphaël. Le joli Raphaël. Raphaël avec qui tout a l'air de marcher comme sur des roulettes. «Il faut qu'il vienne devant l'appareil un soir, Violette.» On donne des nouvelles de tout et de tout le monde. Du journal et de l'atelier. De Marie-Rose. Parce que Violette nous le fait promettre à chaque fois, comme si ses animaux lui manquaient plus que nous, on embrasse Toulouse, et Comédie, et Nuage, et Bobine (Bouton et Pression se sont suicidés l'un après l'autre en sautant hors du bocal. Les chats ont fait le reste). Et comme ça, on trouve le temps moins long. En attendant le prochain week-end ou les prochaines vacances rue Saint-Antoine du T.

Puis Violette rentre à Toulouse, diplômée médecin vétérinaire. Et Raphaël reste à Paris. Je me demande déjà combien de temps ça va durer. Parce qu'ils ont l'air bien accrochés ces deux-là. Depuis quatre ans. Je repense aux idéaux de fidélité et au besoin de «vraie» famille de ma fille. Ceux qui laissaient Justine désabusée. Il n'y a donc pas trente-six solutions. Rien ne retient Violette ici.

En attendant, elle trouve une place dans une clinique rue Rémusat, à deux pas de la rue Alsace-Lorraine. Elle peut y emmener Bobine, vieillissante mais bien contente de cette nouvelle vie.

On retrouve un peu les habitudes d'avant et tout le monde s'en réjouit. Un week-end sur deux Violette va à Paris retrouver Raphaël. Raphaël vient à Toulouse le week-end suivant. Violette n'habite plus rue Saint-Antoine du T et à ça aussi, il faut s'habituer. Surtout moi. Mais je ne me sens pas le droit de dire quoi que ce soit. La balle est dans mon camp et, pour le moment, elle y reste. On déjeune tous ensemble le dimanche. Mais en regardant Violette et Raphaël, Maman, Justine, Babé et moi comprenons que tout ça ne durera qu'un temps. Que Raphaël ne viendra pas s'installer à Toulouse. Il est en train d'acheter sa clinique à Paris. Il doit s'associer à un ami. Et à moins qu'une révolution n'ait lieu, nous imaginons assez bien la suite de l'histoire. Violette s'associant à son tour et Violette repartant définitivement s'installer à Paris. Et je n'arrive pas à faire ce pas vers elle. Je ne suis pas encore prête à faire la révolution.

La prochaine fois...

Nous n'avions pas imaginé que le bouleversement viendrait d'ailleurs.

Maman se plaint depuis un mois de douleurs au dos. Rien de bien suspect apparemment, mais elle est fatiguée. De plus en plus. Justine, Babé et moi essayons de la convaincre de voir un médecin mais Maman traîne les pieds. Nous sommes même prêtes à appeler son psy. Lui au moins saurait la persuader. Puis les douleurs se font de plus en plus régulières et elle finit par se décider. Examens complémentaires à Purpan. Prises de sang, scanner, IRM, verdict. Implacable. Cancer du pancréas. Stade terminal. Inopérable. Ça, c'est à moi, à Justine et à Babé que le médecin le dit. Pas à Maman. Maman qui penche plutôt pour un méchant lumbago et peste contre tous ces supplices qu'on lui fait subir et qui ne font qu'augmenter le trou de la Sécu. Un cataclysme. Je m'effondre.

Tous les reproches que j'ai faits à ma mère remontent comme une vague déferlante. Se coincent dans ma gorge, dans mon cœur, dans mes poings qui se serrent. Mais le plus atroce, le plus indigne des reproches, je vais le lui faire, là, à cet instant où j'apprends qu'elle va mourir. Je vais la rendre responsable de ce cancer. Sans ses angoisses... si elle ne les avait pas crues plus fortes que tout, plus fortes que moi, si elle m'avait vue, elle ne serait pas tombée malade. Rien de tout ce drame épouvantable ne serait arrivé. Après mon père qui m'a volé ma mère toute ma vie, c'est le cancer, monstre du fossé, qui me la prend pour le peu de temps qui nous reste à vivre ensemble. J'ai envie de hurler.

Justine s'effondre aussi. Babé accuse le coup. Qui sait si elles ne lui font pas le même reproche que moi. Le couperet tombe. On me dit « Habituez-vous à l'idée de perdre votre mère parce que c'est ce qui va arriver bientôt. Nous, on ne peut plus rien faire ». On ne peut plus rien faire. La médecine a fait des avancées phénoménales et, pour Maman, elle n'en est qu'à ses débuts. On ne peut plus rien faire. On ne peut pas la sauver. Elle va mourir. Une chimio « de confort » en attendant. Je n'ai jamais rien entendu de plus absurde. Ma mère va mourir et il n'y a plus qu'à attendre.

« Souhaitez-vous le lui dire vous-même ?

— ... »

Lui dire quoi ? Maman, j'ai une mauvaise nouvelle à t'annoncer. Tu as un cancer et tu vas mourir dans... Dans combien de temps au fait ? Un mois ? Six ? Combien de temps nous reste-t-il à toutes pour profiter les unes des autres, pour balayer tous les malentendus, pour se demander pardon, pour rassembler en un temps record tout ce qu'on voulait se dire, tout ce qu'on voulait encore faire ensemble, pour se regarder, pour se toucher, pour s'enrouler les unes aux autres ?

Mais c'est tellement dur de faire bonne figure devant Angèle. Et Angèle est si fine, si perspicace. On voulait lui taire la vérité mais elle n'est pas dupe. Elle m'a regardée et elle a compris. Comme apaisée. Elle sait qui a gagné. Et ce n'est pas ce que je crois.

« Promets-moi que je rentrerai à la maison.

— Je te le jure, Maman. »

Après un mois d'hospitalisation et de chimio « de confort », Maman rentre rue Saint-Antoine du T. On ne l'aurait pas laissée partir dans un mouroir. Dans la famille, on vit et on meurt ensemble. Violette supervise les soins palliatifs. Et je dépéris. Je veux remonter le temps, revenir en arrière, défier la mort. Je veux retenir ma mère, l'empêcher de m'abandonner encore. Parce que je sais que les autres abandons, ceux de mon enfance, ne sont rien à côté de celui qui m'attend. Je veux avoir dix ans à nouveau. Partir à l'école toute seule. Non. Demander à Maman de m'accompagner tous les jours et de venir me chercher tous les soirs. Lui dire que je l'aime plus que tout. Que le reste n'a plus aucune importance. Je veux aller au journal avec Marie-Rose. Je ne veux pas d'un nuage de plus. Je ne veux pas revenir dans le terrier.

Ma mère est morte deux mois plus tard, dans mes bras, avec Justine, Babé et Violette. Trop jeune. Bien trop jeune.

Le cataclysme.

Maman rejoint mon père. Je l'ai entendue penser « Enfin ».

Jamais je ne me suis sentie aussi seule.

J'approche de mes cinquante ans.

Je passe huit jours enfermée dans la chambre d'Angèle. Refusant les petits plats que me prépare Babé. Plongeant Justine dans la plus sombre des inquiétudes. Je range ses affaires, mille robes, mille manteaux, tous faits par Justine, dont je me demande s'il faut les donner ou les garder. Je ne suis pas fétichiste mais j'ai l'impression que me séparer de ses vêtements, dont son parfum se dégage encore, le même depuis mon enfance, c'est la perdre une nouvelle fois. Je trouve de vieux articles du journal, tapés sur la Remington et soigneusement classés. Des photos de mon père, de mes parents ensemble. C'est vrai qu'ils avaient de l'allure tous les deux. Des photos de moi aussi, à tous les âges. Mes premiers dessins. Les têtes de nuage. Les premiers cahiers de Violette. J'ai le cœur plombé de tristesse et de nostalgie. Je me reproche tout, de n'avoir pas assez dit, ni assez donné. De lui en avoir tant voulu. De ne pas l'avoir comprise. Et je lui en veux d'être partie si tôt. Tellement tôt et tellement vite. Si j'avais su, on aurait pu faire tant de choses encore. Si j'avais su. Elle ne m'a pas laissé le temps.

Quand, enfin, je me décide à émerger de sa chambre, tout est rangé, plié, emballé. J'ai tout rassemblé dans un coin de la pièce et j'attends l'avis de mes tantes. Finalement, on décide de donner. La chambre d'Angèle se vide petit à petit, Justine et Babé emportant dans la leur leurs souvenirs les plus chers. Une photo jaune, une bague en forme de bélier, un foulard. Parfois, je débouche l'*Air du temps* et je respire l'odeur de ma mère à pleins poumons jusqu'à ce que l'envie de crier soit intenable. Babé ne veut pas quitter Justine pour emménager dans la chambre de Maman. Elle est trop vieille maintenant pour changer ses habitudes. On en fera une chambre d'amis. Mieux, ce sera la chambre de Violette et de Raphaël quand ils viendront à Toulouse.

Violette.

Parce que c'était décidé bien avant que Maman ne tombe malade, Violette va rejoindre Raphaël à Paris et s'associer avec lui. Elle a juste repoussé son départ quand on a su que Maman était perdue. Elle ne voulait pas nous laisser seules pour vivre tout ça. Cruelle sollicitude. Moi qui ne lui parle pas. Elle qui ne me parle plus.

La rue Saint-Antoine du T continuera de vivre. Nous le savons toutes. C'est encore plus difficile. Mais Maman aurait aimé cette idée. Que les enfants puissent revenir quand ils le voudront. Maman, l'aînée de cette tribu, qui en bonne logique est partie la première. Violette qui part aussi. Et la vie qui continue.

Ce que j'ai caché à mes tantes après avoir rangé les affaires de Maman, ce sont les dix-huit petites cassettes que j'y ai trouvées. Et que c'est leur écoute, sur son magnétophone d'interviews, cadeau d'une fête des mères, qui m'a empêchée de sortir de la chambre pendant près de huit jours. C'était donc ça ses longs monologues lorsque j'étais enceinte... Les cassettes étaient rangées dans le tiroir du bureau, avec son stylo Dupont fétiche, un cadeau de Charles. Je me suis assise devant le bureau. J'ai caressé avec tendresse le sous-main en cuir. Remis les objets à leur place. Puis j'ai commencé à écouter. Tout y était. L'enfance. Montesquieu. Mémé Anna. L'absence d'Augustine et ses conséquences. Le manque de Paul. Les fractures. Les larmes. L'arrivée de Justine et de Babé. Clochette. L'espérance. Les désillusions. Les deuils. Et la vie encore. Moi. Je crois que je n'ai jamais été aussi proche de ma mère qu'en l'entendant raconter sa rencontre avec mon père, cet amour incroyable et extravagant qui les unissait. Qui m'a fait regretter de n'en avoir pas vécu de semblable. Qui m'a définitivement permis de comprendre pourquoi je n'ai pas voulu en vivre de semblable. Le match de boxe et la robe rose. Les éclats de rire qui résonnent dans mon propre rire à moi, Blanche, voyeuse de ma mère, qui laisse les heures défiler au rythme des bandes magnétiques. Puis la mort de Charles. Le vide abyssal. Sa voix qui se brise, ses sanglots déchirants. Et ma naissance. L'incompréhensible désarroi. Le premier bas. Le premier haut. Et tous les autres. Sa voix qui se brise de nouveau. Le premier abandon et ma renaissance. Ses mots d'amour. La vie encore. La maison Justine Balaguère. Babé et l'oncle Henri. L'absence qui fait encore son œuvre. Et les lendemains, ces nouveaux lendemains, toujours.

Dix-huit cassettes de trente minutes chacune, soigneusement remplies de leurs vies. De nos vies. De tout ce qui les a meurtries, enthousiasmées, énervées, ragaillardies. Mille petites anecdotes quotidiennes, banales en somme, mais dont se dégagent tant de messages.

De cette écoute inattendue et intime, presque indiscrète, je suis sortie bouleversée mais apaisée. Il aura fallu ça, cette retraite en tête à tête avec juste la voix de ma mère, comme revenue de l'au-delà, pour qu'enfin je sache tout. Elle m'a laissé ses cassettes comme un testament de vie pour que je lui pardonne. Parce qu'elle savait mieux que n'importe qui qu'il n'y a pas d'autre alternative à la paix. Elle n'a pas su pardonner à Augustine, elle l'a trop attendue. Et je n'ai pas su lui pardonner. Mais il restait Violette.

Il restait Violette. Et avec elle il n'était peut-être pas trop tard.

Maman... Maman... Mamans... Mamans...

Je me suis souvent demandé, en regardant ma mère et mes tantes, comment elles faisaient pour être aussi férocement gaies et optimistes. Comment, après tant d'absences, de disparitions, de vies enterrées, elles pouvaient encore être aussi drôles et futiles. Même ma mère. Elle a su s'en sortir, elle a aimé encore. Je le sais maintenant.

Je lui en ai voulu, c'est vrai. Je lui en ai voulu de n'être pas tout le temps en haut. Et de m'exclure quand elle était en bas. Finalement, peu m'importait qu'elle soit malade. Ce que je voulais c'était ne jamais la quitter. Même si les hauts étaient bien plus factices que les bas. En haut, j'existais. En haut, la vie était merveilleuse, remplie de gaieté, de folie. Peut-être que moi aussi, je n'étais qu'une illusion, qu'une pâle copie de la photo jaune. Et alors? Dans ces moments-là, j'étais tout pour elle. Ça m'a suffi pour l'attendre quand elle s'enfermait de nouveau. Malgré l'infinie solitude de mon terrier et son odeur épouvantable.

Et je sais tout ce que j'ai puisé en elle, en chacune d'elles, Maman, Justine, Babé. Tout ce que j'ai pris de ce qu'elles ont voulu me donner. Tout ce qu'elles ont fait de moi en me laissant ma part. Leurs faiblesses et leurs manques sont les miens. Leur force et leur optimisme aussi. Et les trous béants. Et les rustines, plus ou moins solides. J'ai trébuché souvent. Comme elles. Mais je ne suis pas tombée tout à fait. Comme elles. Parce que, quoi que je dise, elles ont toujours été là pour me relever.

Et elles me relèveront encore, aujourd'hui et demain. Maman en me parlant. Justine et Babé en étant là. Encore. Encore un peu.

Maman est en haut. Maman est en bas.

Violette est tombée. Je dois la relever.

Décembre 2012

Évidemment, je parle des cassettes de ma mère à Justine et à Babé. Même si je sens qu'elles n'appartiennent qu'à moi.

Même si je veux qu'elles n'appartiennent qu'à moi.

J'attends le premier Noël qui suit la mort de Maman pour les sortir et installer le magnéto. À table comme d'habitude. Et parce qu'elles ne savent rien mieux faire que se souvenir, Justine et Babé s'approprient tout de suite une cassette à tour de rôle, en lisant les étiquettes, en choisissant leur thème, commentant, argumentant, ajoutant des détails, «Oh oui, écoute, c'était le jour où... Tu te souviens Justine!», «Et ça... Mais elle a oublié que...», «La manif du MLF, oh Justine, que tu nous as fait enrager ce jour-là... Quand je pense que tu avais emmené Blanche avec toi! Tu t'en souviens

Blanche ?! ». Et d'éclater de rire. Quelle gifle ! Et de pleurer doucement quand le récit se fait plus sombre.

Je n'en reviens pas. Et voilà. Moi qui ne peux pas encore évoquer le souvenir de Maman sans m'effondrer, écouter sa voix sans me mettre à dégouliner de chagrin, cette voix si présente, si vivante, dont je connais la moindre des intonations, je regarde mes petites mères se réjouir, retomber en enfance, revivre leur vie comme si elles y étaient encore, dix ans, vingt ans, trente et le reste. Essuyer une larme furtive. À toutes les deux, elles en sont déjà à dix cassettes supplémentaires.

Oui, je les admire de savoir créer autour d'elles cette inépuisable énergie de vie. Parce qu'il n'y a rien de tel pour vaincre l'absence que de parler de ceux qui manquent, qui sont partis trop tôt, bien trop tôt, en leur rendant la force et la présence qu'ils avaient. Ce 25 décembre, Angèle n'a pas manqué. Elle était là, au milieu de nous. Toute-puissante.

Et, toutes les quatre, nous avons passé un merveilleux Noël.

Je garde précieusement les cassettes de ma mère. Je me les repasse souvent. Seule ou avec Justine et Babé. On fait des « soirées magnéto ». Je les écoute en rajouter des tonnes, en songeant que je devrais les enregistrer elles aussi. Pour après. Pour ne rien perdre de tout ça. Et pour Violette. Pour renouer tous les fils, pour qu'ils ne se rompent plus. Oui, je dois faire ça pour Violette.

Alors, j'achète une dizaine de petits cahiers noirs en moleskine, et je décide de retranscrire les cassettes de Maman avant de reprendre le fil là où elle l'a laissé. J'aurais pu continuer à enregistrer la suite de nos vies. Faire comme elle. Ajouter ma voix à la sienne. Mais j'ai préféré écrire. Le moyen qu'elle a choisi pour nous raconter n'appartient qu'à elle. Je ne veux pas nous voler ça. Moments privilégiés où j'ai le sentiment qu'elle est là, à côté de moi ; retour en arrière nécessaire où, enfin, elle me raconte la fin des histoires. Peut-être aussi que je manque de courage pour «parler» à ma fille. Parce que tout s'entend dans la voix, toutes les émotions, toutes les cassures. Lui écrire est encore ce que j'ai trouvé de mieux pour ne plus me taire malgré tout. On a les audaces que l'on peut.

Je mets des mois à retranscrire les propos de ma mère. Mais j'ai besoin de reprendre toute son histoire pour savoir où commencer la mienne. Des mois où je reste seule avec elle et où nous échangeons tout. Parce que j'ajoute et commente ce qu'elle me dit. Je ris, je me mets en colère. Je pleure encore. Je ne savais pas combien Angèle en a voulu à Babé de sa présence certains soirs où elle se savait si absente. Babé, berceuse fidèle quand mes terreurs d'enfant me submergeaient. Babé, substitut de mère. Babé, voleuse d'enfant qui ne faisait que renvoyer à Maman ses propres défaillances.

Et puis il y a la dernière cassette enregistrée et je quitte Maman. Le plus difficile m'attend. C'est à

313

moi maintenant d'aller jusqu'au fond de moi-même pour en extraire ma vérité. Et je ne peux pas être moins honnête que ma mère. J'ajoute mes pièces à son grand puzzle et, petit à petit, j'ai une bonne vue d'ensemble de nos vies à toutes. Je n'oublie pas ma rencontre avec le père de Violette.

On vieillit rue Saint-Antoine du T et plutôt dans la bonne humeur. On ne renonce à rien, on ne perd pas espoir. Justine et Babé trouvent juste que Paris est trop loin et qu'on ne voit pas assez Violette et Raphaël. Moi, je ne suis pas pressée. Je n'ai pas tout à fait fini de m'expliquer à ma fille et j'en arrive presque à trouver son silence opportun.

De toute façon, je sais qu'on ne les verra pas davantage tant que je ne dirai pas tout. Alors j'écris de plus belle.

M. Grandjean a lui aussi fini par prendre sa retraite du Crédit foncier. Non sans mal. Cette mise au rancart, après quarante-cinq ans de bons et loyaux services, sous prétexte qu'il a dépassé la limite d'âge, l'a profondément affecté. Il vient déjeuner avec nous le dimanche. Fidèle et attentif. Il appelle encore Babé Élisabeth. Parfois, il se dit que c'est d'elle qu'il aurait dû tomber amoureux. Il est presque sûr qu'elle ne l'aurait pas repoussé. Quelque chose dans sa façon de le regarder le jour où, en rougissant comme une tomate, elle lui avait conseillé de changer de lunettes. Et le silence gardé sur une certaine conversation qu'elle lui avait promis d'avoir avec Justine. Justine n'avait probablement pas apprécié. Sinon, elle serait venue vers lui. Et ça, elle ne l'a pas fait. Même si leurs relations sont ensuite devenues plus chaleureuses. Depuis ce lendemain d'une manifestation de femmes où elle avait emmené la petite avec elle. Il s'en souvient comme si c'était hier. Oui, il aurait dû aimer Élisabeth. Il ne serait pas un vieux célibataire endurci aujourd'hui. Et elle non plus. La vie est mal faite. C'est comme ça.

La maison Balaguère est toujours la maison Balaguère, malgré le prêt-à-porter. On ne sait pas trop qui prendra notre relève mais de belles vocations peuvent encore voir le jour parmi les stylistes et les premières. Là encore, on ne désespère pas. Même si on aurait préféré que la maison reste dans la famille.

J'arrivais au bout de notre histoire quand, à 7 heures tapantes, le téléphone a sonné.

18 avril 2013

Raphaël s'est garé à deux pas de la clinique des Mûriers. On est lundi. C'est la fin de l'après-midi. Les gens travaillent encore. Il n'y a pas beaucoup de monde dans les rues.

Je suis Raphaël dans les couloirs aseptisés de la clinique, direction le deuxième étage, chambre 102.

Que dire de ce que je ressens, là, tout de suite. De cette grand-mère de cinq ans, terrorisée, qui chercherait bien les jupes de Babé pour se rassurer.

Je me demande si Violette a pu avoir une péridurale.

Je serre sous mon bras le sac précieux contenant mes cahiers en moleskine. Se pourrait-il qu'il reste des lignes à noircir ? Se pourrait-il que les fées de Justine existent ?

Ma Clochette...

Violette est assise dans l'unique fauteuil de la chambre, près de la fenêtre. Immobile et douce. Gabriel dans ses bras, suspendu à son sein. Je guette dans son regard le poison de la colère réapparue. La trahison de Raphaël m'a amenée là. Il *n'était pas censé m'appeler. Mais je ne vois rien que l'infinie tendresse d'une mère qui berce son enfant.*

Je caresse la tête de ma fille en silence, puis sa joue. Puis celle de Gabriel.

Que tu es joli, Gabriel.

Gabriel, qui s'arrête de téter et qui fixe son regard trouble sur mon visage.

Violette se lève et me tend son fils.

Avec mille précautions, je prends ce tout petit bébé dans mes bras. Depuis ma fille, je n'ai plus tenu personne d'aussi minuscule, d'aussi fragile. Un garçon. Mon petit-fils. Gabriel.

Je regarde Violette et Raphaël. Je regarde Gabriel. Je souris. Le rempart est reconstruit. Le fil n'est pas rompu.

Gabriel. Un garçon au bout de cette lignée de filles. Un arbre tombé brusquement en travers de la route. Le ciment qu'il fallait à nos failles. Un garçon qui aura un grand-père, un père, une mère et une flopée de grands-mères. Tout ce qu'il faut.

Je crois que j'aurai au moins réussi ça. Nous aurons toutes réussi ça.

Raphaël est sorti de la chambre. Silencieux.

Je berce Gabriel.

Violette regarde les cahiers noirs que je lui ai donnés.

Elle ne dit rien.

Note de l'auteur

La manifestation du MLF à laquelle Justine, Élise, Marie-Rose et Blanche viennent participer à Paris s'est en réalité déroulée le 20 novembre 1971, c'est-à-dire un an avant le procès de Bobigny qui s'est tenu, lui, en octobre et novembre 1972. Mais, pour des raisons de cohérence de l'histoire et pour respecter les motivations de Justine, qui comme chacun sait a son petit caractère, j'ai dû créer volontairement un petit anachronisme en ne faisant qu'un de ces deux événements.

Enfin, je n'ai trouvé aucune preuve de la présence de ballons ou de stands de merguez ce jour-là. Mais Blanche aurait été tellement déçue s'il n'y en avait pas eu !

J'espère que personne ne m'en voudra d'avoir pris cette liberté.

Remerciements

Merci Christiane, Jeanne, Gabrielle,
Merci Françoise, Sophie, Iris, Claudine, Emmanuelle, Céline, Gaëlle, Mathilde,
Mes fées...
Merci Jean, Philo, Alain, Jean-Louis, Gaby, Laurent, Paul, Pierre, Jessous,
Mes mecs...

Cet ouvrage a été imprimé en France par

BUSSIÈRE

à Saint-Amand-Montrond (Cher)
en janvier 2013

La photocomposition de cet ouvrage
a été réalisée par
GRAPHIC HAINAUT
59163 Condé-sur-l'Escaut

N° d'édition : 53120/02 – N° d'impression : 124938/1
Dépôt légal : janvier 2013